SIMON RICH

Feinde

GOLDMANN
Lesen erleben

Buch

Seymour Herson, Schüler an der Glendale Academy, einer mittelprächtigen Privatschule in Manhattan, steht auf der Popularitätsskala seiner Mitschüler ganz unten. Er ist nicht nur bemitleidenswert schüchtern, sondern auch völlig unsportlich und wird neuerdings aufgrund seiner unglücklichen körperlichen Disposition nur noch »Brocken« gerufen. Doch dann tritt Elliot in sein Leben, Nachfahre der superreichen und mächtigen Allagash-Dynastie. Elliot Allagash, der Dutzende Schulverweise auf dem Buckel hat, darf Glendale lediglich besuchen, weil sein Vater Terry zu viel Geld gespendet hat. Doch der Loser Seymour kann von dem in Statusfragen sehr bewanderten Neuzugang eine Menge lernen. Und so entwickelt sich zwischen den beiden ungleichen Einzelgängern eine ungewöhnliche und äußerst produktive Freundschaft. Dank umfangreicher Strategien wird Seymours Leben bald zu einer Erfolgsstory, die ihresgleichen sucht und alle seine Feinde das Fürchten lehrt …

Autor

Mit 23 Jahren wurde Simon Rich der jüngste Gag-Schreiber in der Geschichte der US-Kult-Show »Saturday Night Live«. Er schreibt regelmäßig für Magazine wie »The New Yorker«, »GQ« und »Mad«. »Feinde« ist sein erster Roman.

Simon Rich

FEINDE

Roman

Aus dem amerikanischen Englisch
von Conny Lösch

GOLDMANN

Die Originalausgabe erschien 2010 unter dem Titel
»Elliot Allagash« bei Random House, an imprint
of The Random House Publishing Group,
a division of Random House, Inc., New York.

MIX
Papier aus verantwortungsvollen Quellen
FSC® C014496
FSC
www.fsc.org

Verlagsgruppe Random House FSC-DEU-0100
Das FSC®-zertifizierte Papier *Holmen Book Cream* für dieses Buch
liefert Holmen Paper, Hallstavik, Schweden.

1. Auflage
Deutsche Erstveröffentlichung November 2011

Umschlaggestaltung: UNO Werbeagentur, München
Umschlagfoto: © Fine Pic, München
Redaktion: Alexander Müller
mb · Herstellung: Str.
Druck und Bindung: GGP Media GmbH, Pößneck
Printed in Germany
ISBN 978-3-442-47342-7

www.goldmann-verlag.de

Für Jake

INHALT

Teil eins
Frei parken 9

Teil zwei
Gehe ins Gefängnis 145

Teil drei
Ereignisfeld 245

TEIL EINS

Frei parken

Als ich klein war, ergriffen meine Eltern immer Partei für mich, egal was ich anstellte. In einem trotzigen Wutanfall zertrümmerte ich mein brandneues Sega Mega Drive, und sie machten *Sonic, den Igel* für meine Verärgerung verantwortlich. Als sich am Flughafen herausstellte, dass ich meinen Ausweis verloren hatte, gaben sie sich selbst die Schuld, weil sie ihn mir überhaupt anvertraut hatten. Schon deshalb überraschte mich ihre Reaktion, als ich ihnen erzählte, was mir Elliot angetan hatte.

»Vielleicht war's ein Versehen«, sagte mein Vater. »So was kommt vor.«

»Ich glaube nicht, dass es ein Versehen war«, sagte ich.

»Bist du sicher, dass du dir das nicht nur eingebildet hast?«, fragte meine Mutter. »Du hast so eine lebhafte Phantasie ... Vielleicht ist sie einfach mit dir durchgegangen?«

Ich musste mir Mühe geben, dies nicht als Kompliment zu verstehen.

»Nein«, sagte ich. »Ich hab mir das nicht ausgedacht. Es ist wirklich passiert.«

Es war Monopolyabend, und mein Vater hatte seine Spielfigur noch nicht bewegt, obwohl er eine Sieben gewürfelt hatte. Von allen vergessen wartete sie auf dem falschen Feld.

Schließlich standen meine Eltern auf und verzogen sich in die Küche.

»Mom? Dad?«

Sie antworteten nicht, aber ich hörte sie auf der anderen Seite der Tür miteinander tuscheln.

»Er hat mich die Treppe runtergestoßen«, sagte ich zum gefühlten hundertsten Mal an jenem Abend. »Er hat mich absichtlich geschubst, vor ganz vielen Leuten. Der spinnt doch!«

Endlich kehrten meine Eltern an den Tisch zurück. Mir fiel auf, dass mein Vater ein Bier in der Hand hielt. Ich hatte ihn sonst immer nur auf Hochzeiten und bei Beerdigungen trinken sehen und war ansatzweise entsetzt. Beide zögerten einen Augenblick, hofften, der jeweils andere würde das Wort ergreifen.

»Mit Elliot ist das so eine Sache«, sagte meine Mutter nach einer Ewigkeit, »er ist anders als alle anderen.«

Schuldgefühle durchzuckten mich.

»Oje«, sagte ich. »Ist er geistig zurückgeblieben?«

»Nein«, sagte mein Vater. »Das nicht.«

»Was denn?«, fragte ich. »Inwiefern ist er anders?«

Meine Mutter räusperte sich.

»Er ist reich«, sagte sie.

Mein Vater nickte.

»Sehr reich.«

Wenn ich auf die vergangenen fünf Jahre meines Lebens zurückblicke, die in fast jeglicher Hinsicht von Elliot Allagash geprägt waren, so komme ich nicht umhin zu denken, wie seltsam es doch war, dass wir uns überhaupt kennenlernten. Als er, bekleidet mit weißer Weste und Mokassins, an meiner

Schule auftauchte, hatte Elliot bereits in sieben Städten gelebt, unter anderem in London, Brüssel und Zürich. Elliots Vater Terry gefiel es, je nach Laune umzuziehen. Nach New York hatte es ihn, laut Elliot, aus einem einzigen Grund verschlagen, nämlich weil sein Lieblingshandschuhmacher einen Laden auf der Madison Avenue eröffnen wollte. Die Glendale Academy war dagegen eine durchaus weniger willkürliche Wahl: Es war die einzige Privatschule an der Ostküste, die bereit war, Elliot aufzunehmen. In den vorangegangenen sieben Städten hatte er es fertiggebracht, sich Verweise von über einem Dutzend hochkarätiger Schulen einzuhandeln. Nur die Glendale war mit ihrer baufälligen Turnhalle und den veralteten Chemie-Schautafeln finanziell derart in Bedrängnis, dass man Elliots Vorgeschichte außer Acht ließ. Als ich ihn kennenlernte, zählten Vandalismus, Schuleschwänzen, unvermittelte Gewaltausbrüche, Drogenmissbrauch, die Beauftragung eines Hochstaplers, der in seinem Namen Prüfungen absolvierte, sowie Erpressung zu seinen Vergehen. Damals war er dreizehn Jahre alt.

Seltsam, dass sich unsere Wege kreuzten. Noch seltsamer aber war, dass wir beste Freunde wurden.

Die Glendale Academy war eine kleine Schule, und sie wurde mit jedem Jahr kleiner. An den drei langen Tischen in der Cafeteria fanden sechzig Schüler Platz; in meiner Klasse der Jahrgangsstufe acht waren nur einundvierzig Schüler. Wenn wir zu Mittag aßen, saßen die zwanzig beliebtesten Kinder hinten am Tisch, und die in der Rangordnung nachfolgenden zwanzig drängten sich um den mittleren Tisch. Ich saß am dritten.

Ich bin sicher, wenn ich gewollt hätte, hätte ich mich zu

den anderen an den mittleren Tisch zwängen können – einmal war es mir bereits gelungen, indem ich mein Tablett hochkant gedreht hatte. In Wahrheit aber gefiel mir der dritte Tisch. Er war geräumig, ruhig und für meine Begriffe perfekt platziert. Die meisten Schüler betrachteten die Mittagspause als soziales Ereignis. Ich aber zog es vor, sie als einen Wettbewerb aufzufassen, bei dem es darum ging, so viel Schokomilch wie möglich zu trinken. Eine Mittagspause war in meinen Augen nur dann erfolgreich verlaufen, wenn ich mir mindestens fünf Tetrapacks einverleibt hatte. An jedem anderen Platz in der Cafeteria wäre ein solches Vorhaben ein unerreichbarer Traum geblieben. Doch indem ich nur drei Meter von der Frau an der Essensausgabe entfernt Stellung bezog und eng mit ihr kooperierte, gelang es mir fast täglich, Meisterleistungen zu vollbringen.

Eines Nachmittags, ich hatte gerade Milch Nummer drei in Arbeit, fiel mir auf, dass Elliot direkt neben mir saß. Er hatte keine Mahlzeit vor sich, nur ein großes schwarzes Notizbuch.

Ich hatte ihn nicht mehr gesehen, seit er mich vier Tage zuvor, an seinem allerersten Tag an der Glendale, ohne ein Wort der Erklärung die Treppe heruntergeschubst hatte. Ich nahm an, er habe sich neben mich gesetzt, um sich zu entschuldigen. Doch als ich mir meine fünfte Schokomilch holte, war bereits klar, dass er das nicht vorhatte. Nicht ein einziges Mal sah er während des Essens in meine Richtung. Stattdessen starrte er in sein Notizbuch und kratzte geräuschvoll mit einem rasiermesserscharfen Füller auf dessen Seiten herum. Auch am folgenden Tag setzte er sich während des Mittagessens neben mich, am Tag darauf ebenso, und beide Male war es genau dasselbe. Er sagte kein Wort und sah mich nicht einmal an. Er saß einfach nur da und schrieb. Manchmal riss er ein Blatt aus seinem Notizbuch, zerknüllte es und warf es auf den Boden. Ab und zu schnippte er mit den Fingern, bevor er etwas mit überschwänglicher Geste notierte. Ich überlegte, ob ich ihn fragen sollte, woran er arbeitete, aber es schien etwas Wichtiges zu sein, und ich wollte nicht stören. Erst Jahre später dämmerte mir, dass er vielleicht an gar nichts gearbeitet hatte. Und dass das ganze Gekritzel, Geknülle und Geschnippe einfach nur Elliots Art war, Hallo zu sagen.

Wenn es zu Handgreiflichkeiten zwischen zwei Schülern kam, mussten immer beide nachsitzen, egal wer angefangen hatte. Die Regelung erschien mir unfair, aber ich sah andererseits auch keinen Sinn darin, mich mit den Lehrern zu streiten. Außerdem machte mir Nachsitzen eigentlich nichts aus. Es dauerte nur eine Stunde, und Ms. Pearl, die schon etwas ältere Bibliothekarin, die die Aufsicht führte, erlaubte jedem von uns, zu Beginn der Strafstunde zwei Kaubonbons aus ihrer Schale mit Süßigkeiten zu nehmen. Die Schule wirkte auf mich insgesamt überfüllt und klaustrophobisch, aber beim Nachsitzen war der Klassensaal normalerweise leer, sieht man von mir, Ms. Pearl und den Jungs ab, die mich im Verlauf der vorangegangenen Woche attackiert hatten. Es herrschte eine friedliche Atmosphäre, und manchmal, wenn die Woche besonders aufreibend gewesen war, freute ich mich sogar darauf.

Gelegentlich ließ uns Ms. Pearl Formulare ausfüllen, aber aus Erfahrung wusste ich längst, dass sich niemand die Mühe machte, sie zu lesen, weswegen ich nie viel Zeit darauf verwendete.

Name: Seymour
Klasse: 8.
Vergehen: Prügelei
Erkläre, was geschehen ist: Ich stand an meinem Spind und summte ein Lied, das ich aus dem Radio kannte, als Lance auf mich zukam und auf mich einschlug.
Was hast du aus dieser Erfahrung gelernt?
Offensichtlich bringt leises Summen Lance dermaßen zur Weißglut, dass er sich prügeln möchte.
Was hättest du anders machen können?
Nichts.
Hast du vor, dein Verhalten in Zukunft zu ändern?
Ich werde nicht mehr summen, wenn Lance in der Nähe ist.

Nachsitzen hatte viel Gutes, vor allem wegen der Ruhe und der Süßigkeiten. Das Beste aber war Jessica. Unter der Woche sah ich sie nur flüchtig. Sie war stets von einer Traube Jungs umgeben, die ihr von Klassensaal zu Klassensaal folgten und mir die Sicht verstellten. Doch während des Nachsitzens war die Traube verschwunden, und ich bekam Gelegenheit, Jessica aus der Nähe zu betrachten.

Sie wurde bestraft, weil sie schamlos gegen die Kleiderordnung verstieß, immer wieder und in unterschiedlich schockierendem Ausmaß. Ihre Aufmachung war für den schulischen Alltag so offensichtlich ungeeignet, dass die Lehrer sie regelmäßig noch vor Unterrichtsbeginn zwangen, sich umzuziehen und zumindest Sportkleidung zu tragen. Wenn sie behauptete, keine Sportkleidung dabeizuhaben, rannten die Lehrer in das hausinterne Fundbüro und zogen ihr über, was sie dort auftreiben konnten. Sie agierten mit der Dringlichkeit von Feuerwehrmännern bei dem Versuch, eine massive Feuersbrunst zu löschen.

Ich fand erstaunlich, wie sehr sich das Leben eines Menschen in nur zwei Monaten ändern konnte. In der siebten Klasse war Jessica schüchtern und unscheinbar gewesen, ein nervöses Mädchen, das ständig ermahnt wurde, lauter zu sprechen. Und nach den Sommerferien war plötzlich alles an ihr lauter geworden. Irgendwie hatten sich bei ihr nur die positiven Aspekte der Pubertät bemerkbar gemacht und kein einziger negativer. Ihr Gesicht war kantiger geworden, ohne der Akne anheimzufallen. Sie war einige Zentimeter in die Höhe geschossen, aber ihre Zähne blieben so perfekt und gerade wie eh und je. Und obwohl sie an einigen Stellen ihres Körpers gehörig zugelegt hatte, verlor sie insgesamt nie ihre Size-Zero-Figur. Dadurch bekam ihr Körper derart obszöne Proportionen, dass selbst die Lehrer mit ihr Probleme hatten. Sie stotterten oder stolperten über ihre eigenen Worte, und bisweilen war es nun Jessica, die die Lehrer bat, lauter zu sprechen.

Jessica hatte niemals einen Rucksack oder sonstige Gegenstände dabei, die darauf hätten schließen lassen, dass sie Schülerin an unserer Schule war. Zu Beginn jeder Unterrichtsstunde rannten ein paar Jungs an ihren Tisch und borgten ihr alle Utensilien, die sie in den kommenden fünfundvierzig Minuten eventuell brauchen könnte. Manchmal hörte ich, wie andere Mädchen sie als ›eingebildet‹ bezeichneten, aber die kannten sie nicht so gut wie ich. Jessica war eine ganz normale Person wie alle anderen auch. Sicher, manchmal verbockte sie's, trug Schlauchoberteile oder Glitzer im Gesicht. Aber waren wir nicht alle gelegentlich falsch gekleidet? Ich ganz bestimmt. An zwei verschiedenen Tagen war ich aus Versehen in meiner Schlafanzughose in die Schule gegangen. War das nicht dasselbe?

Und außerdem, selbst wenn sie absichtlich gegen die Vorschriften verstieß, wer wollte es ihr verdenken? Jemand wie Jessica war mir noch nie begegnet, dabei hatte ich jede Menge X-Men-Comics gelesen und war eigentlich der Ansicht gewesen, dadurch einen recht brauchbaren Bezugsrahmen gewonnen zu haben. In meinen Augen war Jessica eine neue Art Superheldin, die erst kürzlich ihre Mutantenkräfte entdeckt hatte. Sie musste sich einfach ein ausgeflipptes Kostüm zulegen. Das ist die erste Pflicht für werdende Superhelden.

Obwohl seither viele Monate vergangen waren, erinnerte ich mich noch an unsere erste Unterhaltung.

Es war zu Beginn des Schuljahres, und wir mussten nachsitzen, als sie sich plötzlich zu mir umdrehte und lächelte.

»Ich gebe dir meine Kaubonbons, wenn du mir einen Bleistift gibst«, sagte sie.

»Klar.«

Es war das längste Gespräch, das wir je geführt hatten, und in Gedanken spielte ich es immer wieder durch.

Seit jenem Tag achtete ich stets darauf, zusätzliche Bleistifte zum Nachsitzen mitzunehmen, nur für den Fall, dass sie einen brauchte. Dem äußeren Anschein nach war unsere Beziehung eher oberflächlich: Ich schenkte ihr jede Woche einen Bleistift und bekam zwei Kaubonbons dafür. Tatsächlich aber ging es um mehr als ein schlichtes ökonomisches Tauschgeschäft. Ich hätte Jessica ohne jede Gegenleistung Bleistifte geschenkt, auch wenn keine Kaubonbons im Spiel gewesen wären. Und ich bilde mir ein, sie hätte mir auch ihre Kaubonbons gegeben, wenn ich ihr keine Bleistifte hätte bieten können.

Wir kannten einander nicht sehr gut, trotzdem achtete sie stets darauf, mich beim Namen zu nennen, wenn sie sich bei mir bedankte.

»Danke, Seymour«, sagte sie. Oder: »Danke vielmals, Seymour!«

Ich entgegnete daraufhin: »Gern geschehen, jederzeit!«

Neben dem Verzehr der Kaubonbons gehörte dies zu den Höhepunkten meiner Woche.

Ich hatte gerade eine Auswahl an Bleistiften für Jessica auf meinem Pult aufgereiht, als Elliot aufkreuzte, um seine Strafe dafür abzubrummen, dass er mich die Treppe heruntergeschubst hatte. Obwohl wir in jener Woche jeden Tag beim Mittagessen nebeneinandergesessen hatten, war zwischen uns noch kein Wort gewechselt worden. Zum Nachsitzen kam er fünfzehn Minuten zu spät und bewegte sich unglaublich langsam.

»Scheint, als bräuchte da jemand eine Uhr!«, sagte Ms. Pearl.

Elliot antwortete nicht. Mir fiel auf, dass er eine sehr große, protzige Uhr trug.

»Na ja, du darfst dir trotzdem zwei Bonbons nehmen«, sagte sie und bot ihm das Körbchen an.

Elliot ignorierte sie und setzte sich auf einen der hinteren Plätze.

»Keine Süßigkeiten?«, rief Ms. Pearl aus. »Na hör mal, alle Jungen mögen Süßigkeiten!«

Elliot betrachtete das Formular für Nachsitzer auf seinem Pult. Nachdem er ausgiebig geseufzt hatte, nahm er es und hielt es zwischen Daumen und Zeigefinger auf Armeslänge Abstand von sich, als handelte es sich um Abfall. Dann klappte er sein Notizbuch auf und fing an zu schreiben.

An diesem Tag waren wir zu viert: ich, Jessica, Elliot und Lance. Lance hatte in jener Woche keine bestimmte Person angegriffen, musste aber trotzdem wegen »allgemeiner Gewalttätigkeit« nachsitzen. Er kritzelte gerade einen Blitz an den Rand seines Formulars für Nachsitzer, als seine Bleistiftspitze unter dem Druck abbrach. Er hielt sie ins Licht und stöhnte.

Ich musste grinsen, weil Lance auf der Suche nach einem Spitzer in seinem Rucksack kramte. Natürlich war er in vielerlei Hinsicht besser als ich. Er war stärker, witziger, beliebter, weniger leicht durch Geräusche und Ähnliches zu erschrecken. Was jedoch eine effiziente Unterrichtsvorbereitung betraf, so hätte er sich die ein oder andere Scheibe von mir abschneiden können. Jessica kam aus gutem Grund jede Woche wegen ihrer Bleistifte zu mir. Außerdem wusste sie, dass sie sich auf mich verlassen konnte, wenn es darauf ankam. Und nicht nur im Hinblick auf Bleistifte; auch was Radiergummis, Tesafilm und Sonstiges betraf.

Jessica nahm eine Handvoll Bleistifte von meinem Pult und eilte damit quer durch den Raum.

»Hey, Lance«, flüsterte sie. »Brauchst du einen Bleistift?«

Sie fächerte sie vor seiner Nase auf, damit er sie alle einzeln sehen konnte. Er starrte sie eine Weile an und grinste.

»Darf ich zwei nehmen?«

Jessica nickte kurz, und Lance zog seine beiden Favoriten heraus.

»Danke, Jess«, sagte er.

Verlegen wandte sie den Blick ab.

»Gern geschehen!«, sagte sie. »Jederzeit!«

Die verbliebenen Bleistifte knallte sie auf mein Pult, kehrte an ihren Platz zurück und beobachtete andächtig schweigend, wie Lance seinen Blitz fertig kritzelte.

Einige meiner Bleistifte kullerten zu Boden, und als ich mich bückte, um sie aufzuheben, merkte ich, dass Elliot mich beobachtete. Er starrte mich den kompletten Rest der Nachsitzzeit an, selbst dann noch, als er seinen Füller aufschraubte und eine neue Seite in seinem Notizbuch aufschlug.

Meine Eltern fragten mich selten, wie es in der Schule lief. Nicht, dass sie sich nicht dafür interessiert hätten, aber es stand einfach viel zu viel auf dem Spiel. Die Glendale war nach Manhattaner Maßstäben nicht unbedingt schick. Die Schule kostete deutlich weniger als die erstklassigen Lehranstalten, die den Central Park säumten und sich auf den Hügeln von Riverdale verteilten. Dennoch war es eine teure Schule – die teuerste, die sich meine Eltern leisten konnten. In meiner Gegenwart sprachen sie nie über Geld, aber unsere Wohnung war nicht sehr groß, und wenn ich spät nachts noch wach war, hörte ich sie auf der anderen Seite der Schlafzimmerwand mit gedämpften, leisen Stimmen – die allein jenem Thema vorbehalten blieben – über ihre finanziellen Probleme sprechen. Sie verwendeten einen unverhältnismäßig hohen Anteil ihres Einkommens darauf, mich auf die Glendale zu schicken, und ich denke, insgeheim hatten beide entsetzliche Angst, ihre Investition könnte sich als Fehlgriff erweisen.

Hätten mir meine Eltern erklärt, meine Ausbildung koste Hunderte von Dollar oder auch eine Million, ich hätte es wahrscheinlich geglaubt. Geld hatte für mich keine Bedeutung, es sei denn, es wurde in Bonbons umgewandelt. Mein Vater war erst kürzlich dazu übergegangen, mir pro Woche fünf Dollar Taschengeld zu geben, um mir den Wert des Geldes näherzubringen. Doch der Fünfdollarschein, den er mir überreichte, hätte auch ein Gutschein mit der Aufschrift »reicht für eine mittelgroße Tüte Bonbons« sein können, denn das war das Einzige, was ich überhaupt je davon kaufen wollte. Wenn ich versuchte mir vorzustellen, wie viel Geld durch meinen Besuch der Glendale draufging, sah ich mich stets durch ein Zimmer voller Bonbons waten. Wie Dagobert Duck seine Taler, schaufelte ich Süßigkeiten mit bloßen Händen und ließ sie mir über den Kopf regnen. Absolut schamlos kam mir das vor.

Manchmal beim Essen, wenn mich meine Eltern fragten, ob ich in der Schule glücklich wäre, verspürte ich das Bedürfnis, ihnen alles zu erzählen: Dass ich der einzige Schüler im zweiten Jahr Französisch war, der vom Lehrer noch auf Englisch angesprochen werden musste. Dass mich jemand bei der Schülervollversammlung als Kandidat für die Jahrgangssprecherwahlen vorgeschlagen hatte, was derart ausdauerndes und intensives Gelächter ausgelöst hatte, dass sich der Rektor mit Hammerschlägen Gehör verschaffen musste. So etwas hatte ich noch nie erlebt. Aber ich wollte nicht, dass mich meine Eltern für undankbar hielten. Außerdem hatte ich das Gefühl, dass sie alle meine Probleme bereits kannten, auch wenn ich nie darüber sprach. Sie hakten niemals nach, wenn es um die Schule ging. Wenn ich ihnen erklärte, die Schwimmprüfung sei »normal« verlaufen, ohne »komische Zwischenfälle«, nahmen sie mich beim Wort und erlaubten mir, das Thema zu wechseln. Und wenn ich behauptete, ich hätte Fieber, zogen sie nie ein Thermometer zu Rate. Sie tätschelten mir die Schulter, trugen den Fernseher in mein Zimmer und wünschten mir gute Besserung.

Ihre Ansprüche an mich waren fast schon unbegreiflich niedrig. Sie gratulierten mir per Zettelchen am Kühlschrank zu Dreiern oder einer Zwei minus. Wenn ich es schaffte, irgendwo eine Eins zu bekommen, riefen sie sofort meine Großmutter an, auch wenn es schon spät und sie krank war.

»Nein!«, rief sie dann aus. »Das glaube ich nicht! Ich glaube es nicht!«

»Ist aber wahr!«, entgegnete meine Mutter. »Seymour, sag's ihr!«

»Ist wahr«, nuschelte ich.

Und dann fing sie an zu schreien, richtig zu schreien, so wie damals, als sie bei der Tombola in unserer Synagoge die Mittelmeerkreuzfahrt gewonnen hatte. Ich wusste ihre Unterstützung zu schätzen, nur wünschte ich manchmal, die Messlatte würde etwas höher liegen.

Eine Woche war vergangen, seit mich Elliot die Treppe heruntergeschubst hatte, und noch immer hatte er kein einziges Wort an mich gerichtet. Nach wie vor saß er beim Mittagessen neben mir, kritzelte in seinem Notizbuch herum und starrte mich ab und zu auf unheimliche Weise an.

Ich gab mir jede erdenkliche Mühe, ihn zu ignorieren. Nach der Mittagspause stand ein Vokabeltest in Französisch an, und ich war fest entschlossen, zur Abwechslung einmal gut abzuschneiden. Ich versuchte gerade, mir französische Tiernamen zu merken, als mir jemand fest auf die linke Schulter klopfte. Ich drehte mich um, und Elliot stand vor mir. Zum ersten Mal überhaupt hatten wir direkten Blickkontakt, und mir fiel auf, wie müde er aussah. Sein Gesicht war glatt und makellos, aber unter den Augen hatte er dunkle und tiefe Ringe. Irgendwie wirkte er gleichzeitig jung und alt.

»Was ist los mit dir?«, fragte er.

Erst als er mich ansprach, wurde mir bewusst, dass ich seine Stimme noch nie gehört hatte. Sie war hoch und trällernd, aber auch seltsam phlegmatisch. Er klang wie eine in die Jahre gekommene Britin, die ihr Leben lang Kette geraucht hatte.

»Wie meinst du das?«, fragte ich.

»Gleich läutet die Schulglocke«, sagte er und unterdrückte ein Husten. »Und du hast erst zwei Schokomilch intus. Wenn du in dem Tempo weitermachst, wirst du die fünf Milch nicht schaffen, die du dir sonst in jeder Mittagspause einverleibst.«

Ich lachte gequält.

»Ich trinke nicht immer so viel.«

»Doch, tust du«, sagte er und blätterte träge in seinem Notizbuch. »Oft trinkst du sogar sechs.«

Plötzlich riss er die Augen auf.

»Einmal hast du – sieben getrunken!«

Ich schlug die Augen nieder.

»Ich hatte nicht damit gerechnet, dass das jemand mitbekommt.«

»Also?«, fragte er. »Wo liegt das Problem? Bist du krank?«

»Nein – nur aufgeregt, glaube ich. Du weißt schon, wegen dem Französischtest.«

Er nahm mir das Buch aus der Hand.

»Was willst du mit der Seite über die Tiere? Heute werden Berufe abgefragt.«

»Wann wurde das denn gesagt?«

»Gar nicht«, erklärte Elliot. »Aber es liegt doch auf der Hand.«

»Wie meinst du das?«

Er krümmte die Finger und unterzog seine Nagelhaut einer eindringlichen Betrachtung.

»Mr. Hendricks denkt sich nie eigene Fragen aus. Dafür ist er zu einfältig. Er fotokopiert sie direkt aus dem Buch.«

»Und?«

»Und es gibt in diesem Kapitel nur neun Vokabeltests. Die anderen acht haben wir schon gemacht. Bleibt nur noch einer übrig.«

Er schlug das Buch auf der Seite mit den Berufen auf und gab es mir zurück.

Ich konnte es kaum fassen. In fünf Minuten war die Mittagspause vorbei, und ich hatte die einzig wichtige Seite übersehen.

»Wie bist du darauf gekommen?«, fragte ich.

»Logische Schlussfolgerung.«

Ich fing an, mir die Vokabeln einzuprägen, allerdings interessierte ich mich zu diesem Zeitpunkt bereits sehr viel mehr für Elliots seltsames Buch.

»Woran arbeitest du?«, fragte ich.

»Das geht dich nichts an«, erwiderte er.

»Oh. Tschuldigung.«

Ich widmete mich schnell wieder meinem Buch. Der Bauer, der Geschäftsmann, der Koch …

»Es geht um Forschung«, sagte Elliot. »Ich forsche.«

»Wirklich? Worüber?«

»Ich fürchte, das kann ich dir nicht sagen.«

Er starrte mich eine Weile schweigend an, bis mir klar wurde, dass ihm keinerlei Zusatzinformationen zu entlocken waren. Dann redete er weiter.

»Mein Vater hat dieser entsetzlichen Einrichtung hier einen beträchtlichen Geldbetrag gespendet, und es sieht so aus, als sei ich gezwungen, über einen längeren Zeitraum hier zu verweilen. Ich recherchiere, um die Zeit so schmerzfrei wie möglich zu gestalten.«

Er durchblätterte sein Notizbuch und zeigte mir einige Diagramme, die er gezeichnet hatte. Eines illustrierte die Häufigkeit und Dauer von Brandschutzübungen. Ein anderes führte sämtliche Lehrer dem Alter nach geordnet auf. Es gab detailgenaue Grundrisse der Schule, einschließlich Heizungs- und Wartungskeller, sowie einige Zahlenreihen, die nach Spindkombinationen aussahen.

»Was ist das hier?«, fragte ich und zeigte auf eine Liste mit Namen von Schülern.

»Das ist ein Statusindex«, sagte er. »Ich habe versucht, jedem einen Platz in der Rangfolge zuzuweisen. Siehst du? Das bist du, ganz unten.«

»Das ist völlig daneben«, sagte ich.

»Denkst du, du solltest höher stehen?«

»Nein ... Das ist schon richtig. Aber der Rest ist verbesserungsfähig. Zum Beispiel sollte Lance einen viel höheren Platz bekommen. Wenn's nach dir ginge, wäre er nicht mal bei den Top fünf.«

Elliot nickte langsam.

»Was noch?«, fragte er.

Ich überflog die Liste. Mir fiel auf, dass er sich selbst nirgendwo platziert hatte.

»Na ja, Jessica müsste höher eingestuft werden«, sagte

ich. »Und am unteren Ende stimmt auch einiges nicht. Manche von denen haben viele Freunde.«

Er reichte mir seinen Füller.

»Korrigier's«, forderte er mich auf.

Verlegen nahm ich den Stift.

»Okay … Aber Elliot? Darf ich dich was fragen?«

»Was?«

»Warum hast du mich die Treppe runtergeschubst?«

Elliot zuckte mit den Schultern.

»Zum Zeitvertreib«, sagte er. »Und zu Forschungszwecken. Ich wollte herausfinden, inwiefern man mich maßregeln würde.«

»Aber warum hast du dich ausgerechnet für mich entschieden?«

»Um die Versuchsbedingungen zu standardisieren. Ich musste mich eines alltäglichen Vergehens schuldig machen. Dich zu ärgern gehört hier offenbar zu den allgemein akzeptierten Regelverstößen.«

»Das leuchtet mir ein.«

»Jetzt will ich dir mal eine Frage stellen«, sagte Elliot. »Warum bist du an dieser Schule so unbeliebt?«

Sein Tonfall ließ darauf schließen, dass er es nicht böse meinte. Er war einfach nur neugierig.

»Du hast ungefähr genauso viel Geld wie die anderen Kinder. Du bist zwar dick, aber nicht übermäßig. Ich meine, ein paar aus deiner Klasse sind regelrecht fett.«

Er zeigte auf sie.

»Also«, fragte er. »Woran liegt's?«

Ich dachte mehr oder weniger permanent über meine Unbeliebtheit nach, aber ich hatte noch nie mit jemandem darüber gesprochen.

»Das hat viele Gründe«, sagte ich.

»Zum Beispiel.«

»Na ja, zum Beispiel … Ich bin nicht so gut in Sport. Vor allem nicht in Basketball.«

Elliot riss die Augen auf.

»Athletik bestimmt hier den Status?«

Ich nickte. »Größtenteils schon.«

»Der schwarze Junge, der ständig rumspringt und versucht, an alles Mögliche dran zu kommen …«

»Chris.«

»Egal. Den hält man für stark? Obwohl er ganz offensichtlich nur aufgrund eines Förderprogramms hier ist?«

»Geld ist an der Glendale nicht wichtig«, erklärte ich. »Es geht eher darum, wer cool ist und gut in Sport oder ob man für eingebildet gehalten wird oder nicht. So was eben.«

»Siehst du das auch so?«

Elliot schloss die Augen und massierte sich die Schläfen, als habe ihn das Gespräch mit mir sehr angestrengt. Sein kraftloses blondes Haar, so hell, dass es fast schon weiß war, fiel ihm über die Hände. Er strich es glatt nach hinten, schlug die Augen auf und zeigte auf mich.

»Hat dir schon mal jemand gesagt, dass man mit Geld alles kaufen kann? Dass nichts auf der Welt so wichtig ist wie Geld?«

Ich schüttelte blöde den Kopf.

»Ich könnte dir an dieser Schule so viel Beliebtheit kaufen, wie du willst«, sagte er. »Mit ein bisschen Recherche und ein paar geschickten Investitionen wärst du hier der König. Von den Mädchen bewundert, von den Jungs respektiert, von allen gefürchtet.«

Ich lachte nervös.

»Was muss ich dafür tun?«
Elliot grinste.
»Alles, was ich dir sage.«

Wenn ich Geschichten über Elliot erzähle, wird mir immer dieselbe Frage gestellt: Warum verwendete er so viel Zeit und Mühe darauf, dein Leben zu verbessern, wo er dich doch kaum kannte und ihr beiden euch gerade erst begegnet seid? Das ist eine gute Frage. Und ich kann sie nur ansatzweise mit einem kleinen Exkurs über Videospiele beantworten.

Bevor ich Elliot kennenlernte, spielte ich jeden Tag nach der Schule stundenlang Videospiele. Und obwohl ich im wahren Leben auf Basketball nicht unbedingt versessen bin, war ich doch hocherfreut, als mir meine Eltern *NBA Live '96* schenkten. Damals war das Spiel einzigartig, weil man damit »Coach« eines Teams sein durfte. Man konnte Spieler einkaufen und verkaufen, auswechseln und eine ganze Saison gegen andere Teams antreten lassen, die vom Computer gesteuert wurden. Ich stellte den Spielmodus auf »leicht«, weil ich zum ersten Mal spielte. Und ich entschied mich für die Sacramento Kings, weil mir ihre Trikots gefielen – lila und schwarz mit Silber drin.

Der Computer schlug vor, bei der Mannschaftsaufstellung zunächst danach zu gehen, wer auch in Wirklichkeit zu den besten fünf Spielern gehörte. Aufgrund meiner Position als Coach beschloss ich allerdings, alles ein bisschen anders zu machen. Mitch Richmond, sechsmaliger All-Star, war als Aufbauspieler vorgesehen. Aber damit rechneten doch alle! Ich entschied, ihn aus der Mannschaft zu nehmen und durch Derrick Phelps zu ersetzen, einen unbedeutenden Ersatzspieler, der in seiner gesamten Profilaufbahn erst drei offizielle

Spiele absolviert hatte. Kaum hatte ich den Wechsel eingegeben, tauchte ein rotes Textband auf dem Bildschirm auf:

Sind Sie sicher, dass Sie Mitch Richmond
für Derrick Phelps auswechseln wollen?

Ich zögerte einen Augenblick in dem Bewusstsein, eine unorthodoxe Trainerentscheidung getroffen zu haben. Doch dann wurde ich wütend. Wer war dieser Computer überhaupt, dass er glaubte, mir sagen zu dürfen, wen ich in meine Mannschaft aufnehmen sollte und wen nicht? Ich war der Coach der Sacramento Kings! Gehässig klickte ich auf Start, und innerhalb weniger Sekunden betrat Derrick Phelps den Court. Ich gewann den Tip-off, spielte ihm den Ball zu und ließ ihn unmittelbar darauf einen schwierigen Dreier nehmen. Es war ein entsetzlicher Wurf, der Ball streifte kaum den Korb, und das andere Team bekam mühelos den Rebound. Hatte ich einen Fehler gemacht? Ich beschloss, eine Auszeit zu nehmen und mir Derricks Statistiken aus der vorangegangenen Saison noch mal anzusehen:

Spieleinsätze: 3
Spielminuten insgesamt: 5
Punkte pro Spiel: 0.0

Das sah nicht gut aus, besonders wenn man die Zahlen mit denen von Mitch Richmond aus demselben Jahr verglich:

Spieleinsätze: 82
Spielminuten insgesamt: 3172
Punkte pro Spiel: 22.8

Ich wechselte Mitch Richmond für zwei Spiele ein. Sofort nahm er einem Gegenspieler dreist den Ball ab und passte, demonstrativ ohne hinzugucken, einen Alley-oop zum Center.

Das Publikum drehte durch, aber der Jubel ließ mich kalt. Für einen Mitch Richmond war es viel zu einfach, das Spiel zu beherrschen. Natürlich konnte ich nach Vorschrift spielen und ihm erlauben, mein Team zur Meisterschaft zu führen. Oder aber ich stellte die Basketballwelt auf den Kopf und erschuf eine neue Legende aus dem Nichts. Eine Legende namens Derrick Phelps. Erneut nahm ich eine Auszeit und wechselte ihn ein.

Gegen Ende des dritten Viertels hatte Phelps fast siebzig Dreier geworfen. Er war so programmiert, dass die Mehrzahl seiner Würfe danebenging. Trotzdem hatte er es geschafft, sechsundsechzig Punkte zu erzielen, und da das Spiel auf »leicht« eingestellt war, brauchten wir für einen Sieg nicht mehr.

Nachdem ich drei Wochen lang konsequent nach der Schule gespielt hatte, wurden meine Sacramento Kings Meister. Derrick Phelps hatte jeden bedeutenden Rekord in der Geschichte der NBA gebrochen. Er hatte die Saison mit durchschnittlich achtzig Punkten pro Spiel abgeschlossen. Und egal wie erschöpft er körperlich auch war, er verpasste keine einzige Spielminute.

Wenn ich nachts im Bett lag, stellte ich mir vor, wie ich selbst in dem Spiel mitmischte und als Coach der elektronischen Sacramento Kings Pressekonferenzen gab.

»Wo haben Sie diesen Derrick entdeckt? Er ist der neue Michael Jordan!«

»Er ist besser als Jordan«, sagte ich dann. »Er zeigt in

dieser Liga Leistungen wie kein anderer. Leistungen, von denen niemand je zu träumen wagte.«

»Finden Sie seine Wurfstrategie nicht problematisch? Gestern Abend hat er 37 Dreipunktewürfe versucht, darunter neun von hinter der Mittellinie. Klingt ganz nach einem überaus egoistischen Spieler.«

»Hören Sie«, würde ich sagen und mit dem Zeigefinger vor der Nase des eingebildeten Reporters fuchteln. »Phelps hat dieser Liga mehr Fans eingebracht als irgendein anderer Spieler der Geschichte. Und wenn er Zwanzigmeterwürfe machen möchte, na schön, bitte, ich glaube, er hat sie sich verdient.«

Als ich Derrick Phelps entdeckte, war er ein unerfahrener Spieler gewesen, der in der Liga so gut wie keine Beachtung fand. Innerhalb einer Saison hatte ich ihn zum überragenden Superstar gemacht, wie es in diesem Sport keinen zweiten je gegeben hat. Er war meine größte Errungenschaft.

Elliot habe ich das alles nie erzählt, aber ich denke, er hätte es verstanden. Er selbst spielte natürlich keine Videospiele. Das hatte er nicht nötig.

Ich wusste, dass Elliots Vorschlag verrückt war. Beliebtheit konnte man nicht kaufen wie ein Paar Turnschuhe. Sie zu erlangen nahm Jahre in Anspruch, oder mindestens einen heißen Sommer – vorausgesetzt, man war gebaut wie Jessica. Die Vorstellung, beliebt zu sein, gefiel mir: beim Mittagessen zu sitzen, wo man wollte, Videospiele sogar zu zweit zu spielen, Melodien zu summen, ohne fürchten zu müssen, dafür verprügelt zu werden. Aber das waren reine Phantasiegespinste, und meine Jahre an der Glendale hatten mich gelehrt, mich nicht darauf einzulassen.

Außerdem war meine Situation nicht annähernd so aussichtslos, wie Elliot behauptet hatte. Zugegeben, ich war im herkömmlichen Sinne nicht beliebt, aber ich wurde dennoch respektiert. Immerhin hatte ich gerade erst eine Einladung zum wichtigsten sozialen Ereignis des Jahres erhalten: dem Geburtstag von Lance. Die Karte war ein paar Tage zu spät eingetroffen, nachdem ich das gesamte Wochenende in Panik verbracht hatte, da ich mir sicher war, zu den wenigen zu gehören, die davon ausgeschlossen bleiben sollten. Doch schließlich hatte mir meine Mutter die glänzend rote Karte überreicht, von Lance höchstpersönlich unterzeichnet. Konnte es wirklich so schlimm sein? Immerhin war ich »herzlich eingeladen«, an »Lance Coopers dufter Pool-Party« teilzunehmen. Genau genommen schon. Aber wen interessierte das? Lance wollte, dass ich kam. Und das genügte mir ehrlich gesagt.

Vor der Veranstaltung an sich graute mir natürlich. Seit der Schwimmprüfung in der siebten Klasse hatte ich mich meinen Mitschülern nicht mehr in Badehose präsentiert. Und die Erinnerung an diese Begebenheit war derart grauenvoll, dass sie mir buchstäblich den Schweiß auf die Stirn trieb. Am Morgen der Party würde ich höchstwahrscheinlich eine schwere Krankheit vortäuschen. Doch das spielte keine Rolle. Als ich wach im Bett lag und Lance Coopers Einladung auf meinem Fensterbrett sah, verspürte ich ein Gefühl von Zufriedenheit wie seit Monaten nicht mehr. Seit meiner Anmeldung an der Glendale war dies die erste Party, zu der ich eingeladen war. Und wer weiß? Vielleicht bedeutete sie einen Wendepunkt in meinem Leben.

Gerade wollte ich einschlafen, als ein unverkennbarer Duft in mein Zimmer stieg.

Meine Mutter backte – etwas Köstliches. Instinktiv sprang ich aus dem Bett und tastete mich durch den dunklen Flur. Erst als ich die Küchenuhr sah, begriff ich, dass etwas nicht stimmte. So spät abends hatte meine Mutter noch nie gebacken.

Die Küche war, abgesehen von dem goldgelb glühenden Ofen, vollständig in Dunkelheit getaucht. Ich sah mich nach meiner Mutter um, aber sie war bereits im Schlafzimmer verschwunden, um dort das Ende der Backzeit abzuwarten. Ungläubig spähte ich in den Ofen. Das ergab keinen Sinn: Meine Mutter hatte Cookies gemacht – ein komplettes Blech Erdnussbutter-Cookies – und hatte mich nicht darüber informiert. Ich wollte gerade an ihre Tür klopfen und sie zur Rede stellen, als ich eine Blechdose auf der Anrichte entdeckte. Meine Mutter hatte sie mit Wachspapier ausgeschlagen und eine Dankeschön-Karte am Deckel befestigt. Sie war adressiert an Mrs. Cooper.

Die Mutter von Lance.

Ich klappte die Karte auf.

Vielen Dank, dass Sie bereit waren, Seymour einzuladen. Er freut sich schon so sehr! Bezüglich unseres Gesprächs: Ich werde darauf achten, dass sich Seymour strikt an die Pool-Hygiene hält und es keine Wiederholung des »Vorfalls« wie bei der Schwimmprüfung geben wird.

Ich schlich in mein Zimmer zurück, mir war schlecht, so sehr schämte ich mich. Mein Vater hatte sich so gefreut, als ich ihm beim Essen von Lance' Party erzählt hatte. Ich fragte mich, ob er von der peinlichen Intervention meiner Mutter wusste – und von den Zugeständnissen, auf die sie sich eingelassen hatte. Ich sah Lance vor mir, wie er drei Tage lang mit seiner Mutter debattierte, bevor er widerwillig meine Einladung unterschrieb. Ich malte mir aus, wie er mit seinen Freunden die Kekse aß und deren traurige Herkunft erklärte.

Es war elf Uhr Abends, also weit über die vernünftige Schlafenszeit eines Kindes hinaus, aber irgendwie wusste ich, dass Elliot noch wach sein würde. Zum ersten Mal überhaupt, soweit ich mich erinnern konnte, schloss ich meine Tür ab und schlug seine Nummer im Telefonbuch nach.

»Okay«, sagte ich. »Wann fangen wir an?«

Elliot lachte.

»Sofort.«

»Also, Vlad, dann hast du überhaupt nie in der National Basketball Association gespielt?«

»Äh, nein. Offiziell nicht. Aber ich hab einen Sommer lang mit den Pacers trainiert, und ich hab mit Spielern der BNA in der CBA gespielt.«

Elliot verdrehte die Augen.

»Das musst du aber«, sagte er.

Ohne auch nur mit der Wimper zu zucken, starrte der Basketballspieler mit riesigen Augen auf Elliot herab. Vlad war wahrscheinlich der größte Mensch, dem ich je begegnet war, und seine Gliedmaßen waren erschreckend muskulös. Andererseits sprach er mit der stillen Aufgeregtheit eines Jungen, der sich an seinem ersten Schultag den anderen vorstellt. Er dribbelte mit dem Ball über den harten Holzboden, und das Geräusch hallte um uns herum. Elliot hatte ein komplettes YMCA gemietet, und außer mir, Elliot und Vlad war niemand da.

Er hatte mir nicht erzählt, wo wir nach der Schule hinwollten; er hatte mich einfach auf den Rücksitz seiner Limousine geschubst. Während der Fahrt stellte ich ihm Fragen, aber er war zu sehr in seine Telefonate vertieft, um zu antworten. Als wir am YMCA vorfuhren, warf er mir eine Tasche mit Sportklamotten zu – ansonsten ignorierte er mich.

Er trug einen doppelreihigen grauen Anzug mit sauber gefaltetem, blauen Taschentuch in der Brusttasche.

»Wann entscheidet der Coach über die Mannschaftsaufstellung?«, fragte er.

Vlad zuckte mit den Schultern.

Elliot nahm sein Handy und drückte eine einzige Taste.

»Finde heraus, wann die Basketball-Testspiele der Jahrgangsstufe acht an der Glendale stattfinden«, befahl er jemandem. Er klappte das Handy zu und steckte es wieder in die Tasche.

»Na ja«, sagte er und gestikulierte unbestimmt in meine Richtung. »Worauf warten wir?«

In der darauffolgenden Stunde machte Vlad mit mir etliche Basketballübungen, um mein »Eignungsniveau« zu eruieren. Als ich zum ersten Mal dribbelte und den Ball mit zittrigen Händen auf den Boden prallen ließ, stöhnte er auf. Er gab sich die größte Mühe, professionell zu bleiben, und ermutigte mich jedes Mal artig, wenn ich wieder einen Korbleger vermasselt hatte, aber das blanke Entsetzen stand ihm ins Gesicht geschrieben. Später fand ich heraus, dass Elliot Vlad meinen Leistungen entsprechend entlohnte. Wenn ich es nicht in das Basketballteam der Jahrgangsstufe acht schaffte, würde ihm eine atemberaubend hohe Summe entgehen.

Nach meinem zweiten Hustenanfall brach Vlad die

Übungen ab und ging mit mir zur Tribüne. Elliot war in ein militärhistorisches Buch vertieft – Marine, soweit ich sehen konnte –, und erst nach mehreren Versuchen gelang es uns, seine Aufmerksamkeit zu ergattern.

»Na, wie ist er?«, fragte Elliot.

»Nicht schlecht«, sagte Vlad und rang sich ein Lächeln ab. »Schlägt sich ganz tapfer.«

Elliot schlug sein Buch zu und richtete seinen kleinen Zeigefinger auf Vlads Gesicht.

»Erzähl mir keinen Scheiß!«, brüllte er.

Er wartete einige Augenblicke, bis sein Schrei verhallt war. Dann fuhr er in ruhigem und gefasstem Tonfall fort.

»Es geht hier nicht um ›Gefühle‹, Vlad. Auch nicht um ›Selbstachtung‹. Es geht um Sieg oder Niederlage. Ich bezahle dich dafür, dass wir gewinnen. Also sag's mir frei heraus: Kannst du ihn trainieren, so dass er's ins Team schafft? Oder muss ich mir jemand anderen suchen?«

Vlad setzte sich.

»Okay«, sagte er. »Soll ich ehrlich sein? Das wird nicht leicht. Der Junge macht den Eindruck, als hätte er noch nie gespielt, als hätte er nicht mal ein Spiel gesehen. Begabung ist noch nicht mal das Problem. Er ist körperlich völlig am Ende. Das Fassungsvermögen seiner Lungen ist für einen Vierzehnjährigen echt schlecht. Und sein Gang … Wie er rennt … Das ist irre. Als er auf den Platz gelaufen kam, dachte ich, der will mich verarschen. Wollte er aber nicht. Der rennt wirklich so.«

Elliot nickte.

»Okay«, sagte er. »Also was ist zu tun?«

Vlad sah zur Decke hinauf und stieß einen tiefen Seufzer aus.

»Ich würde sagen: Minimum zwei Stunden täglich. Außerdem Kraft- und Ausdauertraining. Aber das sind nur die Grundlagen. Wenn er nicht mit anderen Spielern um den Ball kämpft, wird er keine Vorstellung davon entwickeln, wie Basketball funktioniert.«

»Gut, dann besorgen wir Mitspieler.«

»Wie willst du das machen? Ich meine, du kannst keine komplette Mannschaft aus ...«

Elliot verengte die Augen zu Schlitzen.

»Ich hab einen Vorschlag«, sagte er. »Du hörst auf, mir zu sagen, was ich kann und was ich nicht kann. Hat dir niemand erklärt, mit wem du's zu tun hast? Wer ich bin, wie ich ticke, so was?«

Vlad nickte.

»Okay«, sagte Elliot. »Okay.«

Er schloss die Augen und massierte sich die Schläfen.

»Tut mir leid, dass ich dich vorhin angeschrien habe«, sagte er. »Ich hab schlechte Laune, sogar sehr schlechte.«

Er klopfte Vlad auf die Riesenschulter.

»Gute Arbeit heute«, sagte er.

Er klappte sein Handy auf und flüsterte etwas in den Hörer. Ein paar Sekunden später gingen die Türen auf, und einige frustrierte Stammgäste mittleren Alters kamen einer nach dem anderen herein.

»Die Halle ist jetzt für alle geöffnet«, erklärte Elliot und knöpfte müde seinen langen schwarzen Mantel zu.

Einer von ihnen fragte, wer er sei und wieso er zu einer Zeit, die normalerweise für sie reserviert war, die Halle hatte mieten können, aber seine Freunde beschwichtigten ihn. Irgendwie spürten sie, dass es ein Fehler war, Elliot zur Rede zu stellen.

»Erzähl ihnen, du hast trainiert«, sagte Elliot. »Sag ihnen, du hast den ganzen Sommer über hart gearbeitet, und du willst bei ihnen mitspielen.«

Es war Freitagnachmittag, und Lance hatte wie gewohnt im John Jay Park ein Match drei gegen drei organisiert. Die meisten Jungs, die sich um den Platz scharten, hofften, endlich einmal zu den Auserwählten zu gehören. Die Mädchen saßen auf der Tribüne, aßen Pommes und taten, als würden sie nicht hinsehen.

»Worauf wartest du?«, fragte Elliot fordernd. »Tu, was ich dir sage!«

Ich erklärte ihm, wie schwierig es war, zu den sechs Auserwählten zu gehören, und dass selbst die besten Athleten der Jahrgangsstufe acht Lance die komplette Woche in den Arsch gekrochen waren, um auch nur in die engere Auswahl zu kommen. Auf keinen Fall würde man mich wählen, erklärte ich ihm, und wenn doch, dann würde es peinlich werden. Ich hatte zwar während meiner ersten fünf Trainingswochen definitiv Fortschritte gemacht: Endlich hatte ich begriffen, was ein Double-Dribble war, und der Größe der Dessert-Portion nach zu urteilen, die mir meine Mutter jeden Abend zuteilte, hatte ich auch einiges an Gewicht verloren. Trotzdem kam ich längst nicht an das Niveau der anderen heran.

»Die werden mich nicht mitspielen lassen«, sagte ich. »Du weißt nicht, wie das läuft.«

Elliot machte zwei schnelle Schritte von mir weg und wirbelte herum.

»Okay«, sagte er. »Zuallererst: Sag nie wieder, dass ich nicht weiß, wie irgendwas funktioniert.«

Er hielt einen Augenblick inne, um es sacken zu lassen.

»Du wirst mir vertrauen müssen«, sagte er. »Mein Plan ist viel zu ausgefeilt und genial, als dass du ihn zum gegenwärtigen Zeitpunkt verstehen könntest, aber es ist absolut unerlässlich, dass du dich trotzdem an jeden einzelnen Schritt hältst. Jetzt geh da rüber und sag, so laut du kannst, dass du den Sommer über Basketball trainiert hast und mitspielen möchtest.«

Elliot war unerbittlich. Ich nahm einen tiefen Schluck Pepsi, um Zeit zum Nachdenken zu schinden. Grundsätzlich versuchte ich, den Kontakt zu Lance möglichst zu vermeiden. Erst kürzlich hatte er angefangen, mich »Brocken« zu nennen, und ich hatte die schreckliche Befürchtung, der Spitzname würde in den allgemeinen Sprachgebrauch übergehen, wenn er ihn noch öfter benutzte. Andererseits aber hatte Elliot in den vergangenen Wochen viel für mich getan – ich wollte nicht, dass er mich für undankbar hielt. Ich stellte also mein Getränk ab und ging Richtung Spielfeld.

»Warte!«, flüsterte Elliot. »Wer ist das Alpha-Mädchen, das da auf der Tribüne Hof hält? Die Lächlerin mit den ausgesprochen blöden Löckchen?«

»Oh, das ist Jessica«, sagte ich. »Das ist die, die du in deiner Rangordnung höher einstufen solltest, das hab ich dir gesagt. Sie ist wahrscheinlich die Beliebteste im ganzen Jahrgang.«

»Stimmt«, sagte Elliot. »Für mich sehen die alle gleich aus.«

Plötzlich zeigte er auf mich.

»Achte darauf, dass sie's hört«, sagte er.

Als ich dreißig Sekunden später zurückkehrte, war ich knallrot im Gesicht, und in meinen Augen brannten heiße Tränen.

»Wie ist es gelaufen?«, fragte Elliot.

»Er hat mich ›Brocken‹ genannt, und alle haben es gehört. Ich kann's nicht fassen ... Jetzt werden mich alle ›Brocken‹ nennen. Ich bin der ›Brocken‹. Das wird von jetzt an mein Leben sein.«

Ich sah auf die andere Seite des Spielfelds. Jemand hatte Lance den Ball zugespielt, und er hatte gleich auf Anhieb einen Dreier geworfen. Elliot grinste und widmete sich wieder seinem Buch.

»Was gibt's da zu grinsen?«, fragte ich. »Er hat nein gesagt. Es hat nicht funktioniert.«

»Machst du Witze?«, fragte er. »Es hat perfekt funktioniert.«

Vlad drückte mir einen Basketball in die Hände und bog meine Arme und Beine so lange zurecht, bis sie sich in der richtigen Wurfstellung befanden.

»Hand sauber abknicken«, sagte er. »Und vergiss nicht den Rückwärtsdrall.«

Ich prüfte meine Standfestigkeit, beugte die Knie und löste mich von der Linie. Der Ball glitt von meinen Fingerspitzen ab, beschrieb einen Bogen in der Luft und swishte durchs Netz. Ich wirbelte herum, um Elliots Reaktion nicht zu verpassen, aber er war zu sehr in sein Buch vertieft, um etwas davon mitzubekommen.

»Hey, Elliot!«, rief ich. »Ich hab einen Freiwurf versenkt.«

Vlad legte seine riesige Pranke auf meine Schulter.

»Freu dich nicht zu früh, Junge«, sagte er. »Wir haben noch viel vor.«

Vlad blies in seine Trillerpfeife, und ein großer Mann in kurzer Basketballhose und Baseballkappe kam durch die Tür der Sporthalle gerannt. Er kam mir bekannt vor, aber ich konnte ihn nicht einordnen. Erst als er etwas sagte, erkannte ich ihn.

»Ich habe die Kinder dabei, die du haben wolltest«, verkündete er mit tiefer, monotoner Stimme. »Wenn du noch mehr brauchst, sag Bescheid.«

»Oh Gott«, sagte ich. »James?«

Es war Elliots Chauffeur, der Mann, der uns jeden Tag zur Sporthalle fuhr. Ich hatte ihn noch nie ohne seinen schwarzen Anzug und seine Dienstkappe gesehen.

James schnippte mit den Fingern, und eine ganze Gruppe Jungs kam in die Sporthalle gerannt; alle trugen farblich aufeinander abgestimmte T-Shirts. Es waren genau neun, genug für ein Trainingsspiel. Vlad starrte James einen Moment lang an, entsetzt darüber, dass es ihm scheinbar mühelos gelungen war, so viele Kinder zu entführen. Dann räusperte er sich, blies in seine Trillerpfeife und machte sich erneut an die Arbeit.

»Wie hast du die Kinder dazu gebracht mitzukommen?«, fragte ich auf der Fahrt nach Hause.

»Ich habe James gebeten, eine Basketball-Liga zu gründen«, erzählte mir Elliot. »Wir haben über hundert Spieler.«

»Allmächtiger!«, flüsterte ich. »Verlangst du nicht ein bisschen viel von deinem Chauffeur?«

»James ist mehr als nur ein Chauffeur«, sagte Elliot.

»Okay«, erwiderte ich. »Aber ... Trotzdem ... Ist das nicht ein bisschen abgefahren, gleich eine ganze Liga zu starten, nur wegen mir?«

»Du brauchst Trainingspartner. Und nur so waren die

Eltern bereit, ihre Kinder mitmachen zu lassen. Jede andere Methode hätte sie misstrauisch gemacht.«

»Und … Gibt es auch Spiele und so? Wenn ich nicht dabei bin?«

»Das ist eine stinknormale Liga«, sagte er. »Es gibt Wettkämpfe, Trainer und einen Newsletter. Das Team, mit dem du heute gespielt hast, befand sich in dem Glauben, es handle sich um ein ganz gewöhnliches Training. Sie heißen Timberwolves.«

Wir fuhren eine Weile schweigend weiter.

»Hey, Elliot«, sagte ich. »Hast du das letzte Viertel gesehen?«

»Nein«, sagte er. »Ich hab gelesen.«

»Oh. Na ja, das war cool. Ich hab ein paar Mal einem anderen den Ball abgenommen und einige Korbleger gemacht. Der Beste auf dem Platz war ich nicht, aber auf jeden Fall besser als der Durchschnitt. Ich will meine Hoffnungen nicht zu hoch schrauben … Aber eigentlich habe ich allmählich ein gutes Gefühl, was die Testspiele betrifft.«

Elliot nickte.

»Pass auf, dass du nicht zu selbstgefällig wirst«, warnte er. »Die Timberwolves sind die schlechteste Mannschaft der gesamten neuen Liga.«

Während der folgenden Wochen wurde ich schneller, meine Wurftechnik wurde ausgefeilter, und mein Selbstbewusstsein wuchs rasant. Jede Woche spielte ich gegen zunehmend bessere Mannschaften aus Elliots Liga, und als die Testspiele anstanden, führte ich die bunt durcheinandergewürfelten Timberwolves mehrfach zum Sieg.

Meine Mutter, besorgt wegen meines Gewichtsverlusts,

ließ mich von zwei verschiedenen Ärzten auf Parasiten untersuchen. Als ich ihr erklärte, ich hätte nach der Schule mit Elliot Basketball gespielt, war sie komplett irritiert.

»Dann hat er dich gar nicht die Treppe runtergeschubst?«, fragte sie.

»Das war nur ein Experiment«, sagte ich.

Dabei beließen wir es.

Ich wollte im Park spielen und herausfinden, wie ich mich nun neben meinen Klassenkameraden machte, aber Elliot befahl mir, es vorerst bleiben zu lassen.

»Lance könnte auffallen, dass du besser geworden bist«, sagte er. »Und wir müssen ihn unbedingt überrumpeln.«

Plötzlich schüttelte er angewidert den Kopf.

»Die Tatsache, dass jemand von Lance' Kaliber an dieser Schule das Sagen hat, belegt nur, wie gewöhnlich sie ist.«

»Wie meinst du das?«, fragte ich. »Ist Lance nicht ... Na ja, du weißt schon ...«

»Ist Lance nicht was?«

»Na ja, weißt du ... Ist er nicht reich?«

»Natürlich nicht«, sagte er. »Seinem Vater gehören irgendwelche Warenlager in Queens. Das ist noch lange kein Imperium.«

»Aber er hat die neuen Penny Hardaways«, sagte ich.

»Genau! Die protzigsten Schuhe, die derzeit auf dem Markt zu haben sind. Er muss sie tragen, um zu beweisen, dass sich seine Eltern so was leisten können! Wie ein Höhlenmensch mit einem Knochen durch die Nase. Na klar, Lance ist stolz auf die Schuhe. Aber wenn seine Kinder eines Tages Fotos davon sehen, wird es ihnen peinlich sein, dass ihr Vater dermaßen dick auftragen musste. Und seine Enkelkinder – die werden im Boden versinken.«

Ich blickte auf Elliots Schuhe: handgenähte Herrenslipper aus einem Material, das nach Krokoleder aussah. Die Spitzen waren versilbert, die Schnallen aus Gold und die Sohlen blutrot.

»Was ist mit denen?«, fragte ich.

Elliot zuckte mit den Schultern.

»Die Allagashes stehen über so was.«

Lance war zwar der Erste in der Klasse mit Penny-Hardaway-Schuhen gewesen, aber bis zum Tag der Testspiele hatten es ihm bereits so viele nachgemacht, dass er das Gefühl hatte, noch eins drauflegen zu müssen. Er trug die neuen Air Jordans – einen Schuh mit golddurchwirkten Schnürsenkeln. Niemandem fielen sie auf, erst in der Stillbeschäftigungsstunde, als er auf seinem Stuhl kippelte und beide Füße auf den Tisch legte.

Es war eine ziemlich provozierende Geste, aber Mr. Hendricks hielt den Mund. Er war ein nervöser Mann, ein schmächtiger Französischlehrer, dessen Hände ulkig zitterten, wenn er schrie. Er trug Tweedjacketts und eine dunkel eingefasste Brille, konnte aber nicht darüber hinwegtäuschen, dass er der jüngste Lehrer an unserer Schule war. Angesichts seiner Gewissenhaftigkeit bei Prüfungen und der Art, wie er zusammenzuckte, wenn sich Schüler über zu viele Hausaufgaben beschwerten, war dies unübersehbar. Elliot machte sich unentwegt über ihn lustig – besonders wegen der mangelhaften Qualität seiner Tweedjacketts –, mir war er aber mit Abstand der liebste Lehrer. Er war der Einzige, mit dem ich mich identifizieren konnte.

Jessica und Lance fingen an zu tuscheln, doch Hendricks nahm ein Buch heraus und tat, als würde er es nicht bemerken. Als sie zu laut wurden, um überhört zu werden, ging er auf die Toilette.

»Du solltest dir die Testspiele ansehen«, sagte Lance.

»Ich bin bei den Cheerleadern.«

Ich saß direkt hinter den beiden. Irgendwann fiel mir auf, dass Jessica ihre Füße ebenfalls hochgelegt hatte, neben seine.

»Ihr könntet in der nächsten Saison voll durchstarten«, erklärte ihr Lance. »Feuer mich heute an.«

Sie schob ihre Füße näher an seine, bis sie sich praktisch berührten.

»Ich werde da sein.«

Mein Magen verkrampfte. Ich war ohnehin schon nervös genug, auch ohne die drohende Aussicht auf ein weibliches Publikum. Wenn Jessica hinging, würden alle kommen. Ich hatte monatelang trainiert: Was, wenn alles in einer Katastrophe endete? Das einzig Beruhigende für mich war Elliots Anblick. Mit verschränkten Armen saß er da und starrte aus dem Fenster, ein abgeklärtes Lächeln auf den Lippen. So schwer es mir fiel, an meinen Erfolg zu glauben, umso weniger konnte ich mir vorstellen, dass Elliot versagte.

Wenige Stunden vor den Testspielen ging Mr. Hendricks mit uns zur Freistunde auf das Sportgelände. Ich absolvierte gerade die verschiedenen Yoga-Dehnübungen, die mir Vlad beigebracht hatte, als ich vom Wasserbrunnen her Tumultartiges vernahm. Ein großer Mann in einem riesigen Butterfinger-Kostüm aus Schaumstoff verteilte Nestlé-Probepackungen. Instinktiv wollte ich auf ihn zurennen, als ich Elliots Hand auf meiner Schulter spürte.

»Das ist für die Trottel«, sagte er. »Nicht für dich.«

Ich sah auf die andere Seite des Sportgeländes. Mr. Hendricks ermahnte die Schüler, »jeder nur eins« zu nehmen, aber es war bereits zu spät. Lance hatte eine Art Fresswettkampf ausgerufen, und die anderen Jungs feuerten ihn an, riefen laut seinen Namen im Chor. Der Mann im Schaumstoffkostüm leerte den restlichen Inhalt seiner Kiste auf dem Boden aus, und unter den größeren Jungs entstand eine Rangelei um die besten Schokoriegel. Dann nickte er Elliot kurz zu und war verschwunden.

»Meine Güte!«, sagte ich. »War das James?«

Elliot lehnte am Klettergerüst und starrte die Menge an.

»Sieh nur, wie die Tiere«, sagte er. »Gib den Affen Zucker.«

Er sah auf seine Armbanduhr.

»Manchmal ist es fast schon zu einfach.«

Normalerweise musste Mr. Hendricks das Licht ausschalten, um gegen Unterrichtsende noch Aufmerksamkeit zu bekommen. Doch jetzt hatte sich ein intensiver Zuckerschock im Klassenzimmer breitgemacht. Die meisten hingen zusammengesunken auf ihren Stühlen, atmeten langsam und schwer, die Augen halb geschlossen. Einige waren tatsächlich eingeschlafen.

»Ich weiß, dass ihr alle aufgeregt seid wegen der Basketball- und Cheerleading-Wettbewerbe«, sagte Mr. Hendricks. »Aber bevor ich euch gehen lasse, möchte Elliot noch kurz etwas bekannt geben.«

Elliot ging an die Tafel und presste seine Hände aneinander, als wollte er beten.

»Jedes Jahr«, sagte er, »fallen drei Dutzend Jugendliche in Großstädten Asbestvergiftungen zum Opfer. Ich habe daher beschlossen, eine freiwillige Arbeitsgruppe ins Leben zu rufen, die sich der Bekämpfung dieser grässlichen Seuche widmet. Ich selbst werde mich als Präsident zur Verfügung stellen, werde allerdings dienstags, donnerstags und freitags die Hilfe eines Assistenten in administrativen Angelegenheiten benötigen. Wer in eine solche Funktion gewählt wird, muss natürlich auf jegliches weitere Engagement beim Basketball oder bei den Cheerleadern verzichten. Aber ich bin sicher, wir sind allesamt der Ansicht, dass ein solches Opfer ein geringer Preis ist, wenn es darum geht, Asbest aus unseren Schulen zu verbannen. Ich bitte euch, meine lieben Glendale Lions, den Schüler auszuwählen, den ihr dieses Postens für würdig erachtet.«

Einige wenige sahen auf, als er im Klassenzimmer umherging und Wahlzettel auf den Tischen verteilte. Ich hatte genug Zeit mit Elliot verbracht, um mich an seine Eigenarten zu gewöhnen. Ich kannte seine knorrigen Finger, seine kratzige Stimme und seinen eiskalt starrenden Blick. Meine Klassenkameraden aber behandelten ihn wie einen Geist und ignorierten ihn so weit wie möglich.

»Ich wusste gar nicht, dass du eine Arbeitsgruppe gründen willst«, flüsterte ich, als er sich wieder neben mich setzte.

»Will ich ja gar nicht«, sagte er.

Ich hatte selbstverständlich noch mehr Fragen an ihn, zum Beispiel über James und die Süßigkeiten, aber ich beschloss, das Thema ruhen zu lassen. Es gab noch etwas anderes, das ich ihm sagen wollte, und zwar schon seit Monaten.

»Hey, Elliot. Hör mal ... Auch wenn ich nicht ins Team komme, ich wollte nur sagen, na ja, danke, dass du ...«

Er fiel mir ins Wort.

»Nichts zu danken«, meinte er. »Denk dran, ich mache

das nicht aus Nettigkeit oder weil ich so großzügig bin. Ich betrachte die Angelegenheit ausschließlich sportlich. Es handelt sich um eine intellektuelle Übung – eine Möglichkeit, mich in dieser grauenhaften Phase meines Lebens tagsüber zu beschäftigen.«

»Okay«, sagte ich. »Trotzdem … Ich wollte Danke sagen. Mir bedeutet das wirklich sehr viel.«

Elliot zögerte und fingerte an seinem Manschettenknopf herum. Zum ersten Mal, das wurde mir klar, war er mir gegenüber verlegen.

»Gern geschehen«, nuschelte er schließlich.

Die Schulglocke erklang, und wir begaben uns in die Sporthalle.

Die Testspiele verliefen wie in Zeitlupe, wie im Traum. Ich hatte mich in kurzer Zeit so enorm verbessert, dass es mir vorkam, als wären alle anderen schlechter geworden. Bei der erstbesten Gelegenheit nahm ich Lance den Ball ab, schoss über den Court und machte einen lässigen Korbleger. Lance, leicht schockiert, gab sich die größte Mühe, im nächsten Angriff gegen mich zu punkten. Ich sah seinen Crossover jedoch voraus, nahm ihm erneut den Ball ab und legte ungehindert einen weiteren Korb – diesmal mit links, um ein bisschen Abwechslung ins Spiel zu bringen. Einstweilen zeitigte der von Elliott verursachte Zuckerschock die gewünschte Wirkung. Die anderen wurden so träge, dass der Trainer die Sprintübungen unterbrach, um einen Vortrag über den »inneren Schweinehund« zu halten. Einer der größeren Jungs, die seit der Freistunde mehr oder weniger beharrlich Süßigkeiten in sich hineingestopft hatten, nutzte die Gelegenheit, um aufs Klo zu rennen und zu kotzen.

Als ich in Führung ging, reagierte Lance zunächst mit Gelächter. Doch seine Belustigung wich schon bald Frustration – und Angst. Während der letzten Sekunden des Trainingsspiels doppelte er mich mit einem anderen Jungen an der Mittellinie, in dem verzweifelten Versuch, mich aufzuhalten. Mit einem Spin-Move zog ich vorbei, schaltete den anderen Verteidiger mit einem angetäuschten Wurf aus und donnerte pünktlich zum Klang der Sirene einen letzten Dreier rein. Es herrschte ehrfürchtige Stille. Das einzige Geräusch war ein dünnes, schrilles Kichern von der Tribüne. Ich nahm an, es stammte von einem der Mädchen – sie saßen in der ersten Reihe –, doch es war Elliot. Alleine hockte er ganz hinten und trank etwas, das nach einer Art Martini aussah. Er grinste die verblüfften Cheerleader an, nickte mir einmal zu und war weg.

Ich war nicht aggressiv genug, um mir einen Weg durch die Menge zu bahnen, aber ich musste die Liste gar nicht sehen; ich wusste auch so, dass ich es in die Mannschaft geschafft hatte. Einige Jungen, die ich kaum kannte, klopften mir auf die Schulter, und selbst Lance nuschelte seine Gratulation. Ich wollte mich gerade auf den Nachhauseweg machen, als Elliot mich aufhielt. Ich warf die Arme in die Luft, um ihn zu umarmen, doch er streckte mir abwehrend die Handflächen entgegen.

»Wir sind noch nicht fertig«, sagte er.

»Wie meinst du das?«

»Ziel war nicht, dass du in irgendeine erbärmliche Sportmannschaft aufgenommen wirst«, sagte er. »Das sollte nur als Sprungbrett dienen. Wir wollen nicht bloß akzeptiert werden, wir wollen die Herrschaft.«

Er beugte sich dicht an mich heran und fuhr flüsternd fort. Sein Atem roch schlecht, wie das Formaldehyd beim Sezieren von Fröschen.

»Vertrau mir«, sagte er. »Das ist erst der Anfang.«

Er stellte sich auf einen Stuhl und sprach zu den Schülern, die sich vor dem Aushang drängelten. Die Ergebnisse seien ausgezählt und sein Assistent sei gewählt, verkündete er. Mit überwältigender Mehrheit habe sich die Klasse für mich entschieden. Meine neuen Mannschaftskameraden starrten ihn entsetzt an.

»Er kann nicht«, sagte einer von ihnen. »Er gehört zum Team.«

»Ich weiß, dass Basketball sehr wichtig ist«, sagte Elliot. »Aber wir haben hier die Chance, unterprivilegierten Kindern zu helfen. Vielleicht sollten wir Seymour die Möglichkeit geben, selbst zu entscheiden.«

Die Jungen grinsten spöttisch und johlten. Doch die Mädchen, das merkte ich, reagierten anders. Einige verdrehten die Augen wegen des Geheuls. Und einige lächelten mich mit entrücktem Gesichtsausdruck an.

»Was wirst du tun?«, fragte Jessica und legte mir ihre Hand auf den Unterarm.

»Wie wirst du dich entscheiden?«

In jenem Jahr war eine total angesagte Buchreihe namens *Das magische Auge* erschienen. Jeder Band enthielt computergenerierte Bilder, auf denen eigentlich nichts zu erkennen war. Erst wenn man sie lange genug anstarrte, erkannte man nach und nach dreidimensionale Formen. Ein Pferd, eine Krone, ein Schwert. Und dies war genau so ein Moment, in dem sich aus der Verschwommenheit ein Umriss ergab und ich allmählich das Gesamtbild erkannte.

Ich wartete, bis alle Blicke auf mich gerichtet waren. Dann räusperte ich mich, legte eine wirkungsvolle Pause ein und verkündete feierlich meinen Entschluss.

»Ich habe mich entschieden, Elliots AG zu unterstützen«, sagte ich. »Basketball macht vielleicht mehr Spaß, aber ich möchte etwas verändern in der Welt.«

Als ich Elliot auf die Straße hinaus folgte, hörte ich einige der Mädchen aufgeregt tuscheln. Es gelang mir, meine Aufgekratztheit im Zaum zu halten, zumindest bis sich die Türen der Limousine hinter uns geschlossen hatten.

»Hast du gesehen, dass mich Jessica am Arm berührt hat? Hast du's gesehen?«

»Hab ich«, sagte er.

»Hast du das Gesicht von Lance gesehen?«, fragte ich. »Als ich das Team hab sausen lassen? Oh, Gott ... Als wäre ich zu gut, um mit dem Typen überhaupt zu spielen! Ich bin zu gut für seine blöde kleine Mannschaft!«

»Du hast's erfasst, Watson.«

»Ich denke mal, eine Asbest-AG wird's gar nicht geben, oder?«

»Natürlich nicht«, sagte er. »Aber wir treffen uns trotzdem dreimal die Woche.«

»Wozu?«

»Um unseren nächsten Schachzug vorzubereiten«, sagte er. »Wir haben recht gut vorgelegt, aber wir sind noch lange nicht am Ziel.«

Er öffnete das Sonnendach, und Hitze und Licht durchfluteten das Wageninnere. Ich streckte den Kopf hinaus, und der Wind fuhr mir über das Gesicht. Einen Augenblick lang stellte ich mir vor, es gäbe gar keine Limousine – sondern nur mich, der mit 50 Stundenkilometern über die Park Avenue in die Stadt sprintete. Ich rief Elliot zu, er solle es mir nachmachen, aber er wollte nicht. Irgendwann, ein paar Straßenzüge weiter, packte ich ihn an seinen dürren Handgelenken und zerrte ihn vom Sitz. Er wehrte sich wie ein Fisch am Angelhaken und fluchte, bis wir ein oder zwei Ecken weiter waren. Doch als er endlich ebenfalls den Kopf herausstreckte und ihm die warme Luft ins Gesicht blies, sah er mich an und musste unwillkürlich grinsen.

»Tu, als gäbe es den Wagen nicht!«, schrie ich und bewegte die Arme, als würde ich laufen. »Stell dir vor, wir rennen die Straße entlang!«

Ich sah dabei so lächerlich aus, dass wir beide in Gelächter ausbrachen.

Elliot verschwand wieder in der Limousine.

»James, fahren Sie schneller!«, sagte er. »Ist Ihnen nicht klar, wie viel Arbeit wir noch haben?«

Wenn ich eins aus dem Fernsehen gelernt habe, dann das: Traue niemals einem Flaschengeist! Ganz egal, worauf man seine drei Wünsche verwendet: Der Flaschengeist legt einen immer rein. Wünscht man sich eine Million Dollar, bekommt man sie in Form einer Versicherung ausgezahlt, und zwar erst, nachdem die eigene Frau bei einem Flugzeugabsturz ums Leben gekommen ist. Wünscht man sich Berühmtheit, wird man von einem Haufen Fans zu Tode getrampelt.

»Ich dachte, du willst Geld?«, fragt der Flaschengeist mit hämischem Grinsen im Flaschengeistgesicht. »Ich dachte, du willst berühmt sein?«

»Aber doch nicht so!«, schreit man. »Nicht so!«

Und der Flaschengeist lacht einen aus, die muskulösen blauen Arme selbstherrlich vor der Brust verschränkt.

Als ich zehn Jahre alt war, sah ich im Fernsehen eine Folge *Twilight Zone,* die von einem Ladenbesitzer handelte, der einen Flaschengeist entdeckt hatte. Als er sich Macht wünschte, verwandelte er sich auf der Stelle in Hitler. Das schien mir selbst für Flaschengeistverhältnisse ziemlich unfair. Aber natürlich gab ich alleine dem Ladenbesitzer die Schuld. Er hätte sich so etwas Selbstsüchtiges und Kleinkariertes nicht wünschen dürfen. Er hätte mit seinem bescheidenen Dasein als Ladenbesitzer zufrieden sein sollen. Er hätte sich an all die abschreckenden Geschichten über Flaschengeister und deren heimtückische Methoden erinnern müssen, die er schon als kleiner Junge gehört hatte. Und als er die goldene Lampe fand und ihre glatte glänzende Oberfläche rieb, als er den roten Rauch roch und die donnernde Stimme hörte, hätte er die Lampe einfach von sich schleudern sollen.

Ich hatte leicht reden. Bislang war ich noch keinem Flaschengeist begegnet.

Elliot hatte eine tolle Spielzeugsammlung. Er besaß ein ganzes Regal voller Käferfossilien. Außerdem eine alte Monopoly-Version aus den dreißiger Jahren mit rundem Spielbrett und zerknitterten Scheinen, von denen keiner mehr wert war als zwanzig Dollar. Sogar ein Flaschengeist im Glaskasten mit Münzeinwurf war dabei – ein lebensgroßer Automat mit Turban, der *Der große Shamba* hieß. Wenn man fünf Cent einwarf, wand er sich dreißig Sekunden lang und schob statt einer Zunge eine Karte aus dem Mund. Auf allen Karten stand dasselbe: »Wenn Sie drauf bestehen.«

In Elliots Zimmer befand sich ein Speiseaufzug, der durch einen Flaschenzug mit der Küche verbunden war. Die Küche selbst habe ich kein einziges Mal gesehen, aber dort mussten unzählige Angestellte zugange sein. Jedenfalls waren sie in der Lage, jegliches Gericht zuzubereiten, das Elliot verlangte, egal wie aufwändig es war. Wenn er etwas wollte, kritzelte er seine Bestellung auf einen Zettel, legte ihn auf das Tablett im Aufzug und ließ es mit einer langen runden Handkurbel, die wie das Steuerrad eines Schiffes aussah, hinunter. Mehrere Stockwerke tiefer klingelte eine Glocke, um anzuzeigen, dass die Bestellung eingetroffen war. Und in weniger als einer halben Stunde drehte sich die Kurbel wieder, diesmal in entgegengesetzter Richtung. Essensduft waberte den Schacht hinauf und wurde immer intensiver, bis schließlich das fertige Gericht auftauchte. Elliot aß selten etwas anderes als Kresse-Sandwiches, ermunterte mich aber, die Leistungsfähigkeit der Küche auf die Probe zu stellen. Auf Elliots Anraten hin kostete ich Hunderte mir bis dahin unbekannte Gerichte: Rindertartar, Muscheln nach Casino-Art, Filet Wellington. Wenn mir etwas nicht schmeckte, kritzelte er eine neue Bestellung auf einen Zettel, drehte die Kurbel und startete einen neuen Versuch.

Der Speiseaufzug war eigentlich nur für Lebensmittel gedacht, aber Elliot setzte ihn für alle möglichen Zwecke ein. Wenn ihm seine Ausstaffierung nicht mehr gefiel, bestellte er unten »eine Auswahl an Jacken«, und prompt traf eine Lieferung mit frisch eingeschweißten Kleidungsstücken ein. Er probierte sie vor einem der vielen bodenlangen Spiegel an, behielt, was ihm gefiel, und warf den Rest zurück in den Schacht. Einmal, als ich während einer seiner etwas längeren Geschichten mit den Hausaufgaben beginnen wollte, riss er mir den Arbeitsbogen für Mathematik aus der Hand und warf ihn in den Speiseaufzug. Innerhalb weniger Minuten kamen die Antworten zurück, und zwar mitsamt eines separaten Blatts, auf dem die »Herleitung« nachvollzogen wurde.

Manchmal ließ sich Elliot auch Gegenstände von unten schicken, die er irgendwo im Haus verlegt hatte, zum Beispiel seinen Füller, sein Handy oder seine Schlüssel. Er musste nur kurz notieren, was ihm fehlte, und die magische Kurbel betätigen. Die Glocke ertönte, ein Rascheln folgte, und dann dauerte es nicht mehr lang, bis der verlorene Gegenstand wieder in Elliots Hände gelangte. Wenn ihm langweilig war, versteckte er seine Schlüssel an einem besonders abwegigen Ort – unter einem Sekretär etwa oder hinter einem Wandbehang – und stoppte die Zeit, wie lange die Angestellten brauchten, sie zu finden.

Die Allagashes hatten kein Wohnhaus gefunden, das für ihre Bedürfnisse groß genug gewesen wäre. Deshalb waren sie in ein ehemaliges Gerichtsgebäude gezogen, das sie der Stadtverwaltung von New York City abgekauft hatten. Die komplette Innenausstattung wurde herausgerissen, aber die Fassade blieb intakt: Säulen, Flaggen und das ganze Drum und Dran.

Was Elliot als sein »Zimmer« bezeichnete, war tatsächlich eher eine Abfolge von Räumen, über zwei Stockwerke verteilt. Er hatte ein Arbeitszimmer, ein Ankleidezimmer, eine Art Filmarchiv, das er verschlossen hielt, und zwei begehbare Schränke. Außerdem ein Billardzimmer, in dem sich ein zweiter, kleinerer Speiseaufzug befand. Dieser war ausschließlich für Getränke bestimmt.

Das Unglaublichste an Elliots Haus war der riesige Bär, den sein Vater geschossen und in der Bibliothek ausgestellt hatte. Er war mindestens einen Kopf größer als Vlad und dreimal so breit. Es war aber nicht seine Größe, die ich so verstörend fand, sondern seine Pose. Die Bären, die ich in Museen gesehen hatte, wirkten bösartig und wild, streckten bedrohlich die Vordertatzen aus, knurrten aus Riesenmäulern und fletschten dabei ihre Riesenzähne. Dieser Bär jedoch sah nicht wild aus; er wirkte wie zu Tode erschrocken. Die wässrigen Augen weit aufgerissen, standen ihm die borstigen Haare zu Berge. Die Pfoten hielt er sich schützend vors Gesicht. Ich stellte mir vor, wie Elliots Vater der Blutspur gefolgt und dem verwundeten Bären bis zu der Stelle nachgegangen war, die er sich zum Sterben ausgesucht hatte. Der Bär war just in dem Moment erstarrt, in dem der Jäger sein Gewehr angelegt und den tödlichen Schuss abgefeuert hatte.

Außerdem stand noch ein Affe im Flur, der einen Smoking trug. Elliot hatte ihn während seiner letzten Afrikareise gemeinsam mit seinem Vater erlegt. Er war klein, ungefähr von der Größe eines menschlichen Kindergartenkindes.

»Gib Jeeves deine Jacke!«, befahl Elliot, als ich zum ersten Mal daran vorbeiging.

Ich sah den Affen an. Den knochigen Rücken hatte er unterwürfig zu einem Diener gekrümmt und die wächsernen Lippen zu einem entsetzlichen Grinsen verzerrt. Den rechten Arm hielt er ausgestreckt, um Jacken entgegenzunehmen.

»Ich will nicht«, sagte ich.

Elliot lachte.

»Sei nicht unhöflich«, sagte er. »Jeeves wartet.«

»Ich häng sie woanders hin«, versuchte ich zu widersprechen.

Elliot hörte auf zu lachen, und wir standen schweigend da, bis ich schließlich klein beigab und meine lilafarbene Windjacke über den steifen Arm des Affen warf.

Elliot rieb Kreide über die Spitze seines Queues, begutachtete den Tisch mit zusammengekniffenen Augen und lochte mühelos eine Kugel ein. Er war mit mir in den Billardsalon gegangen, um mir das Spielen beizubringen, doch in fünfundvierzig Minuten war ich erst drei oder vier Mal drangekommen. Elliot beherrschte das Geschehen auf dem Tisch.

»Erzähl mir mehr über diese Jessica«, sagte er. »Beruht ihre Macht auf Geld, Sex oder beidem?«

»Du liebe Zeit«, sagte ich. »Ich weiß es nicht. Die Leute stehen einfach irgendwie auf sie.«

Elliots Augen verengten sich.

»Geld, Sex oder beides?«, wiederholte er.

»Ich glaube ... Sex?«

»Interessant.«

Ich nickte verwirrt und wechselte das Thema.

»Der Pekannusskuchen ist phantastisch. Der Mann, der da unten die Desserts macht, ist der Wahnsinn.«

»Genau genommen sind drei Leute für Süßes zuständig. Alle drei sind Konditoren, allerdings mit unterschiedlichen Spezialgebieten.«

»Wow«, sagte ich. »Einfach toll.«

»Du kannst dich glücklich schätzen, dass du noch in der Lage bist, Freude zu empfinden. Ich bin ein derart extremes Maß an Dekadenz gewohnt, dass es mich mit unbändiger Wut erfüllt, wenn ich auch nur eine Minute ohne Luxus auskommen muss. Ein Furor, den du dir niemals vorstellen kannst.«

»Ach«, sagte ich. »Na ja ... Richte den Jungs unten einfach meinen besten Dank aus, ja?«

Elliot seufzte.

»Okay.«

Er baute die Kugeln erneut auf und machte sich für den Anstoß bereit.

»Hey, Elliot?«, fragte ich. »Wer ist der Typ da auf dem Gemälde? Der auf dem Pferd?«

»Das ist Terry«, sagte er. »Ich denke, irgendwann solltest du seine Bekanntschaft machen.«

»Wer ist Terry?«

Elliot zögerte.

»Mein Vater«, sagte er schließlich.

Er donnerte die weiße Kugel mit erstaunlicher Wucht auf die anderen, und zwei Halbe verschwanden in den seitlichen Taschen.

»Möchtest du ihn lieber kennenlernen, wenn er betrunken oder wenn er nüchtern ist?«, fragte er.

»Ich weiß nicht. Was meinst du?«

Elliot zuckte mit den Schultern.

»Liegt an dir. Terry ist unterhaltsamer, wenn er getrunken hat, aber auch unberechenbarer. Er neigt dann eher zu Gefühlsausbrüchen.«

»Ich glaube, ich würde ihm lieber nüchtern begegnen«, sagte ich.

»Dann sollten wir uns beeilen«, sagte Elliot. »Es ist schon fast vier Uhr.«

Ich folgte Elliot die Treppe hinunter in die grün gestrichene Bibliothek. Terry trug einen roten Bademantel, mit Monogramm bestickt, und hielt eine unangezündete Zigarre in der Hand. Er war etwas kahler und deutlich dicker, als es auf dem Porträt den Anschein gehabt hatte. Angespannt betrachtete er den Bären, und es dauerte einen Augenblick, bis er uns bemerkte. Als er uns endlich sah, sprang er uns entgegen, um mir die Hand zu schütteln.

»Du bist also Seymour!«, sagte er. »Elliot hat mir von deiner Begabung für Basketball erzählt. Und von deinen heldenhaften Bemühungen um das Allgemeinwohl.«

Ich stammelte etwas über Asbest, aber glücklicherweise fiel mir Terry ins Wort.

»Ein Wunder, dass der Trick funktioniert hat«, sagte er schmunzelnd. »So unnötig kompliziert, wie er war!«

Er drehte sich um und kramte in seinem Schreibtisch nach einem Feuerzeug.

»Was soll ich sagen? *Aux innocents les mains pleines*, stimmt's?«

Mir fiel auf, dass sich auf Elliots normalerweise blassem Gesicht Zornesflecken breitmachten.

»Was heißt das?«, flüsterte ich.

»Anfängerglück«, nuschelte er.

Terry wollte mir eine Cola anbieten, wurde jedoch mitten im Satz von einem Summer unterbrochen.

»Entschuldigung«, sagte er.

Er drückte auf einen Knopf an seiner Fernbedienung, und James' Stimme ertönte über die Sprechanlage.

»Hodges wartet draußen«, sagte er. »Soll ich ihn reinlassen?«

»Ja!«, schrie Terry.

Wenige Augenblicke später schlurfte ein ungepflegter alter Mann in den Raum.

»Sollen wir vielleicht ein anderes Mal wiederkommen?«, fragte ich.

»Verhaltet euch ruhig«, flüsterte Terry. »Das wird nicht lange dauern.«

Er streckte die Hand aus, und Hodges humpelte so schnell er konnte durch die Bibliothek, um einzuschlagen. Der alte Mann gab auch uns die Hand und setzte sich anschließend Terry gegenüber. Ich folgte Elliot zu einem Ledersofa auf der anderen Seite der Bibliothek.

»Bist du sicher, dass es deinem Vater nicht lieber wäre, wenn wir gehen würden?«, wisperte ich.

Elliot verdrehte die Augen.

»Er will, dass wir zusehen«, sagte er.

Terry lehnte sich zurück und verschränkte die Hände hinter dem Kopf.

»Ich habe Ihre neuen Gemälde im Guggenheim gesehen«, erklärte er Hodges, »haben mir gefallen.«

Hodges lachte nervös auf.

»Ich bin natürlich kein Kritiker«, fuhr Terry fort. »Nur Sammler. Trotzdem, gar nicht schlecht. Ein paar wirklich hübsche Farben – besonders bei dem einen Verschnörkelten.«

»Das sind alte Bilder«, sagte Hodges und errötete. »Die wurden nur jetzt erst aufgehängt. In letzter Zeit hab ich nicht viele neue gemalt. Jedenfalls nicht viele, die man ausstellen kann.«

»Haben Sie die letzte Zahlung erhalten?«, fragte Terry.

»Ja«, antwortete Hodges. »Hab ich.«

»Gut!«, sagte Terry. Er schenkte sich ein Glas Portwein ein und nahm einen tiefen Schluck. Ich sah auf die Uhr und stellte fest, dass es genau vier war.

»Ich möchte, dass Sie eine Ente malen«, sagte Terry.

Hodges nickte müde und zog einen Notizblock aus der Tasche.

»Eine besondere Ente?«

Terry kniff die Augen zusammen und trommelte mit den Fingern auf der Tischplatte.

»Eine fröhliche Ente«, sagte er schließlich. »Mit einem Hut.«

Hodges nickte.

»Eine Ente mit einem Hut«, wiederholte er.

»Ich hätte außerdem gerne noch eins von Ihren ambitionierteren Werken. Sie wissen schon … Was Abstraktes. So wie das Verschwommene vom Ozean.«

»*Grünes Wasser*?«

»Ja – genau das! *Grünes Wasser*.«

»Da fällt mir ein«, sagte Hodges. »Sind Sie schon dazu gekommen, über meinen Vorschlag nachzudenken?«

Terry verengte die Augen zu Schlitzen, ehrlich verwirrt. Offensichtlich bekam er eine Menge Vorschläge zu hören.

»Helfen Sie mir auf die Sprünge.«

»Ich hatte gefragt, ob es in Ordnung wäre, wenn wir *Grünes Wasser* ausstellen. Der gesamte Erlös würde natürlich an Sie gehen, ist ja Ihr Bild. Ich habe einfach … Ich denke wirklich, dass es die beste Arbeit ist, die mir in den letzten Jahren geglückt ist und … Ich würde …«

»Ach«, schmunzelte Terry. »Dieser Vorschlag.«

Er schenkte ein weiteres Glas Portwein ein und reichte es dem alten Maler.

»Tut mir leid«, sagte er. »Das ist unmöglich.«

»Ich wäre auch bereit, beliebig viele Bilder ersatzweise und umsonst anzufertigen«, sagte Hodges. »Bitte, Sir.«

Terry lachte.

»Hat Ihnen James erzählt, in welcher Position ich mich befinde? Wer ich bin, wie ich operiere, das alles?«

»Ja, natürlich.«

»Also, warum versuchen Sie dann, mit mir zu handeln?«

Er schloss die Augen und massierte sich die Schläfen.

»Wissen Sie, das ist schon komisch«, sagte er. »Wenn Sie mir nicht erklärt hätten, wie gut dieses Bild ist, hätte ich mich inzwischen vielleicht davon getrennt. Es würde längst in irgendeinem Museum hängen – oder ich hätte es wenigstens testamentarisch einem überschrieben.«

Hodges schluckte.

»Haben Sie wirklich vor, alle zu vernichten?«, fragte er.

»Ja«, sagte Terry. »Das sind meine Gemälde, und ich bin der Einzige, der sie sich ansehen darf. Nach meinem Tod wird mein Mitarbeiter James das Bild vernichten, ebenso wie den Restbestand meines Privatmuseums.«

»Privatmuseum?«

Terry zog ungläubig die Augenbrauen hoch.

»Sie haben doch nicht geglaubt, Sie seien mein einziger Künstler, oder? Hören Sie auf! Mir gehören Dutzende.«

»Haben Sie mit allen dasselbe … Arrangement … getroffen?«

Terry grinste.

»Die meisten waren geistesgegenwärtig genug, mehr Geld zu verlangen«, sagte er, »aber ja.«

»Warum?«, fragte Hodges. »Warum wollen Sie so etwas tun?«

Terry beugte sich vor.

»Erinnern Sie sich noch, als vor zwanzig Jahren der neue van Gogh gefunden wurde, auf diesem Hinterhofflohmarkt? Das stand in allen Zeitungen.«

Hodges nickte langsam.

»Das hat mich nachdenklich gemacht«, sagte Terry. »Als

junger Mann las ich den Artikel und dachte: ›Du liebe Güte! Nichts ist dekadenter als ungesehene Kunst.‹ Ich meine, überlegen Sie sich das mal! Jeder Sammler kann sich mit berühmten, alten oder besonders guten Werken schmücken. Aber wer besitzt schon Arbeiten, die kein anderes menschliches Wesen je zu Gesicht bekommt? Wahrscheinlich niemand mehr seit der Zeit der Pharaonen! Wissen Sie, wie viele Historiker gebettelt haben, einen flüchtigen Blick auf meine Sammlung werfen zu dürfen? Wie viele Wissenschaftler mich verklagen wollten, weil ich angeblich ›die Menschheit um wertvolle Schätze beraube‹? Das ist Macht – nicht wenn Ihr Name auf einer Tafel in einem Museum steht! Meine Sammlung ist nicht einfach nur wertvoll, verstehen Sie. Sie ist unbezahlbar.«

Er beugte sich noch weiter vor und sprach flüsternd weiter.

»Und sie beschränkt sich nicht nur auf Gemälde, Hodges. Ich besitze Skulpturen, Drucke, Fotografien, Filme. Einmal gehörte mir sogar der Roman eines Pulitzer-Preisträgers. Ausgesprochen wunderbar – einer seiner besten. Ich ließ ihn per Hand unter Aufsicht schreiben, um sicherzugehen, dass er ihn nicht elektronisch speichern konnte. Das hat mich mehr Geld gekostet, als Sie im Traum erraten würden. Er wusste, dass er sämtliche Rechte an mich abtrat, aber er ging vermutlich davon aus, ich würde das Buch eines Tages veröffentlichen, in einer Art Privatverlag. Er ahnte nicht, dass ich es vernichten würde. Als er mir das Manuskript überreichte und ich ihm erklärte, was ich damit vorhatte, weinte er wie ein Kind. Er bot mir die Rückzahlung seines Honorars an, zuzüglich seiner mageren Ersparnisse. Es war erbärmlich. Ich las den Roman in einem Rutsch und verbrannte ihn anschließend im Kamin. Genau dort drüben, hinter meinem Bären.«

Hodges war sämtliche Farbe aus dem Gesicht gewichen. »Oh Gott«, sagte er. »Wovon handelte er?«

Terry warf den Kopf in den Nacken und lachte. »Das würden Sie wohl gerne wissen, was?«

Elliot führte mich ins Billardzimmer zurück und nahm das Spiel dort wieder auf, wo er es unterbrochen hatte. Als er genug davon hatte, mich zu besiegen, stellte ich ihm eine Frage, die mir bereits eine ganze Weile durch den Kopf gegangen war.

»Elliot? Was macht dein Vater eigentlich?«

Elliot wiederholte die Frage leise für sich selbst, als versuchte er, ihren Sinn zu verstehen.

»Oh!«, sagte er endlich. »Du meinst, was er von Beruf ist.«

Er lachte.

»Er hat in seinem ganzen Leben noch keinen Tag gearbeitet.«

»Was macht er denn dann die ganze Zeit?«

»Er gibt Geld aus und trinkt.«

»Ist er so was wie ein Philanthrop?«

Elliot schüttelte entschieden den Kopf.

»Auf keinen Fall. Meine Familie spendet nur, wenn es sich aus steuerlichen Gründen nicht vermeiden lässt. Und selbst dann geben wir nur etwas an Stiftungen, die der Heilung von Krankheiten dienen, die den Allagashes aufgrund ihrer genetischen Prädisposition gefährlich werden können, wie die Bluterkrankheit oder die Gicht. Es gibt den Allagash-Preis, aber mit Wohltätigkeit hat das eigentlich nichts zu tun.«

»Was ist der Allagash-Preis?«

»Das ist so was wie ein wissenschaftliches Stipendium, das Terry in seinem alten Club in Harvard ausgelobt hat. Jedes Jahr wird dieser Preis an den Studenten vergeben, der seinen Abschluss mit dem schlechtesten Notendurchschnitt geschafft hat. Der Gewinner wird mit Alkohol entlohnt.«

»Oh Gott!«, sagte ich. »Aber … Wenn er keinen Job hat … Was macht er denn den ganzen Tag?«

Elliot zuckte mit den Schultern.

»Er mag Zauberei. Manchmal engagiert er einen Zauberer, der kommt und Kunststücke vorführt. Beim Mittagessen … Oder wenn Terry in der Badewanne liegt.«

»Wie oft macht er das?«

»Oft«, sagte er. »Aber er lässt sich nicht gerne reinlegen. Deshalb zahlt er dem Zauberer am Ende der Vorstellung meist noch so viel extra wie nötig, damit er ihm seine Geheimnisse verrät.«

»Und außerdem?«, fragte ich atemlos.

»Er trifft sich mit seinen Anwälten. Um Klagen abzuweisen und der Verurteilung wegen der ganzen Gesetzesverstöße zu entgehen.«

»Was für Gesetzesverstöße?«

Ich merkte, dass Elliot meine vielen Fragen nervten, aber ich konnte mich nicht zurückhalten.

»Hauptsächlich Verschwörungen.«

»Was für Verschwörungen?«

Unvermittelt schlug Elliot mit einer seiner kleinen Fäuste auf den Billardtisch.

»Hör zu … Was Terry macht, kann jeder! Okay? Er besitzt keinerlei Eleganz. Das ist einfach nur brutale Gewalt. Er hat in seinem ganzen Leben noch keinen einzigen wirklich ausgeklügelten Plan umgesetzt!«

Er setzte sich neben mich und seufzte schwer, sichtlich erschöpft nach seinem Wutausbruch.

»Da fällt mir ein«, sagte er. »Ich wollte dich was fragen.«

»Was?«

»Wärst du gerne Jahrgangssprecher?«

Ich lachte. Mein Leben an der Glendale Academy war in den vergangenen Wochen definitiv leichter geworden. Seit den Testspielen hatte Lance aufgehört, mich zu ärgern – jedenfalls waren seine Attacken seltener geworden. Und obwohl der Spitzname Brocken nach wie vor für Gelächter sorgte, gab es dafür wenigstens keinen Applaus mehr. Trotzdem sah ich mich längst nicht in der Position, ernsthaft für ein öffentliches Amt zu kandidieren.

»Wie willst du das anstellen?«

»Beantworte einfach nur die Frage«, sagte Elliot. »Ja oder nein.«

Ich zuckte mit den Schultern.

»Klar«, sagte ich. »Warum nicht?«

Ich fuhr mit der Gabel über meinen Teller, vergeblich auf der Suche nach Resten von Rinderbrust.

»Hast du noch Hunger?«, fragte meine Mutter. »Eine Scheibe ist noch da.«

»Oh, nein danke«, sagte ich. »Ich kann nicht mehr.«

»Was ist mit dir, Liebling?«

Mein Vater winkte ab.

»Bin pappsatt, Schatz. Nimm du's doch.«

Meine Mutter schüttelte den Kopf.

»Ich werd's einpacken«, sagte sie.

Mein Vater und ich nickten. Alle drei waren wir scharf auf die letzte Scheibe Rinderbrust, aber das Ritual, sie uns gegenseitig überlassen zu wollen, war zum wichtigen und festen Bestandteil unseres Wochenablaufs geworden. Wir waren alle drei total versessen auf Rinderbrust, und dem anderen das letzte Stück abzutreten war die wohl liebevollste Geste, zu der wir imstande waren. Daher lag in unserem Kühlschrank stets eine saucenverschmierte Scheibe in Frischhaltefolie gewickelt, als Zeugnis unseres starken Zusammenhalts.

Um mich von dem Fleisch abzulenken, erzählte ich von meinem Tag. Ungeduldig verkündete ich, als Jahrgangssprecher kandidieren zu wollen.

»Finde ich toll!«, sagte mein Vater nach einer ausgedehnten Phase schockierten Schweigens. »Selbst wenn du nicht gewinnst, wird das bestimmt eine lustige Erfahrung.«

Meine Eltern fuhren fort, mich zu ermutigen, achteten jedoch darauf, allen ihren Komplimenten ein »Auch-wenn-du-nicht-gewinnst« anzuhängen.

»Eigentlich bin ich sicher, dass ich gewinnen werde«, erklärte ich.

»Kandidiert denn sonst niemand?«, fragte meine Mutter vorsichtig.

»Doch«, sagte ich, »aber Elliot hat sich als mein Wahlkampfleiter angeboten.«

Immer wenn ich Elliots Namen erwähnte, schwiegen meine Eltern. Sie freuten sich zwar, dass ich endlich einen guten Freund gefunden hatte. Aber sie hatten auch große Bedenken, weil dieser Freund ausgerechnet Elliot Allagash war.

»Wow!«, sagte meine Mutter. »Durch den Basketball und diese Sache hier, da wirst du richtig viel Zeit mit Elliot verbringen!«

Ich nickte.

»Wird er dir helfen, Plakate zu basteln?«, fragte mein Vater.

Ich versuchte mir vorzustellen, wie Elliot Klebstoff auf Bastelpapier verteilte.

»Ich glaube nicht, dass er mir bei den Plakaten helfen wird«, sagte ich. »Aber er kann ganz gut … planen.«

Mein Vater sah mich an.

»Was zum Beispiel?«

Ich zuckte mit den Schultern.

»Sachen halt.«

Meine Eltern warfen einander Blicke zu.

»Dad? Woher hat Elliots Vater sein ganzes Geld?«

»Von seinem Vater.«

»Aber woher hat der es?«

Mein Vater lachte.

»Von seinem Vater.«

»Aber wo kommt das alles her? Gehören ihnen Häuser, so wie der Familie von Lance?«

»Ja, sicher«, sagte mein Vater. »Denen gehören ganze Unternehmen.«

»Aber daher kommt das Geld nicht«, sagte meine Mutter.

»Richtig«, sagte mein Vater. »Die haben sie sich nur davon gekauft.«

Meine Mutter schüttelte sachte den Kopf.

»Das Geld kommt von dem Patent«, sagte sie. »Stimmt's? Von dieser einen kleinen Entdeckung.«

Mein Vater rollte seine Papierserviette zu einer Wurst und nickte.

»Nur von dieser einen kleinen Entdeckung.«

Cornelius Allagash (1775-1853) wurde nur fünf Minuten nach seiner Ankunft in New York City in den South Street Docks geboren. Die Legende besagt, dass seine Mutter bereits neuneinhalb Monate schwanger war, doch der ungeborene Kapitalist weigerte sich, auf die Welt zu kommen, bevor sie amerikanischen Boden betreten hatte.

Cornelius' Eltern waren hart arbeitende holländische Schuster. Sie verdienten nicht genug Geld, um ihren Jungen in die Schule zu schicken, aber Cornelius war ein äußerst aufgeweckter Bursche. Er lernte Englisch, indem er die kostenlosen Gottesdienste im Park vor der City Hall besuchte. Und nachdem er dort einem Pfarrer eine Bibel geklaut hatte, brachte er sich selbst das Lesen bei. Es dauerte nicht lang, und er stieg erfolgreich ins Schwarzmarktgeschäft ein. Seinen selbstgebrannten Fusel verkaufte er für zwei Schilling pro Flasche.

Im Alter von 21 Jahren hatte Cornelius genug Geld zusammen, um sich ein Pferd anzuschaffen. Doch seine Erfolgsaussichten waren mäßig; in seinem Haus gab es nur Platz für einen einzigen Destillierapparat, und er brauchte fast einen Monat, um ein einziges Fass zu füllen. Cornelius, der es nicht abwarten konnte, kaufte ein paar Bücher über die Grundlagen der Chemie und versuchte das Brennverfahren zu beschleunigen. Er experimentierte mit verschiedenen chemischen Verbindungen und testete die Ergebnisse an seinem Pferd. Doch die Versuche brachten kaum zufriedenstellende Ergebnisse. Eines Tages – seiner Autobiografie zufolge war es Weihnachten 1800 – wurde Cornelius von den Dämpfen so schummrig, dass er ohnmächtig wurde. Sein Holzeimer fiel ihm in den Destillierapparat, er schlug sich den Kopf an einer Steinwand und brach auf dem Kellerboden zusammen.

Einige Minuten blieb er bewusstlos liegen, und als er wieder zu sich kam, fand er seinen Eimer nicht mehr. Das hölzerne Gefäß war verschwunden. Er wollte schon an seinem Verstand zweifeln, als ihm etwas Seltsames in seinem Destillierapparat auffiel. Sein Whiskey-Chemie-Gemisch war mit einer dünnen, braunen Faserschicht überzogen. Er schöpfte eine Kelle ab und untersuchte die Substanz im Kerzenlicht; sie besaß die Konsistenz von Getreide, war aber so weich wie Sand. Offenbar hatte sich der Eimer aufgelöst.

Cornelius wusste nicht genau, was passiert war, aber er ahnte, dass die neue Chemikalie wertvoll sein würde. Etwas, womit man Holz derart effizient auflösen konnte, musste für irgendjemanden von Nutzen sein. Schließlich standen hier überall heruntergekommene Wohnhäuser, und nirgendwo war genug Platz. Niederbrennen konnte man sie nicht – dabei wäre die komplette Stadt in Rauch aufgegangen. Vielleicht konnte man das Gestrüpp unten in der Bowery mit dieser Methode beseitigen? Überall in der Stadt war Holz, man denke an die schindelgedeckten Häuser südlich der Wall Street, von den ausgedehnten Wäldern nördlich der 14th Street ganz zu schweigen. Etwas, das Holz in etwas anderes verwandelte, wenn auch nur in Brei, musste wertvoll sein.

Um sich ein Patent auf die Chemikalie zu sichern, musste Cornelius sie wissenschaftlich bestimmen. Also engagierte er einen alkoholkranken Lehrer – einer seiner besten Kunden – und ließ ihn die Mischung analysieren. Dafür sollte er eine Flasche Schwarzgebrannten und ein Prozent von sämtlichen Einnahmen bekommen, die die Entdeckung abwerfen würde. Der Lehrer forderte stattdessen zwei Flaschen Schwarzgebrannten, doch Cornelius ließ sich nicht erweichen. Er hatte nämlich keine zwei Flaschen mehr übrig. Nach einigem

Hin und Her untersuchte der Lehrer die Substanz fünf Minuten lang – es handelte sich um Calciumhydrogensulfit, d.h. $Ca(HSO_3)_2$ – und unterzeichnete auf der gestrichelten Linie. Heute gehören seine Nachkommen zu den reichsten Menschen Nordamerikas. Sein Ur-Ur-Enkel lebt auf einer Privatinsel im Südpazifik und unterhält, Gerüchten zufolge, ein Privatbordell mit über siebzig Vollzeitbeschäftigten.

Cornelius Allagash vergaß sein kleines Experiment, wandte sich von der Chemie ab und eröffnete eine Kneipe in der Bowery. Fünf Jahre später kam ein deutscher Tüftler auf die Idee, Platten aus Cornelius' Brei zu pressen und trocknen zu lassen. Er staunte nicht schlecht: Die Platten behielten die Festigkeit von Holz, waren aber glatt und glänzten. Die Dicke der Platten war abhängig von ihrem Holzanteil, außerdem konnte Färbemittel zugegeben und dadurch die Farbe verändert werden. Die Platten sahen aus wie aus Leinen. Wie das Leinen, das man auf dem Bett eines reichen Mannes fand, oder wie der glatte Stoff in der Bibel eines Priesters. Nur war dieses Material so billig herzustellen, dass man nicht mal mehr in die Kirche gehen müsste, um eine Bibel zu Gesicht zu bekommen. Man würde selbst eine herstellen können.

Cornelius Allagash hatte das Papier erfunden.

Von diesem Tag an musste jeder Papierhersteller der westlichen Welt den Allagashes seinen Anteil für das Privileg abtreten, Holz zu Brei verarbeiten zu dürfen. Elliots Familie gehörte demnach ein kleiner Prozentsatz an jedem Papierkarton. Sie bekamen einen Anteil von jedem Umschlag, einen Bruchteil von jeder Baseballkarte. Sie verdienten Geld, wenn die Menschen Geschenke einpackten, und sie kassierten, wenn wir Toilettenpapier benutzten. Sie wurden mit jeder Konfettiparade reicher, ob am Times Square oder in Nazi-Deutschland. Sie verdienten, wenn japanische Schulkinder Papierkraniche für Flutopfer aussandten und wenn einsame Menschen Abschiedsbriefe schrieben. Sie verdienten an jeder Seite in jedem Buch, das je geschrieben wurde – Schulbücher und Comics, Pornografie und Bibeln, dicke Telefonbücher und die Tagebücher kleiner Mädchen. Die Allagashes verdienten jedes Mal, wenn sich jemand Notizen machte oder eine Rechnung unterzeichnete. Ihnen gehörten Tapeten und Kleenex, Zeitschriften und Zeitungen, Karten, Schecks und Briefmarken.

Sogar das Geld selbst gehörte ihnen.

Elliot schleppte ein ledergebundenes Buch in seiner Brusttasche herum. Es war klein, aber sehr dick und zerfleddert. Der Einband war rein schwarz, abgesehen von einem einzigen Wort, das mit Goldfaden in die Mitte gestickt war: Feinde. Elliot lachte so gut wie nie, aber wenn doch, dann meist beim Durchblättern seines Buchs. Terry hatte es ihm zu seinem siebten Geburtstag geschenkt, und seitdem hatte er es ständig bei sich.

Manchmal, wenn ihm James über Handy Neuigkeiten mitteilte, zückte Elliot sein Buch und setzte mit einem silbernen Füller, der ausschließlich dafür vorgesehen war, ein Häkchen hinter einen der darin aufgelisteten Namen. Er zeichnete die Häkchen langsam und mit Bedacht, als würde er die Geste auskosten. Es war ein angsteinflößendes Buch, und ich werde den Moment nie vergessen, in dem ich es zum ersten Mal sah.

Elliots erste Amtshandlung als mein Wahlkampfleiter bestand darin, ein feierliches Mittagessen auszurichten.

»Sollten wir damit nicht warten, bis wir gewonnen haben?«, fragte ich.

Er schenkte mir keinerlei Beachtung und zerrte mich stattdessen nach draußen zur wartenden Limousine. Nachdem er James eine Adresse zugebellt hatte, rasten wir zu einem fensterlosen Restaurant in der Innenstadt mit riesigen Messingtüren. Elliot sprang heraus und machte mir Zeichen, ihm zu folgen.

»Wo sind wir hier?«, fragte ich.

»Das ist das Winchester«, sagte Elliot. »Das exklusivste Restaurant in Manhattan, wenn nicht gar auf der Welt.«

Elliot hatte mir für den Anlass seinen größten Anzug geliehen, aber er saß trotzdem so eng, dass ich nur in extrem kurzen Zügen und sehr flach atmen konnte. Wir hatten uns nebeneinander in seinem privaten Ankleidezimmer umgezogen, und die Erfahrung hatte verstörend auf mich gewirkt. Ich wusste zwar, dass Elliot der Dünnste in unserer Jahrgangsstufe war, aber erst als ich ihn ohne Hemd sah, begriff ich, wie dürr er wirklich war. Als er sich herunterbeugte, um seine Socken überzuziehen, konnte ich jeden einzelnen Wirbel auf seinem Rücken zählen. Und als er nach seiner Weste griff, glaubte ich seinen Brustkorb im Rhythmus seines Herzschlags aufwallen zu sehen.

Er prüfte unsere Manschettenknöpfe und führte mich in den mit Mahagoniholz getäfelten Eingangs- und Empfangsbereich des Winchester.

»Wir können doch auch einfach in ein normales Restaurant gehen«, jammerte ich.

Elliot bedachte mich mit einem seiner durchdringenden und furchteinflößenden Blicke. Ich holte tief Luft und folgte ihm an einen der hinteren Tische.

»Dies ist ein historischer Ort«, erklärte mir Elliot. »Alle großen New Yorker Politiker starteten ihre Kandidatur in diesem Raum! Boss Tweed, der schöne Jimmy Walker…«

Er ratterte Namen herunter, bis der Oberkellner an unseren Tisch trat: ein grimmig wirkender Franzose mit sorgfältig gestutztem Schnurrbart.

»Ich nehme ein Kressesandwich«, erklärte ihm Elliot. »Seymour?«

Schweiß juckte in meinen Achselhöhlen. Wie sollte ich etwas bestellen, wenn man uns nicht einmal Speisekarten brachte?

»Bestell einfach, was du möchtest«, flüsterte Elliot.

»Egal was?«

Elliot nickte lässig.

»Okay«, sagte ich. »Dann nehme ich einen Cheeseburger mit frittierten Zwiebelringen.«

Der Oberkellner lachte. »Wir führen weder Cheeseburger«, sagte er, »noch frittierte Zwiebel…ringe.«

Er sprach die Wörter aus, als handelte es sich um Absonderungen des Körpers.

»Oh«, sagte ich. »Verzeihung.«

Ich spürte, wie mir das Blut ins Gesicht schoss. Stammelnd bat ich um ein Kressesandwich – wenigstens wusste ich, dass sie das hatten –, aber Elliot winkte ab.

»Nein«, sagte er. »Du wolltest doch einen Cheeseburger.«

Er wandte sich an den Oberkellner.

»Wollen Sie mir weismachen, dass Sie meinem Mitarbeiter das Gewünschte verweigern?«

Der Oberkellner seufzte.

»Wir sind hier nicht bei McDonald's«, sagte er.

Elliots Augen begannen seltsam zu funkeln.

»Sie verweigern ihm also einen Cheeseburger?«, fragte er mit gespenstisch leiser Stimme. »Und Sie verweigern ihm frittierte Zwiebelringe.«

»Du liebe Zeit«, flüsterte ich. »Elliot, schon okay. Ich bestell was anderes.«

»Das tust du nicht«, schrie er.

An den anderen Tischen drehten sich die Leute um: Wir waren die jüngsten Gäste im ganzen Lokal, ungefähr vierzig Jahre jünger als alle anderen.

»Ich fürchte, ich muss Sie auffordern zu gehen«, sagte der Oberkellner.

»Na schön«, sagte Elliot. »Wir werden Ihr Etablissement verlassen. Doch zuvor nehme ich mir eine Ihrer Visitenkarten.« Er ging an den Tisch des Oberkellners und nahm eine Karte aus einem kleinen silbernen Behältnis.

»Und im Gegenzug lasse ich Ihnen eine von meinen Karten da«, sagte er.

Elliot bekleidete keinerlei Funktion in den Unternehmen seines Vaters und trug nur den informellen Titel des »Erben«. Trotzdem hatte er eine Visitenkarte, auf der lediglich sein Name stand – Elliot Allagash, sonst nichts. Er zog eine davon aus der Tasche und legte sie mit der Schrift nach oben auf das Reservierungsbuch des Oberkellners. Dann packte er mich am Ellbogen, zog mich auf die Straße und schließlich auf den Rücksitz der wartenden Limousine.

»Was zum Teufel sollte das?«, fragte ich.

Doch Elliot hörte nicht zu. Fröhlich übertrug er den Namen und die Telefonnummer des Oberkellners von der Karte in sein kleines schwarzes Buch.

»Fahr los«, sagte er.

Und der Wagen röhrte die Straße entlang.

Elliot kam eine Weile nicht in die Schule. Die Lehrer erzählten uns, er läge mit tropischem Parasitenbefall im Krankenhaus, aber ich wusste, wo er wirklich war: Er saß zu Hause und schmiedete Rachepläne gegen das Winchester. Zwei Wochen lang sah und hörte ich nichts von ihm, dann hielt seine Limousine nach der Schule plötzlich an meiner Bushaltestelle. Die anderen Kinder sahen schweigend zu, wie James die getönte Scheibe herunterließ und mir das Zeichen gab einzusteigen. Elliot erwartete mich mit ungewöhnlich heiterer Miene und einem seidenen Bademantel bekleidet auf dem Rücksitz. Ich erkundigte mich nach seinem Befinden, für den unwahrscheinlichen Fall, dass er vielleicht doch krank war.

»Fahren Sie zur *Sun*«, sagte er und ignorierte meine Frage. »Wir wollen uns die Spätausgabe ansehen.«

James fuhr zum Gebäude der New York Sun, rannte hinein und kam Sekunden später mit einem druckfrischen Exemplar der Zeitung heraus. Er reichte es Elliot, der den Gastronomie-Teil herauszog und mir auf den Schoß legte. Er war noch warm.

»Seite drei«, sagte Elliot

Winchester feiert Nazi

Als Dan Lubecki am Mittwoch aus dem Gefängnis entlassen wurde, lief den meisten New Yorkern ein Schauer über den Rücken. Zwanzig Jahre ist es her, seitdem der selbsternannte »Nazi-Kreuzritter« eine selbstgebastelte Bombe im Temple Ephraim platzierte und eines der schönsten Gotteshäuser der Stadt zerstörte. Doch die Wunden der New Yorker sind noch lange nicht verheilt.

In einer öffentlichen Verlautbarung brachte der

Bürgermeister seine »Enttäuschung« über Mr. Lubeckis Freilassung zum Ausdruck und forderte eine Verschärfung der Gesetze gegen ideologisch begründete Straftaten. Der Kongressangehörige Nathan Stein aus Brooklyn organisierte eine Mahnwache im Gedenken an den Temple Ephraim und ließ Mr. Lubecki mitteilen, er sei »in der Stadt New York nicht erwünscht«. Offensichtlich jedoch hat Mr. Lubecki immer noch Freunde hier.

Gestern Abend wurden Gäste des angesehenen Winchester Zeugen des mitunter geschmacklosesten und unbegreiflichsten Schauspiels in der Geschichte der New Yorker Gastronomie.

Um circa 19.55 Uhr näherte sich ein übergewichtiger Mann mit Clipkrawatte dem Oberkellner. Nur wenige der Anwesenden erkannten in dem Mann Mr. Lubecki. Seit sein Gesicht zuletzt die Seiten der Boulevardpresse zierte und sein charakteristisches »Hitlerbärtchen« von einem Vollbart abgelöst wurde, hatte er beträchtlich zugenommen. Doch als der Gast stolz seinen Namen nannte, war die Aufmerksamkeit im Saal mit Händen zu greifen; die meisten Gäste wandten in Erwartung einer unangenehmen Szene den Blick ab.

»Ich war sicher, dass man ihn hinauswerfen würde«, sagte ein langjähriger Stammgast des Winchester. »Der Mann ist ein bekennender Nazi.«

Aber Mr. Lubecki wurde der Tisch nicht verweigert. Stattdessen geleiteten ihn der Oberkellner und sein Assistent persönlich an den legendären »Kamintisch«, ein exklusiver Platz, der für gewöhnlich Filmstars oder Aristokraten vorbehalten bleibt. Während der folgenden zweieinhalb Stunden wurde dem Nazi vom Oberkellner höchstpersönlich ein ausgiebiges Festmahl serviert, bestehend aus vierzehn Gängen und den dazugehörigen Weinen. Mr. Lubecki rauchte sogar eine Zigarre, womit er eindeutig gegen das in New York City geltende Rauchverbot verstieß. Als sich andere Gäste beschwerten, weil ihnen der beißende Zigarrenqualm den Appetit verdarb, schenkte ihnen der Oberkellner keinerlei Beachtung und stellte dem Nazi im Gegenzug einen silbernen Aschenbecher neben die Champagnerflöte.

Gegen Ende des Essens kam der Küchenchef an seinen Tisch, gab Mr. Lubecki die Hand und erkundigte sich, ob er ihm noch etwas anbieten dürfe. Als Mr. Lubecki ein Taxi verlangte, griff der Küchenchef persönlich zum Hörer und half dem schwankenden Nazi aus der Tür. Eine Rechnung wurde ihm nicht vorgelegt.

Die Szene war derart verblüffend, dass unsere Reporterin zu der Überzeugung gelangte, es müsse ein Irrtum vorliegen. Dem Winchester, das Frauen noch bis 1979 den Zutritt verwehrte und bis zum heutigen Tage keinen einzigen afro-amerikanischen Kellner beschäftigt hat, haftete schon immer der Ruf eines eher intoleranten Speiselokals an. Niemand wäre jedoch so weit gegangen, die Betreiber und Mitarbeiter als Nazi-Sympathisanten zu bezeichnen.

Draußen vor der Tür, unter der Markise des Winchester, bestätigte sich auf Nachfrage, dass der Mann, der sich selbst als »Dan Lubecki« ausgegeben hatte, tatsächlich derselbe Dan Lubecki war, der am Mittwoch das Gefängnis verlassen hatte. Höflich um einen Nachweis seiner Identität gebeten, legte er bereitwillig diverse Dokumente vor, darunter seine Entlassungspapiere aus dem Gefängnis, die er stolz in seiner Jackentasche mit sich führte. Der Oberkellner habe ihn höchstpersönlich eingeladen, sagte er, nur wenige Stunden, nachdem er seine Zelle habe räumen dürfen.

»Dieses Winchester ist gar nicht schlecht«, sagte er. »Die wissen jedenfalls, was man braucht, damit sich ein Mann zu Hause fühlt.«

Als ich endlich wieder von der Zeitung aufblickte, schlürfte Elliot Champagner aus einem hohen Glas.

»Möchtest du was trinken?«, fragte er.

»Nein, danke«, sagte ich. »Ich habe noch Mathehausaufgaben.«

Elliot trank den letzten Schluck und schenkte sich nach.

»Warst du das?«, fragte ich und zeigte auf die Zeitung.

Elliot schloss die Augen und hielt sich die noch warme Zeitung vors Gesicht, als handelte es sich um ein verschmustes Hündchen oder Kätzchen.

»Elliot, das war wirklich keine große Sache! Ich meine, du hättest nicht …«

Mit erhobenem Zeigefinger brachte er mich zum Schweigen.

»Elliot?«, fragte ich. »Wie hast du das hingekriegt?«

Er drückte auf einen Knopf, und das Sonnendach öffnete sich, warmes Licht umfing uns.

»Hast du schon mal was von Alston Bertels gehört?«, fragte er.

»Nein, wer ist das?«

Elliot seufzte.

»Ich fang von vorne an«, sagte er. »Unterbrich mich nicht.«

Offensichtlich anders als die meisten New Yorker, hatte ich noch nie von Alston Bertels gehört. Er war der führende Gastrokritiker der *New York Times* und das schon seit über dreißig Jahren. Mit achthundert Worten konnte Bertels einen obskuren Chinanudelladen mit leeren Tischen und sonnengebleichten Speisekarten aus Plastik zum begehrtesten, von Prominenten frequentierten Hotspot der Stadt machen, vor dem die Menschen einmal um den ganzen Häuserblock herum Schlange stehen. Regelmäßig mussten Restaurants wegen einer einzigen bissigen Kritik von ihm schließen. Er speiste stets unter einem Decknamen, um nicht bevorzugt behandelt zu werden. In den letzten Jahren war er außerdem dazu übergegangen, sich zu verkleiden, falls ein cleverer Oberkellner ein Foto von ihm zur Hand haben sollte.

Am Dienstag, drei Tage nach unserem Rauswurf aus dem Winchester, ließ Elliot James von einem Münzfernsprecher aus in dem Restaurant anrufen. James verlas einen von Elliot verfassten Text und flehte den Oberkellner an, ihm am Valentinstag einen Tisch für zwei zu reservieren. Wie vorhergesehen verweigerte ihm der Oberkellner diesen Wunsch, murmelte etwas von einer »sechsmonatigen Warteliste« und legte auf. Zwanzig Minuten später rief James wieder an und trug den zweiten Teil des Textes vor.

»Ich weiß, dass Ihr Restaurant außerordentlich angesagt ist und Sie Tische nur für ausgewählte Gäste reservieren können. Aber neulich ist mir etwas zu Ohren gekommen, das Sie interessieren dürfte. Ich würde mich freuen, Ihnen meine Informationen zukommen zu lassen, vorausgesetzt Sie wären bereit, mich im Gegenzug bei der Tischreservierung zu berücksichtigen.«

James sprach jetzt nur noch im Flüsterton, erzählte dem Oberkellner, er sei Korrektor bei der *New York Times,* und Alston Bertels, der legendäre Gastrokritiker, plane in Kürze einen Besuch des Winchester. Er habe es vor dreißig Jahren äußerst positiv besprochen, teilte James dem sprachlosen Oberkellner mit, und wolle sich nun vergewissern, dass das Restaurant seinen Qualitätsstandard habe halten können.

Wenn er einen Tisch bekäme, behauptete James, wolle er dem Oberkellner verraten, unter welchem Decknamen Bertels erscheinen und welche Verkleidung er tragen würde. Der Oberkellner erklärte sich mit dem Vorschlag sofort einverstanden.

»Er kommt am zweiundzwanzigsten«, flüsterte James. »Er wird einen Bart tragen. Den Tisch wird er unter dem Namen Dan Lubecki bestellen.«

Der Oberkellner stutzte.

»Wie, der Nazi? Der aus dem Gefängnis entlassen wird?«

»Ja«, sagte James. »Alston hat einen ungewöhnlichen Humor.«

Der Oberkellner bat James, die Angaben zu wiederholen, um sicherzugehen, dass er alles richtig verstanden hatte. Dann bat er ihn um seinen Namen, damit er die Reservierung am Valentinstag eintragen konnte.

»Den kann ich Ihnen nicht nennen«, sagte James. »Wenn jemand mitbekommt, dass ich das habe durchsickern lassen, werde ich gefeuert.«

»Nun, irgendwas muss ich ins Buch schreiben.«

»Verstehe«, sagte James, der jetzt die letzte Zeile von Elliots Vorlage las. »Nennen Sie mich einfach Hal Sagal.«

»Hal Sagal? Wer ist das?«

Elliot schrieb den Namen auf eine Cocktailserviette und ließ große Abstände zwischen den Buchstaben. Ich brauchte eine Weile, aber zum Schluss gelang es mir, sie in vertauschter Reihenfolge zu lesen.

»Oh«, sagte ich. »Allagash!«

»Ich weiß, ich weiß«, sagte er. »Anagramme sind abgedroschen. Aber weißt du was? Ich kenne meine Pappenheimer.

Ich schwöre bei Gott – etwas Ausgeklügelteres hätte er sowieso nicht kapiert.«

James verbrachte die darauffolgenden drei Tage damit, sich als verkrachter Postenkoch aus dem Winchester auszugeben, Klatschkolumnisten anzurufen und ihnen Folgendes zuzustecken: Seine Chefs seien linientreue Nazis und hätten Dan Lubecki eingeladen, den zweiundzwanzigsten, seinen ersten Abend in Freiheit nach zwanzig Jahren Haft, in ihrem Restaurant zu verbringen. Die meisten Kolumnisten bekamen keine Reservierung mehr, um selbst Zeugen des Ereignisses zu werden, doch einigen der prominenteren unter ihnen gelang es durchaus, einen Tisch zu ergattern. Nachdem die Kolumnisten verständigt worden waren, galt es nur noch, Lubecki selbst anzurufen. Der Nazi war zunächst skeptisch, doch als James mit elsässischem Akzent mehrfach Hitler zitierte, gelang es ihm, Lubecki davon zu überzeugen, dass er tatsächlich mit dem Oberkellner des Winchester sprach, der ihn als seinen Gast begrüßen wollte. Nicht weiter erstaunlich dagegen war, dass Lubecki an jenem Abend nichts vorhatte und die Einladung freudig annahm.

James rief ein weiteres Mal im Winchester an und reservierte, dieses Mal mit britischem Akzent, einen Tisch für »Mr. Lubecki«. Der Oberkellner gab sich die allergrößte Mühe, gelassen zu wirken, doch seine Aufregung war nicht zu überhören. Er klang, berichtete James, wie ein Neuling in der Pokerrunde, der mit vier Assen in der Hand seine komplette Habe setzte.

»Als nächstes fahren wir bei der *News* vorbei«, sagte Elliot. »Dann beim *Observer*, der *Post* und der *Times*.«

Schweigend machten wir die Runde. Ich war zu geschockt, um reden zu können, und Elliot war nach all seinen Anstrengungen erschöpft. Alle paar Minuten hielt James, holte eine Zeitung und legte sie auf den rasant wachsenden Stapel auf dem Rücksitz. Elliot kümmerte sich nicht darum, sie zu lesen. Auf der ganzen Fahrt nach Hause bewegte er sich nur ein einziges Mal: Er nahm sein kleines schwarzes Buch und den Silberfüller aus der Tasche und malte mit seiner kleinen, blassen Hand ein winziges Häkchen hinter einen der Namen.

Soweit mir bekannt, hatte man als Jahrgangssprecher offiziell keine Pflichten außer der, sich für das Jahrbuch fotografieren zu lassen. Trotzdem handelte es sich um eine prestigeträchtige Funktion, etwas, worauf Colleges achteten, und gegen Ende der achten Klasse waren mehrere Wochen ganz und gar vom Wahlkampf geprägt.

In den vergangenen drei Jahren waren die Jahrgangssprecherwahlen stets ein ungleiches Zwei-Personen-Rennen zwischen Lance und einem Mädchen namens Ashley gewesen. Das Mehrheitsverhältnis war meist alles andere als ausgeglichen. Ashley konnte sich in der Regel die Unterstützung der Mathe-AG sichern, und einmal hatte sie auch den ausländischen Austauschschüler überzeugt, Wahlkampf für sie zu machen, ansonsten aber waren alle auf Lance' Seite.

»Erzähl mir mehr von deinen Gegnern«, verlangte Elliot. »Wer sind ihre Feinde? Was sind ihre Schwächen?«

Ich sah mich in der Cafeteria um. Lance saß zurückgelehnt auf seinem Stuhl, trotzdem überragte er noch all die anderen Jungs an seinem Tisch. Vor noch nicht allzu langer Zeit hatte er angefangen, sich die Haare vorne mit Gel zu frisieren. Dadurch sah er aus, als hätte er eine Haifischflosse auf dem Kopf, was ihn noch größer wirken ließ, als er ohnehin schon war. Er zitierte laut Sprüche aus einem Film, den er kürzlich gesehen hatte, und alle um ihn herum lachten hysterisch.

»Na ja, Lance ist witzig«, sagte ich. »Und außerdem ist er echt cool.«

Ich sah zu Ashley rüber. Sie saß am zweiten Tisch, aß Apfelschnitze und paukte mit Hilfe von bunten Karten Französischvokabeln für einen Test. Wenn jemand einen Witz machte, sah sie von ihren Lernkarten auf, aber ihr schleppendes, nervöses Lachen ließ unweigerlich alle am Tisch verstummen. Über Ashley machte sich selten jemand lustig, und alle versuchten, sie möglichst gar nicht zu beachten. Immer wenn sie etwas sagte, zitterten ihre Hände, und sie riss panisch die Augen auf. Das war schon beim Zusehen anstrengend.

Sie trug ihr kastanienbraunes Haar als Zopf, der so straff geflochten war, dass er an ein Seil erinnerte. Lance zog gelegentlich daran, was dazu führte, dass ihr Tränen in die Augen schossen. Das war doppelt gemein, weil es bedeutete, dass sie »an einer Handgreiflichkeit beteiligt war« und dafür nachsitzen musste. Es war jedes Mal schrecklich, wenn Ashley zu Ms. Pearl in den Klassenraum geschlurft kam und den Blick senkte, um Lance' spöttisches Grinsen nicht zu sehen. Mir machte es nie etwas aus nachzusitzen, auch dann nicht, wenn ich für die Handgreiflichkeiten gar nicht verantwortlich war. Bestimmt hatte ich im Verlauf der Woche irgendetwas getan, das Bestrafung verdiente. Ashley aber war vollkommen unschuldig, und dass sie trotzdem verurteilt wurde, war ein Skandal. Ich hatte ihr nie gesagt, dass ich so dachte, doch einmal hatte ich ihr ein halbes Kaubonbon abgegeben, und ich glaube, sie hat die Bedeutung meiner Geste erfasst.

»Ashley ist nicht so beliebt«, sagte ich. »Wahrscheinlich ist sie aber das schlauste Mädchen des Jahrgangs. Letztes Jahr dachte ich, sie hätte eine Chance, weil Lance keine Plakate aufgehängt und keine Rede vorbereitet hatte. Aber dann versprach er in letzter Minute, eine neue Anzeigetafel mit einem Glendale-Löwen drauf zu besorgen, und alle stimmten für ihn. Die Tafel hat er nie besorgt, aber trotzdem war es eine tolle Idee. An der West Side Prep haben sie eine mit einem Tiger drauf und geben bei den Spielen permanent damit an.«

Elliot nickte.

»Hat einer der Kandidaten körperliche Gebrechen?«, fragte er. »Solche, die nicht öffentlich bekannt sind?«

»Au Backe«, sagte ich. »Keine Ahnung.«

»Was ist da sexuell gelaufen? War einer von beiden in Skandale verwickelt?«

Ich zuckte mit den Schultern.

»Mach dir keine Sorgen«, sagte Elliot. »James wird schon was ausgraben.«

Nach der Schule führte mich Elliot bei sich zu Hause in ein Zimmer im vierten Stock, in dem ich noch nie gewesen war. Bis auf ein Sofa stand es vollkommen leer. Auch die Wände waren kahl, abgesehen von einer kurzen eingerahmten Notiz an der Wand gegenüber der Tür:

»Lieber Mr. Allagash,
ich entschuldige mich für meine unsensiblen Bemerkungen beim Derby: Ich wollte Ihr Pferd nicht verunglimpfen.

Ihr
John D. Rockefeller«

»Der Brief gehört zu den meistgeschätzten Besitztümern unserer Familie«, erklärte Elliot mit ungewöhnlich ehrfürchtiger Stimme. »Mein Großvater erhielt ihn in den zwanziger Jahren.«

Ich ging näher heran, um die Notiz genauer in Augenschein zu nehmen. Weshalb sollte sie so wertvoll sein? Ich wusste zwar, dass Rockefeller ein berühmter Milliardär war, aber wie viel mochte sein Autogramm wert sein?

Elliot bemerkte meine mangelnde Begeisterung und fuhr fort.

»Weißt du, wie viele Briefe Rockefeller zeit seines Lebens verfasst hat?«

Ich zuckte mit den Schultern.

»Eine halbe Million«, sagte er. »Mindestens. Aber weißt du, wie viele davon eine Entschuldigung enthielten?«

Erneut zuckte ich mit den Schultern.

»Einer«, sagte Elliot. »Ein einziger.«

Er setzte sich auf das Sofa und starrte den Brief eine Zeit lang schweigend an.

»Hey, Elliot? Meinst du, wir sollten vielleicht mal mit den Plakaten anfangen? Lance hat schon eins aufgehängt, und das ist ganz schön lustig geworden. Da ist ein Bild von Austin Powers drauf, aber mit dem Kopf von Lance. Dazu sagt er: ›Benehmt euch!‹«

Elliot reagierte nicht.

»Ich bin auf ein paar Fakten gestoßen, die, wie du mir sicherlich beipflichten wirst, von Interesse sein könnten«, sagte er. »Lance hat eine Reihe von Lernschwächen, die auf seine Probleme mit dem Lesen zurückzuführen sind. In den meisten Fächern erreicht er mit Mühe und Not das Klassenziel. Und trotzdem hat er es geschafft, in Geschichte auf einen Schnitt von Eins plus zu kommen, obwohl es das leseintensivste Fach ist. Wie lässt sich diese Unstimmigkeit erklären?«

»Lance hat Lernschwächen? Wie hast du das denn rausgefunden?«

»Ich habe James Kopien von sämtlichen Schülerakten anfertigen lassen«, sagte er mit lässiger Geste in Richtung eines Kartons hinter dem Sofa. »Und von denen der Lehrer auch.«

»Ach du lieber Gott«, sagte ich.

»Herzlichen Glückwunsch zum Französisch-Test übrigens, du hast 91 Punkte.«

»Echt?«, sagte ich. »Wow. Das ist ja toll.«

Elliot zog zwei Aktenmappen aus der Kiste und klappte sie zu.

»Ashley ist sauber«, sagte er und warf ihre Unterlagen ungeduldig beiseite. »Aber ich bin sicher, dass Lance bei den Tests in Geschichte geschummelt hat.«

»Woher willst du das wissen?«

»Weil ich selbst geschummelt habe«, sagte er. »Ich bin alle Unterlagen durchgegangen. Niemand hat 100 Punkte, nicht mal Ashley. Nur Lance hat 110! Mr. Douglas stellt bei jedem Test zwei Extrafragen zu aktuellen Ereignissen. Die lasse ich immer weg, um keinen Verdacht zu erregen. Aber Lance beantwortet sie, blöd wie er ist, jedes Mal. Letzte Woche hat er eine Frage über den Völkermord in Ruanda beantwortet. Er schummelt eindeutig.«

»Wie?«

»Genauso wie ich«, sagte Elliot. »Indem er dienstags nachts Douglas' Schreibtisch aufbricht und sich den Antwortschlüssel kopiert.«

Obwohl ich Elliot nun schon seit geraumer Zeit kannte, überraschte mich doch immer noch, wie beiläufig er einräumte, gemogelt zu haben.

»Vielleicht ist er einfach richtig gut in Geschichte«, sagte ich. »Und, weißt du … Vielleicht verfolgt er tatsächlich die Nachrichten über Ruanda.«

Elliot lächelte.

»Das kriegen wir raus«, sagte er.

Elliots Kenntnisse verblüfften mich immer wieder. Nicht nur das, was er wusste, sondern auch das, was er nicht wusste.

Zum Beispiel: Elliot konnte die Lebensläufe sämtlicher römischer Kaiser aufsagen, angefangen von der Anzahl der Festungen, die sie erbaut hatten, bis hin zur Anzahl der Zwerge, die sie besessen hatten, und der Art des Dolches, mit dem sie ermordet wurden. Aber er wusste überhaupt nichts über die New York Mets, nicht einmal, wie die Liga hieß, in der sie spielten.

Er konnte Shakespeares *Othello* auswendig aufsagen – jedenfalls sämtliche Monologe von Jago. Aber wenn ich die *Simpsons* zitierte, sah er mich verwirrt und angewidert an, als hätte ich scheußliche Tierlaute ausgestoßen, laut gegrunzt oder gequiekt.

Er wusste, wie man an der japanischen Börse mit Gütern handelte, und konnte Fälschungen von Michelangelo als solche entlarven. Aber er wusste beim besten Willen nicht, wie man ein Papierflugzeug faltet, und er hatte niemals auch nur versucht, eine Pop Tart zu toasten.

Er wusste über sämtliche Firmen seines Vaters Bescheid – wo welche Waffen oder Chemikalien oder beides hergestellt wurden. Er kannte alle Adressen der Häuser seines Vaters und die Anzahl der Angestellten, die dort beschäftigt waren. Er konnte die Fadenzahl der Anzüge seines Vaters und die Maße seines Whirlpools herunterbeten. Aber er wusste nicht, wann er Geburtstag hatte. Und obwohl er notiert hatte, wogegen ich allergisch war, welche Schuhgröße ich hatte, wie die Zahlenkombination meines Spinds lautete und weiß Gott was sonst noch alles, schien er keine Ahnung zu haben, was ich dachte oder fühlte. Oder warum.

Ich saß im Naturkundeunterricht neben Lance, als Mr. Douglas in den Klassensaal tobte. Er war einer unserer lässigen Lehrer, ein ehemaliges Mitglied des Friedenscorps, das bei Talentshows immer wieder dieselben drei Cat-Stevens-Songs vortrug. Ich hatte ihn noch nie zuvor wütend erlebt, aber jetzt wirkte er völlig außer sich. Sein Gesicht war feuerrot, und sein Pferdeschwanz hatte sich gelöst. Ich fragte mich, was unser Geschichtslehrer im Naturkundeunterricht zu suchen hatte. Ein paar Mal machte er den Mund auf und schloss ihn wieder, doch er war zu wütend, um etwas herauszubringen.

»Lance«, stammelte er schließlich.

Lance stand auf und begann, seinen Laborkittel aufzuknöpfen, doch Mr. Douglas fuchtelte ungeduldig mit der Hand.

»Komm einfach mit«, sagte er, »sofort!«

Ich entschuldigte mich, weil ich angeblich auf die Toilette musste, und folgte ihnen den Gang entlang Richtung Verwaltungstrakt.

Die Tür des Direktors war aus Glas, und als ich daran vorbeiging, gelang es mir, einen Eindruck von dem Chaos zu bekommen, das Elliot angerichtet hatte. Direktor Higgins blätterte Lance' jüngsten Geschichtstest durch und schüttelte angewidert den Kopf. Lance' Eltern waren zu der Aussprache herbeizitiert worden. Sie saßen neben ihrem Sohn, einer auf jeder Seite, und starrten ihn entsetzt an. Lance stierte unter sich, das Gesicht zur angsterfüllten Maske verzerrt.

»Was war mit Lance?«, fragte ich Elliot auf der Fahrt nach Hause. »Hast du ihn verpetzt?«

»Ich muss doch sehr bitten«, sagte Elliot. »Ich bin kein Kleinkind, das sich an irgendjemandes Rockzipfel hängt.«

»Wenn du ihn nicht verraten hast, wieso wurde er dann erwischt?«

Elliot ließ jeden einzelnen seiner Fingerknöchel knacken, ergötzte sich an meiner Neugier.

»Mit den richtigen Informationen kann jeder einen Feind vernichten«, sagte er endlich. »Aber will man einen Feind dazu bringen, sich selbst zu vernichten, ist erfinderisches Genie gefragt.«

Er ließ ein paar Eiswürfel in ein Glas fallen und füllte es bis zum Rand mit Scotch.

»Unterbrich mich nicht«, sagte er.

Mr. Douglas hatte einige verschrobene Eigenheiten, die bekannteste davon war sein krampfhaftes Bemühen, Papier zu sparen. Statt jede Woche 41 Tests auszudrucken, notierte er die Fragen handschriftlich und las sie laut vor. Unsere Antworten schrieben wir auf Schmierpapier, das er aus den Altpapierkörben der anderen Klassenzimmer gefischt hatte.

Mr. Douglas notierte seine Fragen immer mittwochs während der Stillbeschäftigungsstunde. Dafür brauchte er ungefähr fünfzehn Minuten. Wenn er fertig war, wedelte er mit dem Test durch die Luft, gab das Thema bekannt und schloss die Fragen in seine Schreibtischschublade ein. Wenn Lance mogelte – und Elliot war sicher, dass er das tat –, musste er die Antworten aus der Schublade haben. Sonst existierten keine Kopien.

Das Schloss war ohne Werkzeug nicht zu knacken, erklärte Elliot, aber die Schreibtischplatte selbst war so leicht, dass sie sich ohne Weiteres hochstemmen ließ. Man musste nur mit einem stabilen Lineal dazwischengehen, und schon kam man an den Inhalt der Schublade heran. Elliot brach den Schreibtisch gewöhnlich zur Mittagszeit auf, wenn sich Lehrer und Schüler in der Cafeteria aufhielten. Aufgrund seiner Allergien musste Elliot jeden Tag in der Mittagspause das Krankenzimmer aufsuchen und sich ein Antihistaminikum von der Schwester geben lassen. Und bequemerweise lag der Klassensaal von Mr. Douglas direkt nebenan.

»Hast du wirklich Allergien?«, fragte ich ihn.

»Was glaubst du wohl?«, erwiderte er.

Elliot nahm an, Lance habe die Tests mittwochabends gestohlen. Als Kapitän der Basketballmannschaft musste er nach dem Training fünfzehn Minuten länger bleiben und die Bälle wegräumen. Wenn er aus der Sporthalle kam, waren die Gänge menschenleer, so dass er mehr als genug Zeit hatte, Douglas' Schreibtisch aufzubrechen. Das heißt, er plünderte den Schreibtisch, nachdem Elliot bereits Gelegenheit dazu gehabt hatte, dessen Inhalt zu manipulieren. Nichtsahnend machte sich Lance zum Sabotageopfer.

»Hast du den Antwortschlüssel versteckt? So dass er nicht schummeln konnte?«

Elliot schüttelte den Kopf.

»Wenn ich den Antwortschlüssel hätte verschwinden lassen, hätte Douglas gewusst, dass jemand seinen Schreibtisch aufgebrochen hat. Ich hab einen Antwortschlüssel liegen gelassen. Allerdings einen von zweifelhaftem Wert.«

Nachdem er in der Mittagspause Douglas' Testfragen abgeschrieben hatte, ging Elliot in das Krankenzimmer und täuschte einen heftigen Allergieanfall vor. James traf umgehend ein und fuhr ihn nach Hause, wo sie gemeinsam einen Text fälschten, den Lance wenige Stunden später klauen sollte. James achtete penibel darauf, Douglas' geschwungene Handschrift zu kopieren. Sie ließen seine Fragen unberührt, ersetzten jedoch die Antworten. Als sie fertig waren, fuhr James Elliot erneut in die Schule, wo er den Test in Douglas' Schreibtisch platzierte. Während Lance in der Sporthalle Freiwürfe übte, schlenderte Elliot durch die leeren Gänge und besiegelte das Schicksal meines Widersachers.

Eine Weile beobachtete Elliot das Klassenzimmer von Mr. Douglas aus dem Saal gegenüber. Und nach ungefähr einer Stunde sah er wie erwartet Lance, der sich in den Klassenraum schlich und die Antworten von Elliots gefälschtem Testbogen abschrieb. Nachdem sich Lance wieder verdrückt hatte, nahm Elliot sein betrügerisches Formular wieder an sich und legte Mr. Douglas' Original in die Schublade.

Als Mr. Douglas im Geschichtsunterricht am darauffolgenden Morgen die Fragen vorlas, schrieb Lance Elliots Antworten auf, felsenfest von ihrer Richtigkeit überzeugt.

»Wie ein Mann, der aus Versehen sein eigenes Todesurteil unterzeichnet«, erläuterte Elliot. »Oder sich irrtümlich sein eigenes Grab schaufelt.«

»Dann hast du ihm also falsche Antworten untergeschoben?«, fragte ich.

»Nicht ganz«, sagte Elliot. »Selbst wenn Lance bei dem Test mit null Punkten abgeschnitten hätte, wären daraus noch nicht notwendig Disziplinarmaßnahmen erwachsen. Er hätte behaupten können, nicht gelernt zu haben. Schließlich hat jeder das Recht, mal blauzumachen, sogar erwiesene Streber wie Lance.«

»Wie hast du's denn nun angestellt, dass er jetzt wegen Schummelei dran ist?«

»Ist er gar nicht«, sagte Elliot und überreichte mir seine modifizierten Prüfungsantworten. »Ich hab ihm viel schlimmeren Ärger eingebrockt.«

1) Wie heißt die in den sechziger Jahren des 19. Jahrhunderts gegründete Terrororganisation, die Angst und Schrecken in den Südstaaten verbreitete?
Die Underground Railroad
2) Wer befehligte diese Terrorgruppe?
Harriet Tubman
3) Welcher Erlass von 1863 wird allgemein als »das beste Gesetz des Landes« bezeichnet?
Die Kopfsteuer
4) Welches Gesetzespaket wurde inzwischen als im Rahmen einer demokratischen Verfassung unzulässig verworfen?
Die Emanzipations-Proklamation

Und so ging es weiter und immer weiter, jede Antwort verdammenswerter als die vorangegangene.

»Lance wurde nicht bestraft, weil er geschummelt hat«, erklärte Elliot. »Er wurde wegen seiner verwerflichen Überzeugungen bestraft.«

Ich stellte mir Lance vor, wie er mit seinen Eltern im Büro des Direktors saß und die Möglichkeiten abwägte, die ihm zur Verfügung standen. Entweder war er ein diebischer Abschreiber oder ein abscheulicher Rassist. So oder so war die Jahrgangssprecherwahl für ihn gelaufen.

Elliot riss mir die gefälschten Prüfungsfragen aus der Hand, hielt sie aus dem Fenster und zündete sie mit einem Zigarrenfeuerzeug an.

»Nummer eins ist erledigt«, sagte er. »Bleibt Nummer zwei.«

James öffnete das Sonnendach, und der Rauch entwich der Limousine. Er telefonierte mit seinem Handy, doch die schalldichte Scheibe war heruntergelassen, und ich konnte nicht hören, was er sagte.

»Wo hat dein Vater eigentlich James aufgetrieben?«, fragte ich.

»Das ist eine lange Geschichte«, sagte er. »Eine, die dir enorm Spaß machen wird.«

Er wollte gerade zu erzählen beginnen, als die Limousine abrupt vor einem unscheinbaren Granitgebäude hielt.

»Was ist das?«, fragte ich.

Elliot seufzte.

»Das ist der Club meines Vaters«, sagte er.

Terry torkelte die Steinstufen herunter und stolperte auf den Wagen zu, sein Gesicht war ungewöhnlich rot. James sprang aus der Limousine und hielt ihm die Tür auf. Er stützte ihn diskret am Ellbogen, damit er nicht umkippte.

»Seymour!«, sagte er. »Immer schön, dich zu sehen. Wie geht's denn so?«

»Ausgezeichnet, Mr. Allagash«, sagte ich. »Elliot wollte mir gerade die Geschichte erzählen, wie Sie James gefunden haben.«

»Wie ich James gefunden habe? Aber ich muss doch sehr bitten! Ich habe gar nicht die Energie oder die Geduld, jemanden zu finden. James hat mich gefunden!«

Elliot trank aus, wandte sich ab und starrte aus dem Fenster.

»Ich werde sie dir erzählen«, verkündete Terry. »Wir wollen doch nicht, dass der da die Geschichte versaut. Ich erzähle sie dir im Arbeitszimmer – aber unterbrich mich nicht!«

»Vor fünfzehn Jahren saß ich genau hier an meinem Schreibtisch und sah meine Post durch, als mir eine sehr ungewöhnliche Postkarte in die Hand fiel. Auf der Hochglanz-Vorderseite war ein furchterregendes Gemälde von einem Schädel abgebildet. Auf der anderen stand eine handschriftlich verfasste Nachricht.

›Die Giants werden das erste Spiel gewinnen‹, war dort zu lesen.

Ich legte die Postkarte in einem Fach ab, in dem ich auf Anraten meiner Anwälte alle Morddrohungen sammle, und vergaß sie wieder, bis in der darauffolgenden Woche erneut eine Karte mit morbidem Motiv auf meinem Schreibtisch landete. Diesmal waren zwei tanzende Skelette darauf zu sehen – und wieder wurde den Giants ein Sieg prophezeit. Auch diese Karte ignorierte ich – ebenso wie die nächste und die übernächste. Aber nachdem ich sieben Wochen lang diese geheimnisvollen Karten mit den makabren Abbildungen und den daraufgekritzelten Footballvorhersagen bekommen hatte, fingen sie doch an, mich zu beschäftigen. Denn weißt du: Jede Vorhersage hatte sich bewahrheitet.

Als ich die achte Karte erhielt – die prophezeite, dass die Giants gegen die suboptimalen Eagles verlieren würden –, beschloss ich, diesen anonymen Spinner beim Wort zu nehmen. Ich rief einen Freund aus dem Club an und setzte auf Philadelphia. Die Postkarte behielt wie immer Recht, und ich gewann eine beachtliche Summe. Ich folgte auch weiterhin den Ratschlägen meines persönlichen Propheten und setzte mit wachsendem Vertrauen in die Richtigkeit seiner Vorhersagen immer mehr Geld. In der zwölften Woche hatte ich so unanständig viel verdient, dass es mir schwerfiel, den Gewinn abzuholen, ohne dabei laut zu lachen.

Wer schickte mir diese Postkarten? Wie hatte mich der Absender gefunden? Weshalb schickte er mir Footballtipps? Was zum Teufel hatte er davon? Ich erfuhr es, als ich die dreizehnte Karte in der Post entdeckte.

›Die Versuchsphase ist abgeschlossen‹, stand darauf. ›Warum abonnieren Sie meine Dienste nicht? Sie haben gesehen, was ich zu leisten vermag.‹ Ich musste nichts tun außer tausend Dollar an eine Postfachadresse in Poughkeepsie überweisen, und eine dreizehnte Vorhersage würde mit der Post eintreffen, ›als Eilsendung‹, gerade noch rechtzeitig vor dem Spiel am Sonntag gegen die Redskins.

Ich rief Duffy an, einen alten Freund aus Harvard, der sich voll und ganz dem Glücksspiel in Monte Carlo verschrieben hatte, und erzählte ihm die ganze Geschichte. Zu diesem Zeitpunkt vertrat ich die Theorie, dass es sich bei meinem

Propheten um einen Trainer oder Schiedsrichter der NFL handelte, jemanden mit Insiderinformationen, der nicht riskieren durfte, selbst zu wetten. Duffy verwarf meine Hypothese sofort.

›Mit den Postkarten riskiert er ebenso viel‹, sagte er. ›Anderen Spielern Informationen zuzustecken ist genauso illegal, wie selbst zu spielen. Und außerdem würde kein Schiedsrichter für magere tausend Dollar seinen Job riskieren.‹

›Was, wenn es jemand von weiter unten ist, der nicht das Geld hat, um selbst zu setzen? Ein Stadionwart zum Beispiel? Vielleicht hat er Insiderinformationen, aber keine tausend Dollar flüssig. Also kauft er eine Postkarte für zehn Cent, vertickt seine Informationen an einen Milliardär und scheffelt Profit, ohne Kapital zu investieren.‹

›Keine schlechte Theorie‹, sagte Duffy. ›Abgesehen von einem Punkt: Insiderinformationen können so gut und zuverlässig gar nicht sein.‹

›Was, wenn die Spiele abgekartet sind?‹

›NFL-Spiele können nicht abgekartet sein‹, meinte Duffy. ›Glaub mir, ich hab's versucht. Da gibt es viel zu viele Variablen. Es gibt sieben Schiedsrichter, insgesamt ein Dutzend Trainer und über hundert Spieler. Das ist nicht wie bei einem Boxer, dem man Geld zuschiebt, damit er umfällt. Ich meine, klar, man kann einen Quarterback schmieren, damit er ein paar Fehlpässe wirft. Aber auch das nur bedingt.‹

›Und wenn die ganze Mannschaft unter einer Decke steckt?‹

›Seit den Black Sox hat niemand mehr eine krumme Tour angezettelt, an der die gesamte Mannschaft beteiligt war. Und außerdem sagt dein Prophet den Giants ja auch Siege voraus. Lassen sich dann ihre Gegner bestechen? Niemand kann die komplette Liga kaufen. Das hätte ich mitbekommen.‹

›Na gut‹, sagte ich. ›Vielleicht hat er gar nichts mit der Liga zu tun. Womöglich ist er einfach nur ein sehr begabter Wettexperte, der weiß, auf wen man setzen muss.‹

›Ich bin ein sehr begabter Wettexperte, der weiß, auf wen man setzen muss. Über 80 Prozent bin ich nie hinausgekommen. Wenn ich in einem Jahr 55 Prozent Treffer verbuchen kann, ist das ein gutes Jahr.‹

›Also, was meinst du? Ist er wirklich ein Prophet?‹

›Wahrscheinlich ist er der Teufel‹, sagte Duffy. ›Wen interessiert das schon? Sag mir einfach nur, was auf der dreizehnten Karte steht!‹

Zu diesem Zeitpunkt hatte ich durch meinen Propheten bereits so viel Geld verdient, dass ich beinahe das Gefühl hatte, ihm etwas schuldig zu sein. Also überwies ich das Geld mit geringen Erwartungen an die Postfachadresse. Sein Tipp traf am darauffolgenden Tag wie versprochen ein, und siehe da, es war ein sehr guter. Ich knöpfte meinen Clubfreunden eine Menge Geld ab. Ich hätte noch mehr gewonnen, aber die meisten waren nicht mehr bereit, bei Spielen der Giants gegen mich zu setzen.

Mit seiner nächsten Postkarte forderte der Prophet fünfzigtausend Dollar.

›Die musst du zahlen!‹, schrie Duffy immer wieder, eine geschlagene Stunde lang. Irgendwann legte ich einfach auf und ließ mir die Sache hier in diesem Arbeitszimmer noch einmal durch den Kopf gehen. Ich wusste immer noch nicht, wer mein Prophet war oder warum er so viel über Football wusste. Aber eines wusste ich: Er hatte keinen Grund, mir falsche Informationen zuzuspielen. Wenn sich seine Vorhersagen nicht bewahrheiteten, würde ich ihn für seine Tipps nicht mehr bezahlen. Es lag also in seinem Interesse, mich weiterhin mit den Namen der Sieger zu versorgen.

Irgendwann entschied ich mich für die vernünftigste Vorgehensweise. Ich verkaufte Duffy den Tipp für sechzigtausend Dollar. Er überwies das Geld sofort, und ich schickte die fünfzigtausend umgehend nach Poughkeepsie weiter. Die Postkarte traf keine 48 Stunden später ein. Darauf abgebildet war ein Altar aus Knochen, und den Giants wurde ein Sieg prophezeit. Am Sonntagvormittag ging ich in den Club, aber ich konnte niemanden überreden, gegen mich zu setzen. Es war ziemlich frustrierend, bis das Undenkbare geschah: Die Giants verloren. Ich wartete auf eine weitere Postkarte, aber es kam nie wieder eine.

Zu diesem Zeitpunkt war meine Neugierde derart gewaltig, dass sie mich im Alltag beeinträchtigte. Permanent musste ich an den Propheten denken, überlegen, wer er wohl war und wie er vorging. Also schickte ich einen meiner Privatdetektive nach Poughkeepsie, um das Postamt zu überwachen und ihn zu finden. Das war nicht leicht. Tagelang blieb das Postfach unberührt. Jedenfalls machte sich kein Kunde daran zu schaffen. Irgendwann erfuhren wir, dass sich mein Prophet eine Stelle als Hausmeister im Postamt erschlichen hatte. Er war der Einzige, der zwischen ein und neun Uhr morgens Zugang zu den Postfächern hatte – und genau dann holte er seine Post ab. Zum Schluss blieb mir keine andere Wahl, als meinen Freund bei der amerikanischen Notenbank um einen Gefallen zu bitten. Wir schickten dem Propheten markierte Scheine (mit der Bitte um weitere Tipps), verfolgten deren Verbreitungswege und gelangten so zum Haus seiner Eltern in der Vorstadt. Als die

Überwachungsfotos eintrafen, glaubte ich zunächst an einen Irrtum. Mein Prophet war ein dürrer Siebzehnjähriger mit langen Haaren und Akne. Ein Junge namens James.

Nachdem wir seine Identität in Erfahrung gebracht hatten, ließ er sich relativ leicht verschleppen, und meine Leute nahmen ihm ohne übermäßige Gewaltanwendung ein vollständiges Geständnis ab. Es war faszinierend.

Der Vater des Jungen verkaufte hochwertige Diamanten und silberne Manschettenknöpfe, und mein Name und meine Adresse standen in seiner Kartei. Dort hatte er alle seine Adressen her. Weißt du, ich war ja nicht der Einzige, der Postkarten bekam! Zu Beginn der Footballsaison hatte er an alle zwanzigtausend Kontakte seines Vaters Vorhersagen verschickt. Zehntausend prophezeite er eine Niederlage ihrer Heimmannschaft und zehntausend einen Sieg. In der darauffolgenden Woche sah er nach, wer eine korrekte Vorhersage bekommen hatte, und schickte diesen Adressaten jeweils eine weitere Postkarte, wobei er wieder der einen Hälfte einen Sieg und der anderen Hälfte eine Niederlage ihrer Heimmannschaft vorhersagte. Auf diese Weise verkürzte er die Liste der Adressaten Woche um Woche bis Spiel 13. Zu diesem Zeitpunkt waren nur noch zweiundzwanzig Namen übrig. Zwanzig waren so beeindruckt, dass sie seine Dienste ›abonnierten‹. Und in der anschließenden Woche waren nur noch sechs der verbliebenen zwölf leichtgläubigen Millionäre bereit, ihm fünfzigtausend Dollar für seine Vorhersage auf Spiel 15 zu überweisen. In jener Woche verlor er mich ebenso wie drei weitere. Doch zwei blieben dabei und blätterten bereitwillig hunderttausend Dollar für James' nächste ›Prophezeiung‹ hin. Eine davon erwies sich erneut als korrekt. Und so war immer noch ein Mann übrig, ein Stahlmagnat aus Pittsburgh, der von James' fehlerlosen Vorhersagen so geblendet war, dass er ihm eine Million Dollar im Austausch gegen vermeintliche Insiderinformationen über den Super Bowl überweisen wollte.

Als ich James erwischte, hatte er bereits Millionen mit seinem Football-Schwindel gemacht. Allerdings handelte es sich auch um ein kostspieliges Unterfangen – die Briefmarken und Briefe waren nicht billig –, doch dank anderer Betrügereien konnte er sich die Auslagen leisten. Trotz seines zarten Alters hatte er bereits Hunderte ähnlicher krummer Touren durchgezogen, jede einzelne gewagter als die vorangegangene.

›Wollen Sie mich töten?‹, fragte er, als ich mich gegen Ende des vierstündigen Verhörs zu erkennen gab.

›Guter Gott, nein!‹, rief ich aus. ›Ich möchte Ihnen einen Job anbieten!‹«

Draußen vor dem Arbeitszimmer stieß ich auf Elliot, der ein dickes, altes Militärbuch las.

»Warum bist du mitten in der Geschichte gegangen?«, fragte ich.

»Ich kannte sie schon«, sagte er.

»Ganz schön erstaunlich, dass dein Dad den Kerl eingestellt hat.«

Elliot machte eine abfällige Handbewegung.

»Meine Familie hat schon immer mindestens einen hauptberuflichen Hochstapler beschäftigt. Terry war nicht der erste Allagash, der auf eine solche Idee gekommen ist.«

»Ist es nicht riskant, Kriminelle für sich arbeiten zu lassen?«

»Nicht, wenn man der Einzige ist, der von ihren Gesetzesverstößen weiß. Sollte James jemals versuchen, der Familie Schaden zuzufügen, melden wir den Behörden seine Straftaten. Auf diese Weise halten wir ihn in Schach.«

»Meinst du, er will deiner Familie Schaden zufügen?«

»Wahrscheinlich nicht. Er bezieht ein enormes Gehalt, zuzüglich Spesen. Und er bekommt jedes Jahr einen ganzen Monat Urlaub, damit er durch die Welt reisen und die ausländischen Huren besuchen kann, die er für sich arbeiten lässt.«

Er schraubte seinen Füller auf und unterstrich einen recht langen Absatz in seinem Buch.

»Elliot?«, fragte ich. »Hat dein Dad noch mehr solcher Geschichten auf Lager?«

Elliot klappte das Buch zu.

»Warum klopfst du nicht an die Tür seines Arbeitszimmers und findest es heraus?«, fuhr er mich an. »Wahrscheinlich wartet er schon auf dich und lauscht mit dem Ohr an der Tür auf das Herannahen deiner Schritte! Geh schon!«

Er hustete heftig in sein Taschentuch, sein kleiner Körper bebte unter der Anstrengung. Ich überlegte, ob ich ihm auf den Rücken klopfen sollte, entschied mich aber dagegen. Nach einer Weile legte sich der Anfall wieder, und er lehnte sich erschöpft an die Wand.

»Wenn du eine gute Geschichte hören willst«, keuchte er, »dann hör dir an, was ich mir ausgedacht habe, um Ashley auszuschalten.«

Plötzlich überkamen mich Schuldgefühle. Es machte mir nichts aus, wenn Elliot gegen Lance oder das Winchester Komplotte schmiedete. Aber Ashley war eigentlich ein nettes Mädchen. Sie meldete sich immer freiwillig, um den Saal für Klassenpartys zu schmücken, obwohl sie zur Feier meist gar nicht erschien. In der siebten Klasse hatte uns Mr. Hendricks für das jährliche Lebkuchenhausbauen als Team bestimmt, und wir waren den ganzen Nachmittag bei ihr zu Hause gewesen, hatten über Soapoperas im Fernsehen gelacht und unsere Baumaterialien gefuttert. Wir waren nicht unbedingt befreundet, aber immerhin hatte sie mich noch nie Brocken genannt – selbst dann nicht, als sich der Spitzname allergrößter Beliebtheit erfreute. Einmal hatte sie mich erwischt, wie ich auf dem Rückweg vom Trinkwasserbrunnen ins Klassenzimmer *Barbie Girl* gesungen hatte. Und zwar ausgerechnet die Strophe, die lautet: »I'm a barbie girl, in a barbie world« – und ich hatte sie mehr oder weniger aus vollster Kehle geschmettert. Sie hätte jemandem von dem Vorfall erzählen können, aber sie hat es nicht getan.

»Du wirst ihr doch nichts richtig Schlimmes antun, oder?«

Anscheinend hörte mich Elliot nicht. Er rief James an.

»Vielleicht ist das keine gute Idee«, sagte ich schließlich. »Ich meine, es geht doch nur um das Amt des Jahrgangssprechers. Ist mir gar nicht so wichtig zu gewinnen.«

Elliot knallte den Hörer auf und starrte mich an.

»Wenn du denkst, es geht um etwas so Belangloses wie das Amt des Jahrgangssprechers, dann bist du noch dämlicher, als ich dachte! Das ist nur das Sprungbrett – das Sprungbrett zum Sprungbrett zum Sprungbrett, für eine …«

Er hielt abrupt inne und schmunzelte hinterlistig.

»Pass auf«, sagte er. »Du bist mir vollkommen schnuppe. Für mich ist das lediglich ein Spiel.«

Er zuckte mit den Schultern.

»Wahrscheinlich hast du Recht. Wer will schon Jahrgangssprecher werden? Mal ehrlich, wer hat schon die Geduld, sich ständig fotografieren zu lassen?«

»Ja«, sagte ich. »Dann ist doch alles klar, oder?«

Elliot nickte.

»Alles klar. Und dann die ganzen blöden Besprechungen mit dem Schülerbeirat. Und diese lächerlichen Interviews mit der Glendale Gazette!«

»Ja ... Das ist ganz schön albern irgendwie.«

»Das ist mehr als albern! Ständig wird man von allen angeschleimt, weil sie dieses oder jenes wollen! Und dann Jessica und ihr idiotischer Partyausschuss! Kannst du dir ernsthaft vorstellen, sie zu Hause zu besuchen und diese grässlichen Veranstaltungen mit ihr organisieren zu müssen?«

»Äh ...«

»Außerdem«, sagte er, »ist deinen Eltern wahrscheinlich sowieso egal, ob du die Wahl gewinnst. Genau genommen erwarten sie ja, dass du verlierst.«

Er schlug sein Buch auf und fuhr fort, den Abschnitt zu unterstreichen, genau dort, wo er aufgehört hatte.

»Obwohl«, setzte er milde hinzu, »es natürlich eine interessante Erfahrung sein könnte.«

Ich setzte mich neben ihn.

»Was hast du mit Ashley vor?«

Wieder Schulterzucken.

»Etwas Elegantes.«

»Und richtig Gemeines?«

Elliot lachte.

»Ist es ›gemein‹, einen Läufer mit einem Turm zu schlagen? Ist es ›gemein‹, über Bande zu spielen? Hier geht's um Politik!«

»Vielleicht hast du Recht«, sagte ich.

»Natürlich habe ich Recht«, sagte er. »Los, das Spiel beginnt.«

Erst nach der Wahl fiel mir ein, dass ich gar nicht gefragt hatte, wie sein Plan im Einzelnen aussah. Irgendwie redete ich mir damals ein, ich hätte es vergessen und sei rein zufällig über Elliots Machenschaften nicht im Bilde gewesen. Als hätte ich nicht geahnt, worauf ich mich einließ.

»Weißt du, wir haben Elliot ja immer noch nicht kennengelernt«, sagte mein Vater. »Warum lädst du ihn nicht mal zu deinem Geburtstag ein? Sein Dad kann gerne mitkommen, wenn er nicht zu viel zu tun hat.«

»Ich weiß nicht«, sagte ich. »Elliot ist ein eher mäkeliger Esser.«

»Wir überlegen uns was«, sagte er. »Ich kann ja Burger grillen. Burger mag doch jeder, oder? Gib mir mal den Ketchup.«

Ich reichte ihm die Plastikflasche, und er drückte und schüttelte sie über seinem Hühnchen. Ein rotes Rinnsal spritzte aus der Spitze.

»Mist«, sagte er.

Er stellte die Flasche auf den Kopf und wartete, bis der Ketchup herunterlief.

»Vielleicht sollten wir essen gehen«, schlug meine Mutter vor. »Wir könnten ins St. Regis gehen oder vielleicht ins Tavern On The Green. Wisst ihr … Irgendwohin, wo …«

Mein Vater lachte.

»Wo was?«

»Irgendwohin, wo's Spaß macht«, sagte meine Mutter. »Ich meine, das ist doch ein besonderer Anlass, oder? Vierzehn ist ein wichtiges Alter!«

Mein Vater nickte.

»Wir werden einen Kuchen backen«, sagte er.

Mein Vater war Assistenzprofessor für Wirtschaftslehre an der Fordham University. Manchmal schrieb er Artikel für Zeitschriften, lange Aufsätze mit Fußnoten, Diagrammen und Schaubildern. Er hatte außerdem ein Buch verfasst, das sein Agent bei Verlagen unterzubringen versuchte. Ich war wirklich stolz darauf, dass mein Vater ein ganzes Buch geschrieben hatte, und erst als mich Elliot bat, ihm mehr darüber zu erzählen, wurde mir klar, dass ich keine Ahnung hatte, wovon es eigentlich handelte. »Irgendwas mit Marx«, mehr brachte ich nicht heraus.

»Ach«, sagte Elliot, »so einer.«

Ich zuckte zusammen. Denn ich wusste nicht, dass andere Menschen bereits über diesen Marx-Menschen geschrieben hatten. Hoffentlich wusste mein Vater Bescheid.

Meine Mutter arbeitete nachmittags als Sprachtherapeutin, doch am Tag des Abendessens mit den Allagashes meldete sie sich krank, um sich aufs Kochen zu konzentrieren. Als ich aus der Schule nach Hause kam, waren so viele Küchengeräte gleichzeitig eingeschaltet, dass wir schreien mussten, um einander zu verstehen.

»Sieh mal auf deinem Schreibtisch nach!«, sagte sie. »Dad und ich haben ein Geburtstagsgeschenk für dich!«

Ich umarmte sie und rannte atemlos den Flur entlang. In jenem Jahr hatte ich nur einen einzigen Wunsch geäußert – *NBA Live '97* –, und ich hatte ein gutes Gefühl hinsichtlich meiner Chancen. Meine Eltern konnten Videospiele nicht leiden, aber im vorangegangenen Jahr hatte ich *NBA Live '96* bekommen, und meiner Ansicht nach war damit ein gewisser Standard etabliert worden. Ich packte das Päckchen langsam aus und probte in Gedanken bereits den überraschten Gesichtsausdruck, den ich meiner Mutter zuliebe aufsetzen wollte, sobald ich das Spiel endlich in Händen halten würde.

Es waren Klamotten. Ein brauner Gürtel, ein dunkelblaues Hemd mit steifem Knöpfkragen und ein paar seltsame braune Schuhe ohne Schnürsenkel. Ich durchwühlte das Paket noch eine Weile in der Hoffnung, meine Mutter habe mir einen Streich gespielt und das Spiel unter den Klamotten versteckt. Irgendwann gab ich auf und rief, so fröhlich ich konnte: »Danke.«

Ich zog mich um, streifte mein Lieblingstrikot von den Knicks über und ging in die Küche, um meinen Schmerz in Schokomilch zu ertränken. Als ich an meiner Mutter vorbeiging, war ihr Gesichtsausdruck von Panik gezeichnet.

»Willst du deine neuen Sachen nicht anprobieren?«, fragte sie.

Es kostete mich mehrere Anläufe, bis es mir gelang, das Hemd gerade zuzuknöpfen, aber zum Schluss hatte ich den Bogen raus. Als ich in die Küche zurückkehrte, um eine zweite Schokomilch zu trinken, stritten sich meine Eltern.

»Nein«, sagte mein Vater. »Nein, das ist der, den wir aufgehoben haben. Der aus Italien.«

»Bist du sicher?«, fragte meine Mutter. »Ich dachte, wir wollten die andere Flasche aufheben.«

Mein Vater lachte.

»Ist egal«, meinte er. »Du hast sie ja schon aufgemacht.«

Er sah erst mich an – dann meine Mutter.

»Sind das neue Sachen?«, fragte er.

Als ich klein war, kam ein Film mit dem Titel *Die Jetsons und Familie Feuerstein* in die Kinos. Darin freunden sich die beiden Familien mehr oder weniger auf Anhieb an, tun sich zusammen und retten die Welt. Vielleicht war ich so optimistisch hinsichtlich des Abendessens mit den Allagashes, weil ich den Film so häufig gesehen hatte.

Elliot und Terry trafen beide mit Bowlerhüten auf den Köpfen ein. Mein Vater war eindeutig verblüfft, erholte sich aber rasch wieder und streckte die Hand aus.

»Schön, dass Sie gekommen sind«, sagte er. »Ich freue mich sehr, dass Sie die Zeit gefunden haben.«

»Ist mir ein Vergnügen, Sie endlich kennenzulernen!«, sagte Terry.

Er zog seinen Mantel aus, verrenkte den Hals und sah sich im Wohnzimmer um.

Er brauchte relativ lange, um zu begreifen, dass ihm kein Diener den Mantel und die Aktentasche abnehmen würde. Irgendwann warf er beides ungeschickt auf einen Stuhl. Die Erwachsenen fingen an, sich über das Wetter zu unterhalten, und Elliot und ich gingen in mein Zimmer.

»Was für eine Art Nagetier ist das?«, fragte Elliot und zeigte auf mein Haustier, eine Maus.

»Das ist eine Maus«, sagte ich. »Sie heißt Houdini und ist ein Er. Ich habe versucht, ihm beizubringen, sich auf die Hinterpfoten zu stellen, und er kriegt es fast schon hin.«

»Zeig mal«, sagte Elliot.

Ich hielt Houdini einen Happen Trockenfutter über den Kopf und rief ein paar Mal: »Hoch!« Irgendwann, nachdem er es sich gut überlegt hatte, bemühte sich Houdini auf die Hinterpfoten und griff danach. Ich streichelte ihn im Nacken und gab ihm noch einen Extrahappen zur Belohnung.

»Nicht schlecht«, sagte Elliot.

»Hast du Haustiere?«, fragte ich.

Elliot starrte mich einen Augenblick an.

»Nicht direkt.«

»Ich bin so froh, dass Ihnen der Kuchen schmeckt«, sagte meine Mutter.

»Er ist hervorragend«, sagte Terry. »Zum Glück habe ich für das Dessert noch Platz gelassen!«

»Tut mir leid, dass du nicht auf Hamburger stehst«, sagte mein Vater zu Elliot. »Hast du noch Hunger? Im Kühlschrank ist noch eine Scheibe Rinderbrust, wenn du nichts gegen Resteessen hast.«

Elliot blickte meinen Vater verdattert an.

»Reste…essen?«

Lange Pause. Endlich räusperte sich Terry und lächelte meinen Vater an.

»Elliot hat erzählt, Sie haben ein Buch geschrieben«, sagte er. »Herzlichen Glückwunsch!«

Dad lachte verlegen.

»Es wird gerade zur Veröffentlichung angeboten«, sagte er. »Vielleicht verschwindet es aber auch in irgendeiner Schublade.«

»Er ist nur bescheiden«, sagte Mom. »Zwei verschiedene Universitätsverlage haben bereits Interesse bekundet. Einer in St. Louis und ein anderer in Kanada.«

Mein Vater seufzte.

»Das ist wunderbar«, sagte Terry. »Ich habe Freunde im Verlagswesen. Kennen Sie Bishop House?«

»Ja«, sagte mein Vater. »Ehrlich gesagt, war das der erste Verlag, von dem ich eine Absage bekommen habe.«

»Dort fand man das Buch zu ›akademisch‹«, erklärte Mom.

»Na ja, ich glaube, in Wirklichkeit meinten sie, es sei ›langweilig‹«, korrigierte sie mein Vater. »Aber hey, kommt auf dasselbe raus. Sind Sie sicher, dass Sie keinen Wein möchten, Terry? Das ist ein guter italienischer.«

»Nein, danke«, sagte er.

Mein Vater schenkte sich noch ein Glas ein. Mir fiel auf, dass er als Einziger trank.

Meine Mutter starrte beklommen auf Elliots unberührtes Kuchenstück. Als sich abzuzeichnen begann, dass er nichts davon kosten würde, schenkte sie ihm ein großes Glas Milch ein und stellte es ihm voller Hoffnung neben die knochige Hand.

»Na, Elliot«, sagte sie. »Ich habe gehört, du bist ein toller Basketballer! Kaum zu glauben, wie oft ihr beide trainiert habt. Du musst den Sport sehr lieben!«

Ich warf Elliot einen verzweifelten Blick zu, und er seufzte angestrengt.

»Ja«, sagte er ausdruckslos. »Basketball ist mein absoluter Lieblingssport.«

»Toll!«, meinte meine Mutter. »Einfach toll.«

Sie schenkte ihm Milch nach, obwohl er noch nichts davon getrunken hatte.

»Bei so viel Basketball, der Asbest-AG und der Arbeit als Seymours Wahlkampfleiter weiß ich gar nicht, wie du noch dazu kommst, deine Hausaufgaben zu machen! Für wie viele freiwillige Projekte engagierst du dich denn?«

»Viele«, sagte er.

Mein Vater hielt sein Weinglas ins Licht, drehte es leicht und begutachtete die Ablagerungen, die sich am Boden gesammelt hatten.

»Sind Sie Weintrinker?«, fragte er Terry.

»Ja«, erwiderte dieser, »ich war heute Nachmittag bei einer Verkostung. Wäre sie nicht so reichhaltig gewesen, hätte ich gerne mit Ihnen angestoßen. Aber ich fürchte, heute Abend wird mir das zu viel.«

Mein Vater nickte und sah meine Mutter an.

»Normalerweise trinke ich nur zu besonderen Anlässen Wein«, sagte er. »Diesen hier hat mir zum Beispiel einer meiner Kollegen aus Italien aus dem Dorf seiner Eltern mitgebracht. Ich wollte ihn eigentlich für den Tag aufheben, an dem ich mein Buch verkauft habe. Aber jetzt wird mir klar, hey, vielleicht wird ja nichts draus, was dann? Ein gescheitertes Buchprojekt ist doch noch lange kein Grund, einen guten Wein verkommen zu lassen, stimmt's?«

Terry räusperte sich.

»Du liebe Güte, Seymour«, sagte er. »Ich habe ganz vergessen, dir dein Geschenk zu geben!«

Er stand auf und zog ein Päckchen aus seiner riesigen Aktentasche. Es war in glänzendes Silberpapier eingewickelt und mit einer dicken goldenen Schleife versehen.

»Aber das wäre doch nicht nötig gewesen!«, rief meine Mutter.

Das Geschenk war so aufwändig verpackt, dass ich eine Weile brauchte, das Papier abzureißen. Als es so weit war und das Geschenk für alle sichtbar auf dem Tisch lag, senkte sich Stille über den Raum.

Es war eine brandneue Sega-Dreamcast-Videokonsole mit Zubehör.

In den entsprechenden Fachzeitschriften hatte ich gelesen, dass sie demnächst auf den Markt kommen würde, aber gesehen hatte ich noch keine. Es war ein wunderschönes Gerät, schmal und silberfarben. Als ich es aus dem Karton zog, stieß ich unfreiwillig einen Schrei aus; darunter lagen über ein Dutzend Spiele versteckt.

»Oh, Gott«, sagte ich. »Oh, Gottogott.«

Mir wurde bewusst, dass ich aufgesprungen war. Ich riss mich zusammen, setzte mich wieder hin und bedankte mich überschwänglich bei Mr. Allagash.

»Das wäre doch wirklich nicht nötig gewesen«, wiederholte meine Mutter.

Terry winkte ab.

»War mir ein Vergnügen!«, sagte er.

»Nein«, sagte mein Vater. »Wirklich. Das wäre nicht nötig gewesen.«

Ich trug das Geschenk in mein Zimmer, und aus dem Karton fiel eine kurze handschriftliche Notiz. Sie lag versteckt unter dem Berg von Spielen, weswegen ich sie zunächst nicht entdeckt hatte.

Lieber Seymour,
danke, dass du so viel Zeit mit meinem seltsamen Sohn verbringst. Wie ist das? Erinnere mich daran, dich danach zu fragen.
Terry

Ich legte die skurrile Botschaft in meine Schreibtischschublade und ging wieder nach unten zu den anderen. Doch als ich dort eintraf, befand sich die Gesellschaft bereits im Aufbruch. Alle standen an der Haustür – außer meinem Vater, der noch immer am Tisch saß, seinen Wein trank und den Haufen zerkrumpeltes Geschenkpapier anstarrte.

»Sind Sie sicher, dass Sie nicht noch bleiben und ein Spiel mit uns spielen möchten?«, fragte meine Mutter.

»Mühle? Dame? Mensch-ärgere-dich-nicht?«

»Ach, ich weiß nicht«, sagte Terry. »Es ist schon spät.«

Er zog seinen Mantel an.

»Wir haben auch Scrabble und Memory.«

»Danke für das Angebot«, sagte er. »Aber ich glaube, wir sind einfach zu müde.«

Mein Vater stellte sein Glas geräuschvoll ab.

»Wie wär's mit Monopoly?«, fragte er.

Terry blieb wie angewurzelt stehen.

»Haben Sie ›Monopoly‹ gesagt?«

Terry und Elliot saßen zusammen auf einer Seite des Spielbretts, mein Vater ihnen gegenüber. Meine Mutter und ich waren schon nach dreißig Minuten Spielzeit vollkommen bankrott. Damit blieben nur mein Vater und die Allagashes übrig, die sich entschieden hatten, als Team anzutreten.

»Um zehn Uhr ist Schlafenszeit«, sagte meine Mutter. »Wer in den nächsten fünf Minuten vorne liegt, hat gewonnen!«

»Klingt vernünftig«, sagte Terry.

»Keine Drei, Vier oder Sechs«, murmelte mein Vater und wog die Würfel in den Händen. »Keine Drei, Vier oder Sechs.«

Er mischte die Würfel noch ein bisschen länger, wollte eindeutig Zeit schinden. Die Allagashes hatten Hotels auf allen orangefarbenen Straßen gebaut, und meinen Vater trennte nur noch ein ungünstiger Wurf von der Pleite.

»Wissen Sie, es ist noch nicht zu spät, auf den vorgeschlagenen Handel einzugehen«, erklärte ihm Terry. »Elfhundert Dollar sind ein großzügiges Angebot für die Bahnhofstraße.«

»Wir haben ihm zwölfhundert angeboten«, sagte Elliot. »Trotzdem, ein ausgezeichnetes Geschäft.«

Mein Vater legte die Würfel ab und funkelte die beiden zornig an.

»Ich habe Ihnen bereits erklärt«, sagte er, »dass ich mein Monopol nicht aufgeben werde. Für kein Geld der Welt.«

Terry schmunzelte.

»Ganz wie Sie meinen.«

Offenbar schwang bei diesem Spiel einiges mit. Wenn ich meinem Vater sonst einen Handel vorschlug, ging er immer darauf ein. Als ich ihm jetzt meine »Du kommst aus dem Gefängnis frei«-Karte im Tausch gegen den Hauptbahnhof anbot, ließ er mich abblitzen. Er würfelte, und als die Würfel über das Brett kullerten, hielt ich den Atem an. Sie kollidierten mit einigen Allagash-Hotels und blieben schließlich neben den Gemeinschaftskarten liegen: eine Drei ... und eine Vier.

»Sieben!«, schrie ich. »Das ist ›Frei parken‹!«

Mein Vater fuchtelte mit der Faust in der Luft herum und machte Grunzgeräusche.

»Ja!«, schrie er. »Ja!«

Ich hielt eine Hand hoch, und er schlug fest ein.

»Wie spät ist es?«, fragte ich. »Mom, ist es schon zehn?«

»Äh ...«

»Es ist zehn!«, sagte mein Vater und zeigte auf seine Armbanduhr. »Es ist ganz genau zehn! Das Spiel ist aus!«

Er beugte sich vor und schob den riesigen Geldhaufen von der Mitte des Spielbretts auf seine Seite, wobei er lachte und mir durch die Haare wuschelte.

»Glückwunsch«, sagte Terry und streckte die Hand aus.

Mein Vater schlug ein.

»Machen Sie sich nichts draus, Terry. Ich bin Professor für Wirtschaftslehre, das Spiel ist sozusagen mein Metier.«

»Wissen Sie«, sagte Elliot. »Streng genommen ist ›Frei parken‹ gar kein …«

Terry fiel ihm ins Wort.

»Vielen Dank für die Einladung«, sagte er. »Das war ein sehr schöner Abend.«

Mein Vater lehnte sich zurück, während meine Mutter den Tisch abwischte.

»Hast du gesehen, was Terry für ein blödes Gesicht gemacht hat?«, fragte er. »Als ich die Sieben gewürfelt habe?«

Meine Mutter fegte ein paar Krümel in ihre Hand und ging ohne zu antworten in die Küche zurück.

»Das war toll, Dad«, sagte ich. »Wirklich und wahrhaftig toll.«

»Man sollte meinen, ein Industriemagnat würde was von Monopoly verstehen! Ganz besonders ein Räuberbaron wie Terry Allagash! Oh, Mann … Seit dem Sherman Act wurde seine Familie nicht mehr so zur Kasse gebeten!«

Ich hatte keine Ahnung, wovon er redete, aber ich lachte trotzdem mit. So glücklich hatte ich ihn nicht mehr gesehen, seit er sechs Wochen zuvor sein Buch abgegeben hatte.

»Der Trick besteht darin, die Kontrolle über das Spielfeld zu behalten«, sagte er. »Ich wusste, dass ich sie mit meinen grünen Straßen in der Hand hatte, deshalb …«

Das Telefon klingelte. Er meldete sich mit einem beschwingten »Hey!« – doch sein Lächeln gefror augenblicklich.

»Ja … Okay … Verstehe …«

Er verschwand mit dem Telefon im Schlafzimmer und schloss die Tür hinter sich. Meine Mutter, die von der Küche aus zugesehen hatte, setzte sich neben mich.

»Was ist los?«, fragte ich sie.

Sie antwortete nicht. Sie wandte den Blick nicht von der geschlossenen Tür. Irgendwann drehte sich der Türknauf, und mein Vater ließ sich neben uns auf einen Stuhl sacken. Er war bleich im Gesicht. Er sagte nichts.

»Was ist los?«, flüsterte meine Mutter. »Wer war das?«

»Mein Agent«, sagte er. »Die haben mein Buch verkauft.«

»Ja, Wahnsinn!«, schrie meine Mutter und schlang ihm die Arme um den Hals. »Ich bin ja so stolz auf dich! Oh, das müssen wir feiern!«

Sie schenkte den letzten Rest Wein in ein Glas und reichte es meinem Vater.

»Welcher von beiden hat denn angebissen? Der Verlag aus St. Louis?«

»Nein.«

»Die Kanadier?«

»Nein.«

»Wer denn dann?«

»Bishop House«, sagte er und lächelte gezwungen. »Sie haben es sich anders überlegt. Mitten in der Nacht.«

Er starrte das Weinglas einen Moment lang an und gab es meiner Mutter zurück.

»Na, dann Prost«, sagte er.

Normalerweise überwachten meine Eltern meinen Fernsehkonsum, aber sie stritten sich im Schlafzimmer und hatten keine Zeit, sich um mich zu kümmern. Stundenlang saß ich auf der Couch im Wohnzimmer, guckte alte Sitcoms und versuchte zu verstehen, worum es ging. Irgendwann kamen sie aus dem Schlafzimmer und setzten sich neben mich, einer auf jeder Seite. Ich entschuldigte mich dafür, dass ich so spät noch fernsah, aber ich wusste, dass sie nicht sauer waren.

Meine Mutter knöpfte meinen Hemdkragen auf und rieb mir den Nacken.

»Tut mir leid, dass das Hemd so kratzig ist«, sagte sie.

»Schon okay«, erwiderte ich.

»Du musst es nie wieder anziehen«, sagte sie.

Dad machte den Fernseher aus, holte sich ein Glas Wasser aus der Küche und setzte sich wieder neben mich.

»Dad?«, fragte ich. »Werden die dein Buch veröffentlichen?«

Meine Eltern warfen sich einen Blick zu.

»Ja«, sagte mein Dad schließlich. »Mit Sicherheit.«

Ich umarmte ihn.

»Wow, erst gewinnst du im Monopoly und jetzt auch noch das!«

Mein Vater lachte.

»Auf ›Frei parken‹ zu landen ist keine Kunst«, sagte er. »Aber danke, Kleiner.«

Meine Mutter holte mir meine Zahnspange, und zusammen brachten sie mich ins Bett; sie achteten darauf, dass das Licht im Bad eingeschaltet blieb, als sie gingen.

Ich befand mich fast schon im Tiefschlaf, als das Telefon heftig klingelte. Ich wusste, dass es Elliot war (wer hätte es sonst sein sollen?) und meine Eltern von dem Klingeln aufwachen würden. Aber ich war zu erledigt, um sofort dranzugehen. Bis ich auf die andere Seite des Betts gekrochen war und den Hörer abgenommen hatte, war meine Mutter bereits in der Leitung. Sie klang verstört. Ich glaube nicht, dass wir überhaupt schon mal so spät angerufen worden waren.

»Schon okay, Mom«, sagte ich. »Ist für mich.«

»Gute Nacht«, sagte sie. »Gute Nacht, Schatz.«

Kaum hatte sie aufgelegt, begann Elliot einen Monolog. Er sprach so schnell, dass ich ihm kaum folgen konnte.

»Elliot, tut mir leid«, sagte ich. »Ich kann jetzt nicht über den Wahlkampf reden.«

»Es geht nicht um den Wahlkampf«, sagte er. »Es geht um einen neuen Plan. Durch die Sache mit Douglas bin ich draufgekommen, wie wir die Abschlussprüfung knacken können.«

»Wieso willst du schummeln, Elliot? Du bist doch gut in Geschichte. Du liest andauernd Bücher über Kriege und so.«

»Stimmt – das ist ja auch Geschichte. Aber nicht Douglas' Konglomerat aus rührseligen sozialistischen Märchen! Auf die Mythen, die er uns auftischt, werde ich mich keine Sekunde mental einlassen! Der Schmelztiegel? Susan B. Anthony? Sacajawea? Sacajawea? Ein Dienstmädchen, mehr nicht!«

»Was?«

»Hör zu, wenn Douglas glaubt …«

»Elliot, kannst du mir das morgen erzählen? Ich bin ganz schön müde.«

Er redete weiter. Im Hintergrund lief laut klassische Musik, und er lallte ein bisschen.

»Es liegt auf der Hand!«, schrie er. »Mr. Douglas denkt sich die Fragen für die Hauptprüfungen immer am Wochenende aus, deshalb können wir sie ihm nicht aus dem Schreibtisch klauen. Aber wenn eine übergeordnete Behörde die Prüfungsfragen im Voraus vorgelegt bekommen wollte, hätte Douglas keine andere Wahl, als sie herauszurücken! Ich weiß, was du denkst: Welche Behörde, richtig?«

»Elliot …«

»Eine erfundene! James soll sich als Direktor einer wissenschaftlichen Stiftung ausgeben. Er schreibt Mr. Douglas einen Brief auf Papier mit Goldprägung und einem wächsernen Siegel: ›Sehr geehrter Mr. Douglas, schon vor geraumer Zeit ist uns aufgefallen, mit welcher Sorgfalt Sie Ihre Prüfungsfragen komponieren, daher würden wir Sie gerne für den prestigeträchtigen Gladys-Violet-Preis nominieren …‹«

»Elliot, hör zu…«

»James bittet ihn, die Fragen für die anstehende Abschlussklausur als Kostprobe seines Könnens einzusenden. Ich lerne die Antworten auswendig und bekomme die volle Punktzahl – und jetzt kommt der Clou! Ich schreibe die Klausur mit lila Tinte! Kapiert? Gladys Violet? Lila? Er wird wissen, dass ich das alles fingiert habe! Natürlich kann er nichts beweisen, und selbst wenn er es könnte, wäre er viel zu gedemütigt, um sich mit mir anzulegen. Vielleicht kann er sich einreden, dass es sich um einen blanken Zufall handelt und dass er wirklich für irgendeinen Pädagogenpreis nominiert wurde. Aber tief im Innern seines Herzens wird er sich schämen, und dieses Gefühl wird mit jedem Jahr wachsen, wird an seinem Ego nagen und ihn an den Rand des Wahnsinns treiben …«

»Elliot, hör zu, es ist spät. Ich muss schlafen.«

»Auf keinen Fall. Wir haben zu tun.«

»Ich bin wirklich müde.«

»Glaub mir, das willst du miterleben! Geh nach unten. James holt dich in fünf Minuten ab, du übernachtest bei mir.«

»Ich muss morgen früh aufstehen. Dad macht Waffeln.«

»Du magst doch gar keine Waffeln. Wenn du herkommst, backt dir James einen Kuchen zum Frühstück, einen von diesen abscheulichen, die du so magst, mit Zuckerguss obendrauf.«

»Ich kann wirklich nicht. Aber hey, ich verspreche dir, ich komme morgen vorbei, sobald ich kann.«

»Gütiger Gott, eigentlich ist es mir vollkommen gleich, ob du kommst oder nicht! Herrgott! Ich verstehe nur nicht, weshalb du dich für ein Frühstück entscheidest, das dir nicht schmeckt, und gegen eines, das dir schmeckt.«

»Morgen ist Sonntag, und sonntags macht Dad immer Waffeln, und wir bringen sie meiner Mom ans Bett. Das ist so eine Art Tradition, weil ...«

»Na toll, wie auch immer! Mir egal!«

»Okay, bis morgen dann, Elliot. Elliot? Bist du noch dran?«

Nach dem Französischunterricht hatte ich es eilig, aus dem Klassenzimmer zu kommen – in der Cafeteria war Taco-Tag –, als mir plötzlich Mr. Hendricks auf die Schulter klopfte.

»Seymour«, sagte er. »Dürfte ich dich einen Augenblick sprechen?«

Er muss meine Nervosität gespürt haben, denn hastig setzte er hinzu: »Keine Angst. Du hast keinen Ärger.«

Ich seufzte erleichtert und folgte ihm zurück in das leere Klassenzimmer.

»Wie läuft's mit der AG?«, fragte er.

»Der was?«

»Der Anti-Asbest-AG?«

»Ach so!«, sagte ich. »Läuft super.«

Er nickte begeistert.

»Großartig«, sagte er. »Und wie sieht's mit dem Wahlkampf aus? Mir ist aufgefallen, dass du noch keine Plakate aufgehängt hast.«

Ich nickte.

»Elliot ist mein Wahlkampfleiter«, sagte ich. »Das fällt in seinen Verantwortungsbereich.«

Mr. Hendricks nickte.

»Ashley hat jedenfalls schon ganz schön viele Plakate aufgehängt, hm?«, sagte er.

»Ja«, sagte ich. »Die sind echt klasse.«

»Sie ist wahnsinnig aufgeregt wegen der Wahlen. Ich weiß nicht, ob du das weißt, aber ich werde im nächsten Jahr Vertrauenslehrer sein.«

»Herzlichen Glückwunsch.«

»Ich weiß!«, sagte er. »Aufregend, oder? Na ja, Ashley hat bereits fünf Vorschläge bei mir eingereicht! Für Kuchenbasare, Partys und Benefizveranstaltungen. Ist das nicht toll?«

Ich nickte langsam, unsicher, worauf er hinauswollte.

»Aber egal«, sagte er. »Ich wollte mit dir sprechen, weil ich mir neulich mal ein paar Gedanken gemacht habe, die ich dir unterbreiten möchte. Heute Morgen ging ich durch den Park und dachte so bei mir: Hey, warte mal – wir haben zwei außergewöhnliche Kandidaten, die sich sehr für die Allgemeinheit engagieren ... Warum arbeiten die beiden eigentlich nicht zusammen? Dann bräuchten wir uns um Reden und Plakate gar keine Gedanken mehr zu machen. Wir könnten die Wahlen einfach ausfallen lassen und ein Team aus zwei Jahrgangssprechern bilden! Was meinst du?«

»Das klingt ziemlich gut«, sagte ich. »Ich werde mit Elliot sprechen und sehen, was er davon hält.«

Mr. Hendricks verrenkte den Hals, um herauszufinden, ob jemand in der Nähe stand. Dann beugte er sich dicht an mich heran und fuhr mit leiser Stimme fort.

»Hör zu, Seymour«, sagte er. »Ich erzähle dir das nur, weil

ich denke, dass du alt genug bist, um es nicht weiterzuerzählen. Ashley hat ein ziemlich hartes Jahr hinter sich.«

»Wie meinen Sie das?«

»Sieh mal, du und Elliot, ihr habt die Asbest-AG. Und Lance hat den Basketball. Sie hat gar nichts. Wenn sie nicht zur Jahrgangssprecherin gewählt wird, dann wird sie wahrscheinlich sehr traurig sein. Ich habe noch nicht mit ihr über den Vorschlag mit dem Jahrgangssprecherteam gesprochen. Ich dachte, wenn du ihr den Vorschlag machst, wird sie sich ungeheuer freuen. Ich glaube, alle würden sich freuen.«

Ich nickte. Meine Eltern wären auch stolz auf mich, wenn ich nur einer von zwei Jahrgangssprechern wäre, und ich würde trotzdem ins Jahrbuch kommen. Außerdem wusste ich sowieso nicht, was man als Jahrgangssprecher zu tun hatte. Mit Ashley zusammen wäre es viel einfacher als alleine – und wahrscheinlich würde es auch mehr Spaß machen. Wir könnten noch mal einen Lebkuchenhauswettbewerb organisieren; wenn wir uns selbst zur Jury ernannten, würden wir frei über die Vorräte verfügen können.

»Was hältst du davon?«

»Das wäre toll, auf jeden Fall«, sagte ich.

»Ach, das höre ich gern!«

»Allerdings … Muss ich wirklich zuerst mit Elliot sprechen.«

Mr. Hendricks seufzte.

»Selbstverständlich«, sagte er.

Elliot trank seinen Martini aus und ließ sein Glas im Speiseaufzug herunter, um es auffüllen zu lassen.

»Weißt du, was es bedeutet, zweiter Jahrgangssprecher zu sein?«, fragte er mich.

»Was?«

»Du bist das Allerletzte.«

Er schoss die weiße Kugel auf die anderen in der Mitte und umkreiste unermüdlich den Billardtisch. Nur einmal machte er kurz Halt, um sein frisches Getränk in Empfang zu nehmen.

»Ich finde, das ist gar keine so schlechte Idee«, sagte ich. »Ich meine, ich wäre immer noch Jahrgangssprecher. Aber ich müsste Ashleys Gefühle nicht verletzen und würde auch nicht riskieren, die Wahl zu verlieren.«

Elliot donnerte seine kleine Faust auf den Tisch. Auf dem grünen Filzbelag war der Schlag kaum zu hören.

»Wenn ich deinen Wahlkampf leite«, sagte er, »gibt es kein Risiko!«

Er reichte mir sein Getränk und beugte sich vor, um erneut eine Kugel zu spielen. Sein Glas war so voll, dass es überschwappte, und instinktiv trank ich davon ab. Das Zeug schmeckte entsetzlich – wie eine Wolke Insektenspray – und löste einen ausgedehnten Hustenanfall bei mir aus.

»Merkst du nicht, was hier vorgeht?«, fragte Elliot. »Mr. Hendricks hat Angst vor dir. Er hat Angst, du könntest Ashley schlagen! Du gewinnst, Seymour, dabei haben wir noch gar nichts unternommen!«

Er bereitete sich auf einen komplizierten Stoß vor.

»Mr. Hendricks hält dich für einen Tölpel. Ich freue mich jetzt schon auf sein Gesicht, wenn du zum Jahrgangssprecher gewählt wirst!«

Ich erinnerte mich, wie enttäuscht Ashley bei der letzten Wahl ausgesehen hatte, wie sie die Tränen niedergekämpft hatte und Han Wo, den ausländischen Austauschschüler, trösten musste, ihren einzigen Verbündeten. Doch dann stellte ich mir vor, wie der Direktor meinen Namen vor allen Schülern des Jahrgangs verkündete. Ich malte mir aus, wie ich alleine für das Foto im Jahrbuch posierte, wobei ich den neuen Anzug tragen würde, den mir meine Eltern geschenkt hatten, denn für den alten war ich jetzt zu dünn.

»Das wäre ziemlich cool«, sagte ich.

Ich nahm einen zweiten Schluck von Elliots Getränk. Es schmeckte genauso widerlich wie beim ersten Mal, aber ich schaffte es, nicht wieder zu husten.

»Was hat Mr. Hendricks angehabt, als er dich beiseitenahm?«, fragte Elliot. »Lass mich raten: dieses karierte Ding mit den Holzknöpfen.«

»Ja«, sagte ich. »Woher weißt du das?«

»Na ja, der Mann besitzt nur zwei Jacketts«, sagte er. »Und das braune hat er gestern getragen, deshalb ...«

»Logische Schlussfolgerung.«

»Genau!«

Elliot stieß die Kugel an und griff nach der Kreide. Ich wollte ihm seinen Drink wiedergeben, aber er winkte ab.

»Behalt ihn«, sagte er. »Ich bestell mir einen neuen.«

»Sollten wir nicht mit der Rede anfangen?«, fragte ich.

»Komm morgen vorbei«, sagte er. »Ich muss vorher noch ein paar Sachen erledigen.«

»Seymour, welch freudige Überraschung. Elliot ist mit James weggefahren. Aber bleib doch – er kommt in einer knappen Stunde wieder. Warum setzt du dich nicht da drüben hin, neben meinen Bären? Ich habe eine amüsante lange Geschichte zu erzählen, die du dir anhören musst. Unterbrich mich nicht.

Siehst du die bescheuerte kleine Statuette dort? Das ist

mein stolzester Besitz: Schachmeister von Harvard 1954. Ein guter Schachspieler war ich nie, weißt du, aber im Bescheißen hatte ich immer schon Talent. Die Trophäe beweist es.

Ich werde den Tag nie vergessen, an dem ich zum ersten Mal die Rangliste der Schachspieler sah. Ein wunderschönes Ding: eine Platte aus massivem Mahagoniholz, gespickt mit goldenen Namensschildchen. Indem man diejenigen herausforderte und schlug, die im Ranking über einem standen, stieg man Stück für Stück auf. Der Wettbewerb erstreckte sich über ein Jahr, jeder konnte mitmachen, und wer am Ende bei der Abschlussprüfung an erster Stelle stand, wurde zum Klassenmeister gekrönt.

Als ich die Namen auf der Liste überflog, fiel mir auf, dass ich keinen einzigen davon kannte. Keiner der Schachspieler war auf der Exeter oder der Andover gewesen oder hatte an einer der AGs teilgenommen, denen ich angehörte. Einige der Namen klangen sogar ausländisch; es handelte sich also um eine reine Leistungselite, und zum ersten Mal in meinem Leben fühlte ich mich ausgeschlossen.

Ich hatte noch nie Schach gespielt und interessierte mich nicht die Bohne dafür. Doch kaum hatte ich die Tafel gesehen, beschloss ich, eines Tages ganz oben zu stehen.

Als Erstes stellte ich einen Schachexperten ein, der mir beim Schummeln helfen sollte. Am MIT fand ich einen nervösen jungen Mann namens Fishman, der jahrelang das Schach-Ranking an seiner Schule angeführt hatte. Er hatte Studienkredite abzuzahlen, deshalb war es kein Problem, ihn für mein Projekt zu gewinnen.

Bei den ersten fünf Spielen benutzten wir ein einfaches Zeichensystem. Wenn sich mein Gegner mit mir zum Spielen hinsetzte, setzte sich Fishman mit seinem Mitbewohner an einem anderen Tisch in der Nähe ebenfalls an ein Spielbrett. Machte mein Gegner einen Zug, gab ich die Koordinaten mit Hilfe einer Reihe von Signalen, die auf geistige Erschöpfung schließen ließen (seufzen, Kopf kratzen, fluchen etc.), an Fishman weiter. Dieser übermittelte mir unter Verwendung desselben Codes wiederum den richtigen Zug. Durch die Zeichen, die wir verwendeten, hatte es den Anschein, als wäre Fishman völlig in sein Spiel vertieft, obwohl er sich in Wirklichkeit mit meinem beschäftigte. Gelegentlich erregten wir mit unserem System allerdings auch Misstrauen. Während einer Partie etwa bewegte mein Gegner seinen Turm quer über das gesamte Brett, und ich musste acht Mal hintereinander laut ›Schwanzlutscher‹ sagen.

›Schwanzlutscher, Schwanzlutscher, Schwanzlutscher, Schwanzlutscher, Schwanzlutscher, Schwanzlutscher, Schwanzlutscher, Schwanzlutscher.‹

Mein Kontrahent war bestürzt, doch Schachspieler stehen grundsätzlich in dem Ruf, exzentrisch zu sein, und so verkniff er sich jeglichen Kommentar. Während der Partien blieb ich stets gefasst, doch auf dem armen Fishman lastete ein enormer Druck. Für jeden Sieg bekam er von mir eine unglaubliche Summe ausgezahlt – den Gegenwert eines Rhodes-Stipendiums –, und so war er gegen Ende jeder Begegnung schweißgebadet.

Je höher ich jedoch im Ranking stieg, desto schwieriger wurde es, zu betrügen.

›Hochrangige‹ Partien wurden ausschließlich unter der Schirmherrschaft des Harvard-Schachclubs ausgetragen – so dass nur zusehen durfte, wer Mitglied war –, und Fishman war kein Mitglied. Es gelang mir, ihn in die Toilettenräume zu schleusen, doch ich konnte die Örtlichkeiten nicht allzu häufig besuchen, ohne dass jemand Verdacht schöpfte. Wir experimentierten mit versteckten Funksprechgeräten (damals eine noch relativ neue Erfindung). Doch das bedeutete, dass ich den Spielverlauf ständig kommentieren und in meinen Jackettaufschlag nuscheln musste.

›Ah‹, sagte ich und sprach möglichst direkt in mein wanzengroßes Mikro. ›Ich sehe, du hast meinen Turm mit deinem Läufer geschlagen. Nicht den Turm links bei der Königin, sondern den anderen Turm.‹

Schachspieler sind von Natur aus nicht streitsüchtig. Doch als ich mich bis auf den fünften Platz hochgearbeitet hatte, legten meine Gegner ihre Zurückhaltung ab.

›Wir wissen, dass du bescheißt‹, sagten sie. Oder: ›Es liegt auf der Hand, dass du bescheißt.‹ Oder: ›Bitte Terry, hör auf zu bescheißen.‹

Aber sie konnten mir nichts nachweisen, und die Partien wurden fortgesetzt. In der Woche vor Semesterende musste ich nur noch einen einzigen Mann vom Thron stoßen. Es handelte sich dabei um einen jener hinreißenden russischen Kommunisten, ein dürrer, bärtiger Mann mit wilden, glänzenden Augen. Sein Name fällt mir leider nicht mehr ein.

Es galt, mehrere Hindernisse zu überwinden. Zu diesem Zeitpunkt wurde ich von der Schachgemeinde derart genau beobachtet, dass keine meiner bewährten Strategien anwendbar war. Der Kommunist nahm die Herausforderung nur unter der Bedingung an, dass ich mich einer Reihe von demütigenden Vorkehrungen unterwarf, die meine üblichen Kniffe unmöglich machten. Wir sollten in einem leeren Zelt spielen, das der Kommunist zur Verfügung stellen würde, und Zuschauer waren keine erlaubt. Ich sollte mich vorher einer Leibesvisitation unterziehen, für den Fall, dass ich Spickzettel oder elektronische Geräte ins Zelt schmuggeln wollte. Und falls ich aus irgendeinem Grund während der Partie das Zelt verlassen würde, hätte ich automatisch verloren.

Ich war trotzdem zuversichtlich, dass mir eine Möglichkeit einfallen würde. Mit Fishman traf ich mich wie üblich auf einer Bank am Ufer des River Charles. Ich gab ihm seinen Lohn für das vorangegangene Spiel und erzählte ihm vom nächsten. Das Treffen verlief durchaus zufriedenstellend, bis ich beiläufig den Namen meines Gegners erwähnte.

›Du spielst gegen wen?‹, fragte er und stotterte noch stärker als sonst.

Ich wiederholte den Namen.

Fishman starrte ausdruckslos aufs Wasser. Einige Schweißflecken zierten bereits sein billiges Hemd.

›Willst du mir erzählen … du hast noch nie von ihm gehört?‹, fragte er.

›Natürlich nicht‹, sagte ich. ›Das ist ein Schachspieler.‹

Fishman erzählte mir in gemessenem, ehrfürchtigem Tonfall von der ›Karriere‹ des Mannes. Weißt du, obwohl sich dieser Mensch für einen Revolutionär hielt, hatte er offenbar den Großteil seines Lebens diesem albernen Spiel gewidmet. Folglich war er darin durchaus bewandert.

›Ich habe seine Partien in Bibliotheken studiert‹, sagte Fishman. ›Als er die Weltmeisterschaft in Zürich gewann, benannte die internationale Schachliga eine Kombination nach ihm. Da war er gerade mal fünfzehn.‹

Er starrte in die Ferne.

›Tut mir leid‹, sagte er. ›Ich kann dir nicht helfen.‹

›Schon gut‹, sagte ich. ›Wen soll ich stattdessen engagieren, kannst du mir jemanden empfehlen?‹

Er lachte fassungslos.

›Kapierst du's nicht?‹, sagte er. ›Das ist der Beste, den es gibt. Ganz egal, wen du engagierst. Du wirst auf jeden Fall verlieren.‹

Am nächsten Morgen traf ich mich mit dem Kommunisten in seiner heruntergekommenen Behausung abseits des Campus. Als ich die Tür öffnete, war eine Art Versammlung im Gange, und er war gerade dabei, aufgeregt Reden zu schwingen.

›Du kannst gleich weiter zum Volk sprechen‹, sagte ich. ›Aber vorher möchte ich noch einige Dinge bezüglich der Wettkampfbedingungen klären.‹

Der Kommunist verdrehte die Augen und raunte seinen Genossen etwas zu, die wohl zu den schmutzigsten Menschen gehörten, die ich je gesehen hatte.

›Die Bedingungen sind gut‹, sagte ich und achtete darauf, nichts in dem Raum zu berühren. ›Und ich erkläre mich mit allem einverstanden, allerdings unter zwei Voraussetzungen. Erstens, ich möchte die Partie um eine Woche verschieben.‹

›Wozu?‹

›Um mich vorzubereiten‹, sagte ich. ›Ich habe erst vor einem Monat begonnen, dieses Spiel zu spielen, und für mich ist das alles noch sehr neu.‹

Er musste schwer schlucken.

›Und die andere Voraussetzung?‹, knurrte er.

›Du musst dich an dieselben Bedingungen halten wie ich‹, sagte ich. ›Wenn ich durchsucht werde, wirst du auch durchsucht. Wenn ich das Zelt nicht verlassen darf, darfst du es auch nicht verlassen.‹

Der Kommunist warf den Kopf in den Nacken und lachte.

›Du glaubst doch nicht im Ernst, dass ich es nötig habe, gegen einen wie dich zu bescheißen?‹

Ich lächelte den Kommunisten an und zuckte mit den Schultern.

›Was soll ich dazu sagen? Ich bin ein Verfechter der Fairness, schon immer gewesen.‹

Ich gab meinem Gegner die Hand, wusch sie mir draußen in einem Brunnen und machte mich auf den Weg zurück in meinen Club. Der schon etwas ältere Steward reichte mir wie gewöhnlich meinen Nachmittags-Drink, aber ich lehnte ab. Er untersuchte das Glas, um sich zu vergewissern, dass er ihn richtig gemixt hatte, und als er sah, dass alles in Ordnung war, fragte er mich unverzüglich, ob ich krank sei.

›Mir geht's gut, Claverly‹, erwiderte ich. ›Ich bereite mich nur auf eine wichtige Schachpartie vor.‹

›Darf ich Ihnen sonst etwas bringen?‹

›Ja, das dürfen Sie tatsächlich‹, sagte ich. ›Ein paar Bücher.‹

›Schachliteratur?‹

›Nein‹, sagte ich. ›Über Ernährung.‹

Am Morgen des entscheidenden Spiels versammelte sich eine kleine Menschenmenge im Harvard Yard. Größtenteils handelte es sich um Mitglieder des Schachclubs, doch auch ein paar Normalsterbliche waren dabei, unter anderem ein Reporter und ein Fotograf von einer Studentenzeitung. Der Kommunist und ich posierten vor dem Zelt für eine Aufnahme und folgten dem Vorsitzenden des Schachclubs anschließend in die Toilettenräume, wo er uns auf Hilfsmittel durchsuchte.

›Hast du abgenommen?‹, fragte er mich, als ich mein Hemd auszog.

Ich zuckte mit den Schultern.

›Vielleicht habe ich zu viel gelernt‹, sagte ich.

Nachdem er uns in die Ohren geguckt und unsere Körper nach Drähten abgesucht hatte, führte er uns wieder hinaus ins Sonnenlicht, wo das Zelt aufgestellt worden war. Es war wie versprochen leer, abgesehen von einem Tisch und einem Schachbrett.

›Können wir uns Kaffee kommen lassen?‹, fragte ich den Kommunisten. ›Oder verstößt das gegen die Regeln?‹

Der Kommunist zögerte.

›Gut‹, sagte er. ›Kaffee.‹

Der Vorsitzende des Schachclubs brachte uns zwei Thermoskannen Kaffee und stellte sie auf den Tisch, neben die Meisterschaftsstatuette. Dann schloss er den Zelteingang.

Der Kommunist machte den ersten Zug – irgendwas mit einem Springer, glaube ich. Ich lehnte mich zurück, verschränkte die Arme und grinste.

Zehn Minuten vergingen.

›Hör auf, Zeit zu schinden‹, sagte er.

›Wir spielen kein Blitzschach‹, sagte ich. ›Ich kann mir so viel Zeit nehmen, wie ich möchte.‹

Weitere zehn Minuten vergingen.

›Du zögerst nur das Unvermeidbare hinaus‹, sagte er. ›Mach deinen Zug.‹

Ich grinste den Kommunisten an und beugte mich ganz nah an ihn heran.

›Mache ich ja‹, flüsterte ich. ›Was ich in diesem Augenblick mache, das ist mein Schachzug.‹

Hektisch sah er sich mit seinen blitzenden Augen im Zelt um.

›Wovon redest du?‹

Ich hob meine Thermoskanne und goss deren Inhalt ins Gras.

›Wer das Zelt als Erster verlässt, egal aus welchem Grund, hat die Partie verloren.‹

›Und?‹

›Und ich habe in den vergangenen vier Tagen eine strikte Proteindiät eingehalten. Seit einer Woche habe ich nichts Harntreibendes und seit 36 Stunden weder Flüssiges noch Festes zu mir genommen. Du hingegen hast gerade eine komplette Thermoskanne Kaffee in dich reingeschüttet.‹

Seine buschigen braunen Augenbrauen zogen sich vor Wut und Entsetzen zusammen.

›Du bist total irre‹, sagte er. ›Du bist ein Irrer.‹

Ich lehnte mich zurück.

›Das werden wir ja sehen‹, sagte ich.

Zwölf Stunden später bewegte ich einen unwichtigen Bauern, und er schlug ihn mit seinem Springer. Dann vergingen vier weitere Stunden.

Der Kommunist gab sich die größte Mühe, nicht die Fassung zu verlieren, doch ganz offensichtlich hatte er mit körperlichen Problemen zu kämpfen. Alle paar Minuten ballte er die Fäuste und verzog einige Sekunden lang das Gesicht. Die Grimassen – das war nicht zu übersehen – kamen jetzt in immer kürzeren Abständen.

›Du bist ein Dreckschwein‹, sagte er. ›Ein Dreckschwein aus der Hölle.‹

›Ich dachte, Kommunisten glauben nicht an die Hölle‹, entgegnete ich.

›Okay‹, murmelte er. ›Ich biete dir ein technisches Unentschieden an.‹

Mir fiel auf, dass er die Beine übereinandergeschlagen hatte.

›Warum sollte ich mich darauf einlassen?‹, fragte ich. ›Ich gewinne doch gerade.‹

Langsam rannen ihm ein paar Schweißperlen über die Stirn. Er schien die Alternativen abzuwägen. Theoretisch konnte er seine Notdurft auch im Zelt verrichten. Aber wo blieb dann seine Würde? Schließlich war er ein Mensch, Kommunist hin oder her.

Nach zweiundzwanzig Stunden, nachdem er mir einen letzten angewiderten Blick zugeworfen hatte, schoss er aus dem Zelt, die Hände am billigen braunen Gürtel. Wenige Sekunden später schlenderte ich mit der Trophäe in der Hand hinaus. Es war der stolzeste Augenblick meiner gesamten Collegelaufbahn. Irgendwie war es mir gelungen, den schmutzigsten und fiesesten Beschiss in der Geschichte des Schach durchzuziehen – und zwar nur deshalb, weil ich in dem Ruf stand, zu bescheißen.

Sämtliche Zuschauer verließen den Schauplatz, nur der Vorsitzende des Schachclubs, der vor Wut knallrot angelaufen war, blieb.

›Wir werden deinen Namen mit einem Sternchen kennzeichnen‹, teilte er mir mit.

›Macht das ruhig‹, sagte ich.

Er schnaubte verächtlich.

›Den Pokal hast du gewonnen‹, sagte er. ›Na und? Was nutzt dir eine Trophäe, wenn sie für nichts steht?‹

Ich lachte.

›Für nichts? Du lieber Gott, Mann, was hast du für Maßstäbe! Es gibt Wichtigeres auf der Welt als Schach.‹«

»Ja, ich weiß, ich hab's millionenfach gehört. Proteindiät. Sehr clever.«

»Gefällt dir die Geschichte nicht?«

»Was soll daran beeindruckend sein?«, fragte Elliot. »Sie ist in beinahe jeder Hinsicht vulgär.«

Es war Wahltag. James hatte mich auf dem Weg zur Schule abgeholt, damit wir meine Rede durchsprechen konnten – über die mir Elliot noch immer nichts gesagt hatte. Ich hatte alle möglichen Fragen an ihn, aber ich war viel zu nervös.

»Gerüchteweise hab ich gehört, dass Ashley am Ende ihrer Rede eine Überraschung vorbereitet hat«, sagte ich. »Was meinst du, was das sein kann?«

»Mach dir keine Gedanken wegen ihrer Rede«, sagte Elliot. »Konzentrier dich lieber darauf, deine eigene auswendig zu lernen.«

Er reichte mir einen kleinen Zettel. Mehr als fünfzig Wörter konnten es nicht sein, die da in Schreibmaschinenschrift standen.

»Was ist das? Da ganz unten?«

»Ein Sprechgesang«, sagte Elliot. »Wiederhol ihn einfach immer und immer wieder, die anderen werden einstimmen.«

»Bist du sicher, dass das funktioniert?«

Elliot nickte.

»Singen ist eines der effektivsten Mittel zur Kontrolle der Massen. Neben Propaganda.«

»Wo hast du das gelernt?«

»Aus einem Buch«, sagte er.

Er reichte mir eine Glendale-Kappe, die ein Löwe zierte, das offizielle Wappentier der Schule.

»Setz die auf, wenn du auf dem Podium stehst«, sagte er. »Aber erst, wenn du anfängst zu singen.«

Die Limousine fuhr vor der Schule vor.

»War's das?«, fragte ich.

Elliot nickte. »Das war's.«

Elliot hatte geschworen, »Ashley auszuschalten«, aber am Morgen der Wahlen lag sie nach wie vor ausgezeichnet im Rennen. Überall in den Gängen hingen ihre ordentlichen gelben Flyer mit ihrem Wahlspruch »Eifer, Energie und Erfolg«. Ein paar Tage vor den Wahlen hatte sie Anstecker verteilt und als ich in den Hörsaal schlurfte, fielen mir ein paar Schüler auf, die sie trugen.

»Ich hätte sie locker vor der Entscheidungsschlacht disqualifizieren lassen können«, hatte Elliot erklärt. »Aber nur dadurch zu gewinnen, dass jemand anderes ausscheidet, ist wie eine Niederlage. Ein Sieg bleibt bedeutungslos, wenn man niemanden besiegt – und zwar eindeutig.«

Diese Logik verstand ich. Trotzdem war mir immer noch nicht klar, wie ich Ashley besiegen sollte, egal wie gut die Rede war, die Elliot geschrieben hatte.

Mein Selbstbewusstsein schwand weiter, als ihr Name aufgerufen wurde und sie zum Podium marschierte. In ihrem sehr erwachsenen Hosenkostüm machte sie einen verhalten zuversichtlichen Eindruck. Ihre Rede war mit Fakten, Statistiken und allerhand großen Worten gespickt. Sie versuchte, mit so vielen Leuten wie möglich Blickkontakt aufzunehmen, und ihr französisch geflochtener Zopf schwang hinter ihr wie ein Pendel.

»Wenn wir nur 20 Prozent mehr Kuchenbasare veranstalten«, sagte sie, »und unsere Mittel umverteilen, können wir auch die Frequenz von Freizeitveranstaltungen deutlich steigern.«

Größtenteils fiel es mir schwer, ihrer Rede zu folgen, da ich von Schülerselbstverwaltung nichts verstand. Aber ich spitzte die Ohren, als sie zum Ende kam.

»Gerüchten zufolge soll ich heute eine Überraschung für euch alle geplant haben. Und da ist tatsächlich was Wahres dran! In den vergangenen Jahren haben euch viele Kandidaten eine Anzeigetafel versprochen. Ich habe das auch immer für eine gute Idee gehalten und freue mich deshalb riesig, bekanntgeben zu dürfen, dass es mir mit der Hilfe von Mr. Hendricks und dank der Großzügigkeit von Shamba Electronics gelungen ist, eine zu besorgen!«

Ein glatzköpfiger Elektriker im grünen Overall trat durch die Seitentür.

»Tut mir leid wegen der Verspätung«, flüsterte er vom Bühnenrand.

»Schon in Ordnung«, erwiderte Ashley. »Sie kommen genau richtig.«

Ashley hatte während ihrer Rede wiederholt auf die Armbanduhr gesehen. Ich dachte, sie wollte das fünfminütige Zeitlimit nicht überschreiten. Tatsächlich aber hatte sie auf die Lieferung ihrer Anzeigetafel gewartet. Ich konnte nicht anders, aber ich fühlte mich betrogen. Es war mir egal, dass Mr. Hendricks auf Ashleys Seite war und sie unterstützte, aber er hätte ihr nicht gleich helfen müssen, eine Anzeigetafel zu beschaffen.

Der Elektriker karrte eine riesige, mit einem weißen Tuch verhüllte, schwarze Platte auf die Bühne, und alle applaudierten. Die Lehrer versuchten, ihre Begeisterung aus Gründen der Fairness zu unterdrücken, doch innerhalb weniger Sekunden klatschten auch sie, und ich glaube sogar gehört zu haben, dass einer von ihnen pfiff. Ich suchte das Publikum nach Elliot ab; er saß mit versteinertem Gesichtsausdruck ganz hinten.

Ich blickte auf meine Rede. Zum Glück war sie kurz. Ich hatte nichts weiter zu tun, als mich da oben hinzustellen, sie vorzutragen und wieder zu gehen. Natürlich war es peinlich, den Kürzeren zu ziehen, aber ich redete mir ein, dass es keine Schande sei, gegen jemanden wie Ashley zu verlieren. Sie hatte über so viele Monate hinweg so hart dafür gearbeitet, und es war klar, dass ihr sehr viel mehr daran lag als mir. Wahrscheinlich hatte sie zig Stunden investiert, um die Anzeigetafel zu beschaffen, obwohl Mr. Hendricks vermutlich den Großteil des Papierkrams erledigt hatte.

Ich überlegte bereits insgeheim, wie ich meinen Eltern die Neuigkeiten beibringen würde, als mich der Elektriker direkt ansah – und mir zunickte. Er ging zur Tür hinaus, bevor ich sein Gesicht richtig erkannte. Doch trotz der Silikonglatze und dem falschen Schnäuzer wusste ich: Es war James.

»Meine Damen und Herren«, verkündete Ashley. »Ich präsentiere Ihnen nun die neue Anzeigetafel unserer Glendale Lions!«

Sie zog das Laken herunter, und der Applaus verebbte schlagartig. Von meinem Sitzplatz aus konnte ich die Tafel nicht sehen, nur Ashleys Gesicht: Sie wurde blass, und ihre Augen weiteten sich vor Entsetzen. Ein oder zwei Jungen fingen an zu kichern, und das Gelächter verbreitete sich dominoartig im gesamten Zuschauerraum. Ashley sah sich panisch nach dem Elektriker um, doch der war natürlich längst verschwunden.

Ich reckte den Hals und spähte auf die Anzeigetafel. Darauf war nichts zu sehen außer einem riesigen Tiger und dem Spruch »West Side Prep, holt euch den Sieg«.

Ashley murmelte etwas von einer Verwechslung und sank auf ihren Platz zurück.

Dann sorgte der Direktor mit seinem Hammer für Ruhe, machte dem Tumult ein Ende und kündigte mich namentlich an. Ich las meine Rede noch einmal durch, steckte den Zettel in die Tasche und stieg aufs Podium.

»Ich habe nicht so viel recherchiert wie meine Vorrednerin«, sagte ich. »Und ich kenne mich auch in Schülerpolitik nicht so gut aus. Aber eins weiß ich: Die Lions sind die Besten!«

Ich setzte die Kappe auf und fing verlegen an zu singen:

»Lions ... Lions ... Lions ...«

»Lions!«, schrie Elliot und verstellte seine Stimme mit Hilfe eines Taschentuchs. »Lions!«

Zwei andere Jungen stimmten ein, darunter Lance, und es dauerte nicht lange, bis alle mitsangen. Alle außer Ashley natürlich. Ich sang immer noch, als sie heimlich durch die Tür nach draußen verschwand und sich in die Einsamkeit der Toilettenräume flüchtete.

»Glückwunsch«, sagte Lance. »Deine Rede war der Hammer.«

Er reckte eine Faust, und ungelenk stieß ich mit meiner an.

»Ich hab eine ziemlich gute Idee für die Basketball-Trikots«, sagte er. »Ich halte dir morgen beim Mittagessen einen Platz frei.«

Elliot und ich gingen die Treppe hinunter in die Lobby. Ich hatte ein schlechtes Gewissen wegen Ashley, aber nicht genug Zeit, lange darüber nachzudenken. Zu viele Leute gratulierten mir zu meinem Sieg.

»Woher wusstest du, dass das funktionieren würde?«, fragte ich Elliot.

»Weil Menschen Tiere sind«, sagte er. »Man muss sie nur behandeln wie …«

»Hey, Seymour!«

Ich drehte mich um, und Jessica stand vor mir. Sie trug gelbe Shorts und ein tief ausgeschnittenes Trägeroberteil. Ein Lehrer hatte ihr ein Sweatshirt und eine Jogginghose für die Schülerversammlung gegeben, doch offensichtlich war sie nicht dazu gekommen, sie überzuziehen. Sie legte die Sportklamotten auf einen Stuhl und schlang die Arme um mich.

»Herzlichen Glückwunsch!«, sagte sie. »Ich habe ein paar Ideen für Partys – lass uns bald mal drüber reden!«

Sie schnappte sich wieder ihre Sportklamotten und ging weiter Richtung Toiletten, drehte sich aber noch einmal um und lächelte mich an.

»Oh Gott«, sagte ich.

»Hör mir zu«, sagte Elliot. »Jetzt, wo du mit Lance am Tisch sitzt, muss ich dir ein paar grundlegende Machtstrategien erklären.«

»Hast du das gesehen?«, fragte ich.

»Achte darauf, dass du links neben Lance sitzt. Wenn du dich auf seine rechte Seite setzt, wird er dich für eine Bedrohung halten. Diese Erkenntnis ist so alt wie der Kampf Mann-gegen-Mann. Wer ein Schwert in der Rechten hält, hat es auf seinen Rivalen links abgesehen, weil er ihn so leichter mit dem Schwert trifft.«

»Ich kann nicht fassen, dass sie mit mir über Partys sprechen will! Meinst du, das bedeutet, dass sie mich anrufen wird?«

»Wenn Lance eine Geschichte erzählt, steh auf und geh wortlos aufs Klo. Ich weiß, das klingt nicht besonders aggressiv, aber glaub mir, die Botschaft wird ankommen. Und dreh dein Tablett niemals hochkant. Der Tisch ist das Territorium, und du musst so viel wie möglich davon für dich beanspruchen.«

Erst in diesem Moment fiel mir auf, dass Elliot ganz alleine am dritten Tisch sitzen bleiben würde.

»Hey«, sagte ich. »Wieso setzt du dich nicht zu uns?«

Elliot blieb abrupt stehen.

»Was?«

»Komm schon«, sagte ich. »Ich wette, die lassen dich noch dazwischen. Ich meine, wenn ich denen sage, dass du mein Freund bist und so, dann bin ich sicher, dass ich dir einen Platz besorgen kann.«

Elliots Augen verengten sich zu Schlitzen.

»Du ... glaubst, du könntest mir ... einen Platz besorgen?«

»Na klar«, sagte ich. »Warum denn nicht?«

Elliot biss die Zähne zusammen und atmete schwer durch die Nase. Ich wollte mich entschuldigen, doch noch bevor ich irgendetwas sagen konnte, machte er auf dem Absatz kehrt und ging auf die Straße. Er hatte es so eilig, dass er Ashley wohl gar nicht bemerkte. Sie stand neben der Limousine und starrte dem Fahrer ins Gesicht.

»Ich finde das einfach wunderbar«, sagte meine Mutter. »Herr Jahrgangssprecher von der neunten!«

»Das wird dir einen Riesenspaß machen«, sagte mein Vater. »Aber denk dran – Macht korrumpiert!«

Meine Mutter und er lachten, wurden aber vom Klingeln

des Telefons unterbrochen. Meine Mutter ging in die Küche, um abzuheben.

»Das könnte Jessica sein«, sagte ich.

Mein Vater starrte mich konsterniert an.

»Welche Jessica?«

»Bloß so ein Mädchen.«

Mein Vater verschluckte sich – er hatte gerade ein Glas Wasser angesetzt.

»Weißt du was?«, sagte er, nachdem er sich erholt hatte. »Ich bin wahnsinnig stolz auf dich. Als ich so alt war wie du jetzt, hätte ich nicht den Mut gehabt, mich auf diese Weise angreifbar zu machen. Und jetzt lernst du neue Leute kennen, findest neue Freunde.«

»Lance hat gesagt, ich darf morgen beim Mittagessen neben ihm sitzen«, sagte ich.

»Das ist toll«, erwiderte mein Dad. »Ist Lance einer von den coolen Jungs?«

Ich zuckte mit den Schultern.

»Wahrscheinlich der einflussreichste im ganzen Jahrgang.«

Er musterte mich mit zusammengekniffenen Augen. Wir schwiegen, bis meine Mutter wiederkam und das Geschirr abräumte.

»Wer war das?«, fragte ich.

»Niemand«, sagte sie und lachte gezwungen. »Das war einfach nur … verrückt.«

Sie verdrehte die Augen.

»Ashleys Mutter«, sagte sie.

»Was wollte sie?«, fragte mein Vater.

»Ach, das ist lächerlich. Sie glaubt, du und Elliot, ihr hättet so eine Art … Ich kann's nicht mal sagen, so albern ist das.«

»Hätten was?«

»Ich weiß es nicht«, sagte sie. »Eine Verschwörung angezettelt oder so was. Manche Leute können einfach nicht verlieren.«

Sie lächelte mich nachsichtig an.

»Seymour, du hast doch keine Ahnung, wovon die Frau spricht, oder?«

Mein Vater starrte mich über den Tisch hinweg an.

»Oder doch?«, fragte er.

»Nein!«, sagte ich. »Natürlich nicht.«

Ich nahm eine Scheibe Rinderbrust von der Platte und gab mich möglichst gelassen, aber während ich das Fleisch in Stücke schnitt, fixierten sie mich weiterhin mit einem Gesichtsausdruck, den ich noch nie zuvor bei ihnen gesehen hatte. Erst als ich mir den ersten Bissen in den Mund schob, wurde mir klar, dass ich das letzte Stück genommen hatte.

TEIL ZWEI

Gehe ins Gefängnis

Aufnahmeantrag für Harvard (Auszug)

Name: Seymour Herson
Geburtsort: New York City
Aktueller Status: Glendale Preparatory School, 12. Klasse
Durchschnittsnote: 1,0
Ethnische Zugehörigkeit: Kaukasier, amerikanischer Ureinwohner (siehe Anhang, »Official Genezaro Indian Tribal Document«)
Beruf des Familienoberhaupts: Assistenzprofessor für Wirtschaftslehre, Autor bei Bishop House.

Bitte führen Sie die freiwilligen und außerschulischen Aktivitäten auf, für die Sie sich engagiert haben (in der Reihenfolge ihrer Bedeutung). Berücksichtigen Sie dabei auch besondere Veranstaltungen oder Leistungen.

Aktivität	Jahrgang	Std./Woche	Details
Kampf gegen Asbest	9,10,11,12	20	Dienst zum Wohl der Allgemeinheit
Jahrgangssprecher	9,10,11,12	20	Entwicklung von Führungsqualitäten
Unabhängige Forschungsarbeiten im Labor	9,10,11,12	4	Heilung des Pasternak-Schwarzschild-Syndroms
Malerei	9,10,11,12	20	Abstrakte Arbeiten (siehe Anhang *Grüne Wasser*)

Wurden Disziplinarmaßnahmen gegen Sie verhängt?
Nein
Wurden Sie einer Straftat für schuldig befunden?
Nein.

Bitte schreiben Sie einen Aufsatz über ein Thema Ihrer Wahl. Der Text soll einen Eindruck von Ihrer Persönlichkeit jenseits von Seminaren, Noten und Prüfungsergebnissen vermitteln.

»Die Halskette der Hoffnung«,
von Seymour Herson

Wenn ich gesagt bekomme, es sei unmöglich etwas zu bewirken und für diese Welt gebe es keine Hoffnung mehr, schließe ich die Augen und denke an den besten Lehrer, den ich je hatte. Er brachte mir nichts über Gleichungen oder Bücher bei. Tatsächlich konnte er weder lesen noch schreiben. Trotzdem würde das, was ich von ihm lernte, tausend Lehrbücher füllen. Sein Klassensaal war die Straße. Und sein Thema? Das Leben. In den Augen der meisten Menschen war Hal Sagal ein typischer Obdachloser. Ein kachektischer »Penner« oder »Stadtstreicher«, dem niemand Beachtung schenkte, der bespuckt und sofort wieder vergessen wurde. Doch vom ersten Moment an, als wir uns unter einer Brücke begegneten, wusste ich, dass unendliche Weisheit sein lederartiges, rötliches Gesicht prägte.

Meine Klassenkameraden erklärten mich für verrückt.

»Warum verbringst du so viel Zeit mit diesem Mann?«, fragten sie. »Er ist nur ein Tippelbruder.«

Nur ein Tippelbruder. Was wussten sie schon über die Kriege, in denen Hal gekämpft hatte? Oder über die Tiere, um die er sich kümmerte, die er unter seiner Brücke gesund pflegte.

Es ist leicht, in dieser Welt zum Zyniker zu werden. Und es gab eine Zeit, in der ich auf meine Klassenkameraden gehört und mich von Hal abgewandt hätte. Doch das war, bevor er krank wurde und mir damit die bislang wichtigste Lektion meines Lebens erteilte.

In jenem grausamen Winter wich ich drei Monate nicht von seiner Seite, brachte ihm Essen, Decken, und, was vielleicht am wichtigsten war, ich hielt seine Hand.

»Bitte erlauben Sie mir, Sie ins Krankenhaus zu bringen!«, flehte ich. »Oder zumindest den Behörden von Ihnen zu berichten!«

Doch er schüttelte nur weise den Kopf und lächelte. Zunächst verstand ich nicht. Doch jetzt begreife ich: Wenn man ein so erfülltes Leben führte wie Hal, muss man sich vor nichts mehr fürchten.

Kurz bevor Hal starb, nahm er seine hölzerne Kette ab und drückte sie mir in die Hände. Sie mag nicht der modischste Halsschmuck sein. Doch ich werde sie den Rest meines Lebens mit Stolz tragen.

Das ist mein Diplom.

Akademische Empfehlung

In meiner ganzen Zeit als Französischlehrer habe ich nie eine derart radikale Wandlung bei einem Schüler erlebt wie bei Seymour. Als er in der siebten Klasse zum ersten Mal meinen Unterricht besuchte, hinkte er den anderen Schülern so weit hinterher, dass ich seinen Eltern riet, ihn auf Lernschwächen untersuchen zu lassen. Er bestand keine Prüfung, auch nicht die einfachsten Vokabeltests.

Irgendwann in der achten Klasse jedoch »riss« Seymour das Ruder herum. Von einem Tag auf den anderen wurde aus dem gefährdeten Schüler ein Einsplus-Superstar, und zwar in einem Tempo, das mir bis heute kaum begreiflich ist.

Seymour hat ein natürliches Sprachgefühl für das Französische, wie man es außerhalb Frankreichs selten findet. Doch nicht nur seine Testergebnisse – allesamt makellos – sind beeindruckend. Auch sein Konversationstalent. Bei mündlichen Prüfungen scheint er instinktiv zu erahnen, welche Frage ihm als Nächstes gestellt wird. Mehrmals unterbrach er mich mit der korrekten Antwort, noch bevor ich die Frage überhaupt vorgelesen hatte! Wenn das keine Sprachbeherrschung ist, dann weiß ich es nicht.

Seymour ist ein derart talentierter Linguist, dass ich bisweilen fürchte, seine Klassenkameraden könnten ihn in seinem Fortschritt hemmen. Unter vier Augen gestand er mir, dass er sich unwohl dabei fühle, frei vor der Klasse zu sprechen, da er seine Mitschüler durch sein überragendes Können nicht beschämen möchte. Ich hoffe, er wird in Harvard ein Umfeld vorfinden, das seiner Begabung angemessener ist.

Mit freundlichen Grüßen,
Mr. Hendricks

Unabhängige Empfehlung

Gefällt mir.
T. Allagash

Ich bestätige hiermit, dass sämtliche Angaben oben – einschließlich des Aufnahmeantrags und des Aufsatzes – von mir selbst stammen, den Tatsachen entsprechen und in aufrichtigster Absicht vorgelegt werden.

Unterschrift:

Seymour Herson

Entscheidung: ANGENOMMEN

»Hey, Elliot? Was bedeutet ›kachektisch‹?«

»Das bedeutet gar nichts. Das ist ein unsinniges Wort.«

»Komm schon. Irgendwas muss es doch bedeuten.«

Elliot rieb Kreide auf seinen Queue und lochte über Bande ein.

»Willst du wirklich wissen, was ›kachektisch‹ bedeutet?«, fragte Elliot. »Es bedeutet: ›Ich weiß, was »kachektisch« bedeutet.‹ So ist das gemeint!«

»Ich kann's nicht fassen, dass die auf den Aufsatz reingefallen sind. Lächerlicher ging's kaum noch.«

»Was erwartest du?«, fragte Elliot. »Die Collegeanträge dienen inzwischen einzig und allein der Selbsterniedrigung! Der kriecherische Versuch liberaler Kleinbürger, das eigene schlechte Gewissen zu beruhigen und sich für eine Machtfülle zu entschuldigen, von der nur sie selbst glauben, sie würden sie besitzen! Aber egal … Glückwunsch.«

Ich ging zum Speiseaufzug.

»Willst du was trinken?«

»Ich hatte schon mehrere«, sagte er.

Ich nickte und bestellte einen Scotch mit Zitrone in einem Longdrink-Glas.

»Hey, Elliot, kannst du mir nächstes Jahr ein Einzelzimmer besorgen? Die Schlafräume auf dem Campus kommen mir winzig vor.«

»Ich bin ziemlich sicher, die werden nach dem Zufallsprinzip vergeben.«

»Zufallsprinzip?«

Ich lachte.

»Komm schon, Elliot, irgendwie muss man doch da rankommen. Was ist mit Behinderungen? Wir könnten behaupten, ich hätte Morbus Crohn.«

»Ich fürchte, das würde auffallen, wenn du gesund dort auftauchst.«

»Wenn ich erwischt werde, behaupten wir, es war eine Fehldiagnose! Du kannst doch irgendeinen Arzt dafür bezahlen, dass er erklärt, er habe die Reagenzgläser vertauscht!«

Elliot lächelte stolz.

»Wie steht's?«, fragte er.

»Unentschieden, glaube ich«, sagte ich.

»Dann wollen wir mal sehen.«

Der Speiseaufzug ächzte nach oben, brachte ein Getränk sowie einen Korb mit Backwaren.

»Dieser verdammte Koch«, brummte Elliot. »Das ist der schlimmste Stiefellecker, den mein Vater je engagiert hat.«

Ich nahm ein Croissant und biss in den warmen, blättrigen Teigmantel. Karamellfüllung tropfte mir in den Mund. Sie schmeckte so süß und köstlich, dass ich mich setzen musste. Ich kannte Elliot nun seit vier Jahren, trotzdem erschrak ich immer noch manchmal darüber, von welchem Luxus er umgeben war.

»Ein neuer Koch?«, fragte ich.

Elliot seufzte.

»Das ist eine lange und absurde Geschichte«, sagte er.

Ich biss erneut in das Croissant und wartete darauf, dass Elliot sie mir erzählte.

»Letztes Jahr, nach Terrys zweitem Herzinfarkt, drängten ihn die Ärzte, einen Personal Trainer Vollzeit einzustellen. Damit sie endlich Ruhe gaben, engagierte er einen Deutschen – einen ehemaligen Olympiasieger namens Dolf. Aber am selben Tag verpflichtete er auch Passard.«

»Wen?«

»Jacques Passard. Der wahrscheinlich beste Konditor seiner Generation.«

»Ach du liebe Zeit«, sagte ich, den Mund voller Krümel. »Wissen die beiden voneinander?«

»Machst du Witze?«, fragte Elliot. »Terrys liebste Freizeitbeschäftigung besteht darin, sie gegeneinander auszuspielen. Sie wohnen sogar zusammen. Unterbrich mich nicht.«

Ich aß das Croissant auf und nahm ein zweites.

»Terry zahlt ihnen ein bescheidenes Grundgehalt«, erklärte Elliot. »Der Großteil ihres Einkommens setzt sich aus leistungsbezogenen Bonuszahlungen zusammen.«

»Was heißt das?«

»Einmal im Monat fährt Terry zu ihnen in die Wohnung und stellt einen gigantischen Scheck aus. Dann stellt er sich auf die Waage. Wenn er seit seinem letzten Besuch Gewicht verloren hat, bekommt Dolf den Scheck. Hat er zugenommen, gibt er ihn Jacques.«

»Also herrscht ständig Krieg zwischen den beiden.«

Elliot nickte.

»Du solltest Dolfs Gesicht sehen, wenn Jacques Meringue macht. Er läuft knallrot an, und ihm schwillt der Hals. Die beiden hassen sich mehr, als du dir vorstellen kannst.«

Während Elliot die Kugeln für das nächste Spiel anordnete, wurde mir bewusst, dass er keinen der beiden Herzinfarkte seines Vaters je erwähnt hatte. Ich wollte ihn fragen, wie ernst es damit war, aber inzwischen war ich schlau genug, mir das zu verkneifen.

Als ich Elliot ein Plunderteilchen anbot, winkte er mit der üblichen Handbewegung ab. Ich fragte mich, ob er ein eigenes Ärzteteam hatte, das sich um ihn kümmerte. Wenn ja, befolgte er deren Ratschläge offensichtlich nicht. Von Besuch zu Besuch wirkte er kleiner und schwächer. Eine Zeit lang hielt ich das für eine optische Täuschung. Ich machte gerade eine enorme Wachstumsphase durch, und neben mir schienen alle anderen in der Klasse zu schrumpfen. Aber niemand schrumpfte so drastisch wie Elliot. Normalerweise trug er jeden Tag etwas Neues, aber gelegentlich erkannte ich eine oder zwei Hosen von vor drei Jahren wieder. Einmal hätte ich sogar schwören können, dass seine Füße in denselben Mokassins steckten wie an seinem allerersten Tag an der Glendale, damals in der achten Klasse. Möglicherweise, dachte ich manchmal, hatte er sich seitdem überhaupt nicht verändert.

Elliot drehte sich zum Anstoß um, und ich nutzte die Gelegenheit, mir das Wort »kachektisch« zu notieren, damit ich es nicht vergaß. Irgendwann gegen Ende der achten Klasse hatte ich mir angewöhnt, immer ein dickes rotes Notizbuch dabeizuhaben. Elliot wusste stets im Voraus über Mr. Hendricks' Tests Bescheid, und ich wollte die Daten zur Hand haben, damit ich rechtzeitig lernen konnte. Es dauerte nicht lange, und ich notierte mir außerdem die Fragen – und wenig später die Antworten. Ein schlechtes Gewissen hatte ich nicht. Französisch war ganz offensichtlich eine überflüssige Sprache. Wenn überhaupt, so verbesserte ich durch die Mogelei meine Lernchancen, da ich mich dadurch besser auf die wichtigen Fächer konzentrieren konnte.

In der zehnten Klasse schummelte ich bereits in jedem Fach, irgendwie sogar beim Töpfern. Und im Abschlussjahr war mein Notizbuch prall gefüllt mit Informationen, die mit der Schule nichts zu tun hatten. Da waren Zusammenfassungen von Büchern, die ich hätte lesen sollen, Erläuterungen zur Bedeutung von Gemälden, die ich angeblich geschaffen hatte, Schreibweisen von Krankheiten, die ich der Legende nach hatte heilen wollen, und eine erschreckend lange Liste von Obdachlosen, mit denen ich vermeintlich befreundet war. Das Notizbuch enthielt eine solche Fülle an belastendem Material, dass ich alle paar Minuten an meine Tasche fasste, um mich zu vergewissern, dass es noch da war. Ich wollte es vernichten, aber ich konnte nicht: Es gab zu vieles, das ich nicht vergessen durfte.

Ab und zu hatte ich ein schlechtes Gewissen wegen meines Erfolges, insgesamt jedoch überwog das Gefühl, ihn verdient zu haben. Es war ja nicht so, dass ich nicht hart dafür gearbeitet hätte. So viele Lügen aufrechtzuerhalten war schwierig, und darum kümmerte ich mich ganz alleine. Oder größtenteils alleine.

Auf meinem Handy ging ein Anruf ein, und obwohl sich Elliot gerade über den Billardtisch beugte und mein Telefon auf Vibrationsalarm geschaltet war, bemerkte er es.

»Geh nicht dran«, sagte er.

Ich wartete, bis das Signal abbrach, und klappte anschließend das Telefon auf, um meine Mailbox abzuhören.

»Lautsprecherfunktion«, verlangte Elliot.

Ich legte das Handy auf den Tisch, und gemeinsam lauschten wir schweigend.

»Hey, Mann. Ich weiß, dass ich dir schon mal auf die Mailbox gequatscht hab, aber ich will sichergehen, dass du weißt, dass die Party noch im Gang ist. Wahrscheinlich hast du zu tun, aber die fragen alle, was du so treibst, und ich denke, die wollen dich sehen. Egal, wenn du die Adresse brauchst, ruf mich an.«

Ich nahm das Handy und wollte gerade wählen – als Elliot mit den Fingern schnippte.

»Was machst du da?«

»Ich rufe Lance zurück«, sagte er. »Das war eben schon das dritte Mal, dass er angerufen hat.«

»Dann solltest du seine Anrufe erst recht ignorieren! Ich meine, mal ehrlich, kapierst du nicht, wie erbärmlich das ist?«

»Na ja, schon, aber … Er hat Geburtstag.«

»Hätte er dich nicht angerufen oder eingeladen, dann hätte man auf seiner Party vielleicht mal vorbeischauen können.«

»Dann soll ich also nur die Partys besuchen, auf die ich nicht eingeladen bin?«

»Du solltest möglichst gar keine Partys besuchen«, sagte Elliot.

»Ich hab ihm aber schon versprochen zu kommen«, sagte ich. »Was soll ich ihm denn sagen?«

»Nichts«, sagte Elliot. »Je ausweichender du deine Unternehmungen erklärst, für umso beeindruckender werden die Leute sie halten. Das haben wir doch schon tausend Mal besprochen.«

»Aber wenn ich mich nie auf Partys blicken lasse, hören die Leute dann nicht irgendwann auf, mich einzuladen? Ich meine, wir sind mitten im Abschlussjahr, und eigentlich bin ich noch nirgendwo gewesen.«

»Natürlich warst du bei keiner Party«, sagte er. »Du bist viel zu beliebt.«

Ich lachte.

»Aber ich verbringe nie Zeit mit anderen, Elliot, nie. Beliebt bin ich eigentlich nur theoretisch.«

»Wie kann man denn sonst beliebt sein?«

Er kritzelte etwas auf einen Zettel und legte ihn in den Speiseaufzug.

»Ich zeige dir was«, sagte er. »Das begehrteste Artefakt in der gesamten Allagash-Sammlung, um das uns alle beneiden.«

»Kannst du mir das nicht nach der Party zeigen?«

Er ignorierte mich und drehte an der Kurbel. Der Aufzug kam mit einem dumpfen Knall unten an, und wenige Sekunden später hörte ich Fußgetrappel, gefolgt von einer komplizierten Abfolge von Klick- und Schnappgeräuschen.

»Wir schließen es ein«, erklärte Elliot.

Es ertönten weitere Klick- und Schnappgeräusche. Dann setzte sich die Kurbel erneut in Bewegung, diesmal in entgegengesetzter Richtung, und der Aufzug tauchte mit einer Kiste wieder auf.

Elliot nahm träge einen langen Schluck Martini. Ich wusste, dass er mich absichtlich hinhielt.

»Komm schon«, sagte ich endlich. »Was ist da drin?«

Langsam nahm er einen weiteren ausgedehnten Schluck und öffnete schließlich die Kiste. Darin befand sich ein kleiner, verrosteter Schlüssel. Er war dunkelgrün mit braunen Flecken, aber einst musste er golden oder silbern geglänzt haben.

»Hast du schon mal was vom Club der sieben Kreise gehört?«, fragte er.

»Natürlich nicht«, sagte ich.

»Dann hör gut zu«, sagte er. »Und unterbrich mich nicht.«

Bevor er dem großen Brand von 1835 zum Opfer fiel, beherrschte der Club der sieben Kreise die Kulturszene von New York City. Damals gab es zahlreiche berühmte Herrenclubs. Der Excelsior Club war so reich, dass zwei der Toilettenwärter nach ihrer Pensionierung zu geschätzten Wohltätern wurden. Und der Vanitas Club war so alt, dass die Adresse – Rum Way 24 – mit einer tatsächlich existierenden Straße gar nichts mehr zu tun hatte. Aber der Club der sieben Kreise war älter und reicher als alle anderen – und sehr viel exklusiver. Normalerweise bemisst sich der Status eines Clubs an der Anzahl der Honoratioren, die ihm angehören. Doch der Club der sieben Kreise war weniger dafür berühmt, wer dort aufgenommen, als vielmehr dafür, wer dort abgelehnt wurde. In seinen ersten zehn Geschäftsjahren verweigerte der leitende Vorstand drei Millionären, fünf Senatoren der Vereinigten Staaten, dem Erfinder eines Heilmittels gegen Skorbut, Lewis und Clark sowie George Washingtons einzigem Sohn die Mitgliedschaft.

»Warum wurde der denn abgelehnt?«, fragte ich.

»Weil sein Vater Bauer war«, sagte Elliot.

Die sieben Kreise residierten in einem Kuppelgebäude, wo einst das Haus von Peter Stuyvesant stand. Es setzte sich aus sieben konzentrischen Kreisen zusammen, angeordnet wie die Ringe des Saturn. Die äußere Schicht war so dekadent wie jeder andere Club in New York, Paris oder London. Die gewölbten Wände waren mit Meisterwerken der Renaissance gepflastert. Livrierte Butler gingen dort ständig herum, boten den Mitgliedern importierten britischen Gin und Zigaretten aus der Türkei an. Doch der »erste Kreis« war fast klösterlich im Vergleich zum »zweiten Kreis«. Von den vierzig Clubmitgliedern hatten nur zwanzig Schlüssel zu der riesigen Messingtür, die in den nächsten Ring führte.

Befand man sich im nächsten Abschnitt, bekam man französischen Absinth eingeschenkt, brasilianisches Kokain gereicht und Gelegenheit, echte Renaissancegemälde zu bestaunen (die im ersten Ring waren, wie sich nun herausstellte, geschickte Fälschungen gewesen – ein Streich, den man sich den weniger renommierten Mitgliedern gegenüber erlaubt hatte).

Nur zehn Mitglieder besaßen Schlüssel zum dritten Kreis. Er war mit Buntglasfenstern und christlichen Reliquien geschmückt, und anders als in den beiden ersten Kreisen gab es hier überhaupt keine Diener. Innerhalb der Grenzen dieses Kreises erfuhren die Mitglieder, worin die wahre Mission des Clubs bestand: das Böse zu bekämpfen und Christus zu dienen. Der Raum war mit Kniebänken aus Granit gesäumt, auf denen die Mitglieder niederknien und um Vergebung für die Sünden beten konnten, derer sie sich während ihres Aufstiegs in den dritten Kreis schuldig gemacht hatten.

Der vierte Kreis war eine Opiumhöhle. Die fünf Männer, die einen Schlüssel besaßen, rauchten Rubinpfeifen, schliefen mit orientalischen Huren und beglückwünschten sich gegenseitig, weil sie die Trottel im dritten Kreis so herrlich hereingelegt hatten.

Der fünfte Saal war mit dem Holz judäischer Palmen getäfelt, die seit der Zeit Cäsars ausgestorben waren. Der sechste Raum war – was nicht besonders überraschen dürfte – mit dem echten Holz judäischer Palmen getäfelt. Und der siebte – nun, darüber wurde heftig debattiert. Ein Minister behauptete, er enthalte ein Stück des wahren Kreuzes. Zwei kolumbianische Wissenschaftler waren felsenfest davon überzeugt, dort werde der letzte Dodo gehalten, der zwar noch lebe, aber aufgrund seiner hauptsächlich aus Gin bestehenden Ernährung bereits stark kränkelte. Es gab viele Gerüchte, aber der Einzige, der sicher wusste, was sich darin befand, das einzige Mitglied des Clubs der sieben Kreise, das den begehrten siebten Schlüssel besaß, war sein Gründer selbst, ein Vorfahre Elliots – der erste amerikanische Allagash!

»Und was war nun im siebten Raum?«

»Ein Hocker«, verkündete Elliot triumphierend. »Ein Hocker aus Holz.«

»Aus dem Holz ausgestorbener Bäume?«

»Was? Nein. Aus ganz normalem Holz.«

»Ach.«

Elliot zuckte angesichts meiner Reaktion ein paar Mal gereizt mit den Augen.

»Kapierst du's nicht?«, fragte er. »Es ist völlig irrelevant, was da drin war! Es kam einzig und allein auf die Dicke der Wände an, die Unverletzbarkeit des Schlosses! Vier verschiedene Männer verübten unabhängig voneinander Mordanschläge auf Cornelius, nur um an den Schlüssel zu kommen. Gerüchten zufolge soll er den großen Brand selbst gelegt haben, damit sein Club zu Schutt und Asche wurde, bevor jemand die Wahrheit herausbekam. Er verbrachte täglich acht Stunden in dem kleinen Raum und gewann mit jeder Sekunde an Macht und Prestige, einfach nur, indem er dort saß! So funktioniert das Spiel!«

Ich stellte mir Elliots Ahnherrn vor, wie er alleine im Dunkeln saß, dem Klirren der Gläser und dem Lachen der anderen lauschte.

»Aber hatte man in den anderen Kreisen nicht mehr Spaß? Zum Beispiel in dem mit dem Opium?«

Elliot warf den Schlüssel in den Speiseaufzug und setzte sich; er war völlig entnervt und am Ende.

Lance rief erneut an, und mein Handy rutschte unbeholfen auf dem Holztisch herum.

»Geh schon«, zischte Elliot. »Was kümmert's mich?«

»Fahren Sie weiter«, sagte ich zu dem Taxifahrer.

»Das hier ist die Ecke 76. und Lexington Avenue«, sagte er.

»Äh … Ich meinte die 75.«

Ich stieg aus dem Taxi, stellte mich hinter einen Baum und beobachtete meine Klassenkameraden, wie sie in Lance' Haus verschwanden. Es war Viertel vor drei am Morgen, doch aus dem Fenster im zweiten Stock dröhnte immer noch Musik. Lance hatte den kompletten Jahrgang eingeladen, und fast alle waren gekommen.

Ich wurde häufig zu Partys eingeladen, aber Elliot hatte mich immer überredet nicht hinzugehen. Manchmal widersprach ich ihm, doch ihm gingen die Gegenargumente nie aus. Er meckerte stundenlang wegen der »niedrigen Stellung« der anderen Gäste, bezeichnete sie wahlweise als »Vieh« oder »Allesfresser«. Wenn er mit seiner Schimpftirade fertig war, war es meistens schon zu spät, um noch irgendwo hinzugehen, und ich blieb dann einfach über Nacht bei ihm.

Aber von Lance' Geburtstagsparty konnte mich Elliot nicht fernhalten. Es war das Ereignis des Jahres. Lance hatte sogar Flyer verteilt. Wenn ich nicht zu dieser Party ging, wohin würde ich dann überhaupt jemals gehen? Meine sozialen Interaktionen in der Schule beschränkten sich meist darauf, dass mich Leute auf dem Gang ansprachen und mir gratulierten (zu meiner Wiederwahl als Jahrgangssprecher, zur Aufnahme in Harvard oder weil ich einem Obdachlosen das Leben gerettet hatte). Elliot hatte mich gedrängt, mich von der breiten Masse der Schüler möglichst fernzuhalten – und ich verstand die Logik, die dahintersteckte. Aber manchmal, wenn ich durch die Gänge eilte, hörte ich, wie zwei Leute über eine Begebenheit auf einer Party lachten, und ich fühlte mich ausgeschlossen, obwohl man mich sogar eingeladen hatte.

Ich prüfte meine Frisur in der Scheibe eines parkenden Wagens und trat aus dem Schatten des Baumes hervor. Einige meiner Klassenkameraden saßen auf den Stufen vor der Tür und tauschten Handynummern mit Leuten aus anderen Schulen. Ich erkannte sogar welche aus anderen Jahrgangsstufen – über und unter uns, selbst ein paar aus dem allerersten Jahr. Wie cool musste eine Party sein, auf der sich sogar Erstsemester blicken ließen?

Ich prüfte abermals meine Frisur. Kürzlich erst hatte ich mich Elliots Hair-Stylisten anvertraut, einem heißblütigen Salonbesitzer aus Mailand. Ich wusste, dass die Frisur toll war, weil er vier Stunden dafür gebraucht hatte, und als er fertig war, hatte sein Assistent Fotos gemacht. Aber es war schwierig, dafür zu sorgen, dass die Frisur hielt. Jeden Morgen sollte ich eine Art Gel auf die Schläfen reiben und jeden Samstag zum Nachschneiden vorbeikommen.

Es war fast drei Uhr morgens. Wenn ich so spät zur Party kam, würden mich die Teenager auf den Stufen bestimmt fragen, wo ich gewesen war. Um eine so extreme Verspätung zu rechtfertigen, brauchte ich eine aufregende Ausrede. Vielleicht konnte ich ihnen weismachen, dass ich auf einer anderen, noch angesagteren Party gewesen war? Oder dass ich ein wirklich wichtiges Buch gelesen und nicht mehr hatte aufhören können? Was, wenn sie mir weitere Fragen stellten? Ich wusste von keiner anderen Party, die an jenem Abend stattfand, und ich hatte seit Monaten kein Buch mehr gelesen. Ich verschwand wieder hinter dem Baum, um alles noch einmal genau zu überdenken.

Fakt war, dass Lance' Party so gut wie vorbei war. Was

sollte es bringen, genau dann aufzutauchen, wenn alle gingen? Eins stand fest: Dort, wo ich mich im Moment befand, konnte ich nicht mehr lange bleiben. Wenn mich jemand in meinem Versteck entdeckte, würde die Nacht mit einer totalen Katastrophe enden. Mein Magen krampfte: Was, wenn sie mich längst entdeckt hatten? Was, wenn sie mich beobachteten?

Ich nahm mein Handy und tat, als würde ich telefonieren – falls jemand zusah, würde es aussehen, als hätte ich mich um wahnsinnig wichtige Geschäfte zu kümmern.

»Vergiss es«, stellte ich mir einen der Gäste vor: »Ich hab mich geirrt – der versteckt sich gar nicht hinter dem Baum. Er telefoniert nur auf dem Weg zur Party.«

»Ach, du hast Recht. Dieser Seymour hat richtig viel zu tun, was?«

»Ja. Deshalb kommt er auch immer so spät zu den Partys oder meist gar nicht.«

Ich zog die Augenbrauen hoch und nickte feierlich.

»Guck dir das an. Gerade eben hat er unglaublich dringende Neuigkeiten erfahren.«

»Ich frag mich, mit wem er spricht? Wahrscheinlich mit einer sehr wichtigen Person, weil es doch schon so spät und mitten in der Nacht ist. Wahrscheinlich ein Prominenter.«

»Hey, guck dir das an ... Er dreht sich um und geht.«

»Er geht ziemlich schnell.«

»Wahrscheinlich muss er dringend weg, und das kann keine Sekunde warten.«

»Wie schade. Ich habe mich wirklich auf ihn gefreut.«

»Ja, ich auch.«

Als der Klang der Musik hinter mir immer leiser wurde, atmete ich allmählich wieder ruhiger. Ich huschte um die

Ecke und steckte mein Handy in die Tasche. Was zum Teufel war mit mir los?

»Seymour?«

Lance trat eine Zigarette aus, während mir Jessica die Arme um den Hals warf.

»Ich kann's nicht fassen, dass wir dich verpasst haben! Wir sind nur mal kurz raus, eine rauchen.«

»Müssen wohl die Zeit vergessen haben«, sagte Lance und grinste dreckig.

Lance hatte Zusagen von mehreren guten Schulen bekommen, hatte aber sämtliche Angebote abgelehnt, um weiter für sein Team in der Second Division Basketball zu spielen. Er war weiterhin der Größte in der Klasse. Und obwohl ich allmählich aufholte, konnte ich ihm noch immer von unten in die Nasenlöcher gucken.

»Also«, sagte er. »Was ist los auf meiner Party?«

»Alles super!«, sagte ich. »Einfach total ... super.«

Jessica hüpfte von der Bank und schlang die Arme um Lance' Taille.

»Hast du Lance auf der Bühne gesehen?«

»Wir haben mit der Band ein paar Songs gespielt«, sagte er. »Hauptsächlich Coverversionen.«

»Das war Wahnsinn«, sagte Jessica. »Und T-Shirts haben sie auch verteilt.«

Sie drehte sich ein paar Mal im Kreis und präsentierte das Exemplar, das sie anhatte. Es war knallrosa und sah aus wie für ein Kleinkind entworfen. Außerdem hatte sie ein neues Bauchnabelpiercing.

Die Lehrer hatten aufgehört, Jessica wegen ihrer Verstöße gegen die Kleiderordnung zu bestrafen. Es war zu anstrengend geworden, darüber Buch zu führen, und so hatten sie es einfach aufgegeben. Jessica schaffte es trotzdem noch von Zeit zu Zeit, nachsitzen zu müssen, allerdings nur noch mit Lance' Hilfe. Wegen allzu intensiver Zärtlichkeiten in der Öffentlichkeit waren sie zum ersten Mal bereits in der neunten Klasse bestraft worden. Im Abschlussjahr hatten sie sich deshalb derart viele Verweise eingehandelt, dass alle instinktiv die beiden ansahen, um herauszufinden, was sie gerade wieder anstellten, wenn ein Lehrer auf dem Gang »Hey!« rief.

»Wir haben den Namen der Band geändert«, sagte Lance. »Jetzt heißen wir Fuzz.«

»Cooler Name«, sagte ich.

»Hab ich's dir doch gesagt«, wisperte ihm Jessica zu.

Lance verdrehte die Augen; er war offensichtlich genervt, weil mich Jessica als Autorität auf dem Gebiet der Bandnamen betrachtete.

»Ich weiß nicht«, sagte er. »Vielleicht nennen wir uns doch noch mal ganz anders.«

Ich versuchte nicht hinzustarren, als Lance seine Hand langsam hinten in Jessicas Jeans schob. Er hatte mit den Fingerspitzen begonnen, doch jetzt steckte schon fast die ganze Hand drin. Meine Kehle wurde trocken und enger, als ich sah, wie sich die Hand immer tiefer dort hineingrub. Plötzlich wurde mir bewusst, dass Jessica mit mir sprach.

»Wie läuft's mit der Forschung?«

»Was?«

»Du weißt schon«, sagte sie. »Deine Forschungen über diese Krankheit? Gegen die du ein Mittel finden willst?«

»Ach!«, sagte ich. »Das ist, weißt du … Das ist kompliziert.«

Jessica nickte feierlich. Ich wusste, dass sie mich respektierte oder zumindest die Leistungen, die ich angeblich vollbrachte. Aber ich war in ihrer Gegenwart immer noch genauso nervös wie damals in der achten Klasse. Ich jonglierte kopfüber mit derartig vielen Lügen, und immer, wenn sie mich ansprach, fürchtete ich, der komplette Schwindel würde auffliegen.

»Wahrscheinlich ist das alles viel zu hoch für uns«, sagte sie.

Ich wusste nicht, was ich darauf antworten sollte, deshalb glotzte ich sie einfach schweigend an.

»Na ja, wir drücken dir alle die Daumen«, sagte Lance und zog Jessica am Arm. »Hör mal, wir sollten allmählich zurück ...«

»Ja«, sagte ich. »Nein ... Ich auch. Ich hab noch so viel zu tun.«

Verlegen schüttelte ich ihnen die Hände und sah ihnen nach, bis sie Hand in Hand um die Ecke verschwunden waren. Kaum waren sie außer Sichtweite, fing mein Handy an zu klingeln. Ich sparte mir den Blick auf das Display: Wer hätte es sonst sein sollen?

»Wie wars auf der Party?«, fragte er. »Unbeschwert und spaßig?«

Einen Augenblick überlegte ich, ob ich ihn anlügen sollte. Aber er hatte schon zu lachen angefangen. Ein lautes, wahnsinniges Gackern. Und mir war klar, dass er, woher auch immer, genau wusste, was los war.

Die Lieblingsspielfigur meines Vaters lag umgekippt auf der Seite, erstarrt in ihrer jämmerlichen letzten Position. Eine Fünf und eine Sechs hatten ihn auf die andere Seite des Spielbretts geschickt, weg von seinem friedlichen Wasserwerk und seinen Hotels. Seine Geldscheine lagen auf einem unordentlichen, bunten Stapel. Er hatte sie nicht mehr zählen müssen: Er war ruiniert.

Ich konnte meinen Vater vor mir sehen, wie er die Würfel in der Hand springen ließ, Gott um einen Sechserpasch anflehte – die atemlose Stille, als er sie auf das Brett warf –, und dann meine Mutter, die lachend in die Hände klatschte, aufsprang und ihre zweitausend Dollar einforderte. Zwei Sekunden lang würde sie sich hämisch freuen – dann aber umschalten, meinen Vater auf die Wange küssen und bemitleiden, weil er solches Pech gehabt hatte.

Irgendwann kurz nach der Grundschule waren mir die Monopolyabende zu kindisch geworden, aber meine Eltern spielten immer noch jeden Freitag. Sie ließen das Brett bis Samstagmorgen stehen, falls ich sehen wollte, wie die Partie ausgegangen war. Meist lief ich stur daran vorbei, wenn ich nach Hause kam, angeödet, weil sie glaubten, ihr albernes Spiel könnte mich interessieren. Doch in den vergangenen Wochen hatte ich mich dabei ertappt, wie ich das Spielbrett manchmal sogar sehr lange begutachtete und versuchte mir zusammenzureimen, was ich verpasst hatte.

Ich durchquerte das Wohnzimmer und trat in den dunklen Flur. Die Wohnung war neu, hatte mehr Zimmer als die letzte, und ich musste mich immer noch an all die neuen Lichtschalter gewöhnen. Ich tastete eine Weile über die Wand, gab es auf und streckte wie ein Blinder die Arme aus. Sekunden später stolperte ich schon über eine Kiste mit Fotos, die meine Mutter aufhängen wollte. Ich fluchte, schlug gegen die Wand und kroch in mein Zimmer.

Als ich den Lichtschalter endlich gefunden hatte, standen meine Eltern im Türrahmen.

»Alles okay?«

»Ja«, sagte ich. »Gute Nacht.«

»Tut uns leid, dass wir einfach so reinplatzen«, sagte mein Vater. »Wir haben dich gehört ... Im Flur. Klang nicht gut.«

»Ja, na ja, alles okay.«

»Hast du Hunger?«, fragte meine Mutter. »Wir haben noch Rinderbrust.«

»Ich hab bei Elliot gegessen.«

Meine Eltern nickten.

»Du hast ein gutes Spiel verpasst«, sagte mein Vater. »Hast du das Spielbrett gesehen?«

»Nein.«

»Oh. Na ja ... Es war gut. Mom hat gewonnen.«

Mir dämmerte, dass dies die längste Unterhaltung war, die wir seit Monaten geführt hatten. Es war keineswegs so, dass sie sich nicht für mein Leben interessierten: Sie sogen jedes einzelne meiner Worte auf wie übersinnliche Medien bei einer Séance. Aber sie stellten mir selten Fragen. Dabei hatten sie sicher so viele, dass sie gar nicht wussten, wo sie anfangen sollten.

Als ich eines Tages verkündete, ich würde mit Elliot nach Harvard gehen, schwiegen sie fast eine ganze Minute lang. Ich hatte mich sehr zeitig beworben, ohne ihnen etwas zu sagen, und jetzt hörten sie davon zum ersten Mal. Sie gratulierten mir natürlich überschwänglich, aber in ihren Stimmen schwang auch eine Spur Angst mit. Als hätte ich ihnen erklärt, ich sei in Wirklichkeit ein Außerirdischer und habe Befehl erhalten, auf meinen Heimatplaneten zurückzukehren. Sie unterzeichneten die Formulare, die ich ihnen vorlegte, und bestellten zwei dunkelrote Sweatshirts für mich. Aber nie baten sie mich, ihnen meine Bewerbung zu zeigen.

Ich wollte die Tür schließen, aber mein Vater blockierte sie.

»Du hast was verloren«, sagte meine Mutter und zwängte ihre Hand durch den Spalt.

Ich riss ihr das rote Notizbuch aus der Hand und schloss rasch die Tür. Mein Herz hämmerte heftig, als mir ein entsetzlicher Gedanke durch den Kopf schoss: Sie hätten es lesen können, wenn sie gewollt hätten. Und darauf folgte ein noch sehr viel erschreckenderer Gedanke:

Sie wollten nicht.

»Harvard ist eine hervorragende Schule, Seymour. Und ich glaube, du wirst dort ausgezeichnet reinpassen, viel besser als ich am Anfang. Ich weiß, das klingt sonderbar, aber als ich nach Harvard kam, hatte ich noch echte akademische Interessen! Doch, wirklich wahr: Ich hatte mich für einige eher herkömmliche Seminare angemeldet – Philosophie, Geschichte, sogar Wirtschaftslehre. Aber ich hatte auch ein ziemlich umfangreiches Trinkprogramm zu absolvieren, und schon bald musste ich feststellen, dass dies mit dem Unterricht kollidierte.

Zum Glück machten mich meine Clubkameraden mit einer anderen Art von Seminar bekannt – solchen, die auf die Bedürfnisse der Reichen zugeschnitten waren. Von dieser Sorte gab es mehrere, und abgesehen von ein paar footballspielenden Analphabeten nahmen ausschließlich die Erben von Ölbaronen und Reedereifamilien daran teil. Eines dieser Seminare trug den Titel ›Schiffe‹. Das heißt, der genaue Titel war etwas länger – ›Atlantikexpeditionen‹ oder so was in der

Richtung – ich hab's nie genau rausgefunden. Das Seminar wurde von einem fünfundachtzigjährigen Professor namens Sherwood geleitet, dessen Vater Harvard Ende des 19. Jahrhunderts über ein Dutzend Bibliotheken gespendet hatte. Er unterrichtete zweimal wöchentlich von vier bis Viertel nach vier. Er nahm verschiedene Forschungsreisende und ihre Schiffe durch, schweifte aber häufig ab, zum Beispiel zur Geschichte seines Anwesens oder dem ›Immigrantenproblem‹. Während des Unterrichts trank er ungeniert und rauchte auch gelegentlich. Es war nicht leicht, seinen Ausführungen zu folgen, aber die Art, wie er sie vortrug, amüsierte uns, und immer, wenn er die Hände in die Luft warf, um das Ende einer Vorlesung anzuzeigen, applaudierten wir.

Es bestand Anwesenheitspflicht, aber ansonsten wurde nur ein zehnseitiger Aufsatz am Ende des Semesters über ›irgendein Thema im Zusammenhang mit den Vorlesungen‹ verlangt. Die älteren Mitglieder meines Clubs in den Abschlussjahrgängen reichten ihre Aufsätze meist an die jüngeren weiter, die sie dann abtippten und als ihre eigenen erneut einreichten. Doch für ›Schiffe‹ hatten sich so viele Teilnehmer eingeschrieben, dass wir Vorsicht walten ließen. Wir konnten schließlich nicht alle alte Hausarbeiten abgeben – selbst ein Fünfundachtzigjähriger wäre uns auf die Schliche gekommen. Also beschränkten wir uns auf eine abgeschriebene Hausarbeit pro Semester. Sie hieß ›Die Gepflogenheiten des Henry Hudson‹. Die Sekretärin unseres Clubs hielt das Original in einer Glasvitrine unter Verschluss, und am Abend vor dem Abgabetermin soffen wir um die Wette, um zu entscheiden, wer sie einreichen durfte. Es war ein typischer Aufsatz mit einer nichtssagenden These und einer unbedeutenden Schlussfolgerung. Das einzig Wiedererkennbare daran war das Titelblatt mit einer ungeschickten Schülerzeichnung von einem Fisch. Es handelte sich um eine unglaublich überflüssige Zierde, doch pflichtschuldigst tippten die meisten nicht nur die zehn Seiten ab, sondern pausten auch den Fisch durch. Als ich mich für ›Schiffe‹ einschrieb, war der Aufsatz bereits von dreißig Clubmitgliedern eingereicht worden, und alle hatten eine Eins minus erhalten.

Angenehmerweise gewann ich das Wettsaufen und verbrachte den Vormittag des darauffolgenden Tages in der Clubbibliothek. Ich trank Irish Coffee, so dass ich lange genug die Augen aufhalten und die Hausarbeit abtippen konnte. Ich verzichtete auf die Fischzeichnung, schaffte es aber gerade noch rechtzeitig, zehn Minuten vor Ablauf der Abgabefrist, den vollständigen Text mitsamt Fußnoten zu übertragen, in den Hof zu schlendern und die Arbeit abzugeben.

Zwei Monate später wurden die Ergebnisse per Post in den Club gesandt. Professor Sherwood hatte jeweils ausführliche, unleserliche Kommentare an die Ränder geschrieben, die mit den Aufsätzen selbst offenbar wenig zu tun hatten, und alle hatten bestanden. Ich wollte den anderen gerade ins Pokerzimmer folgen, als ich meine Hausarbeit fand, oder besser gesagt diejenige, die ich abgegeben hatte. Ich warf einen Blick auf die Note und feuerte die Arbeit in die Ecke – dann hob ich sie wieder auf. Ich konnte es nicht fassen. Der Alte hatte mir nur eine Zwei plus gegeben!

Ich blätterte den Aufsatz durch, suchte nach Kommentaren, doch die Ränder waren unbeschrieben. Die einzige Bemerkung stand auf der letzten Seite. Es war ein einziger Satz, hastig mit Füller daruntergekritzelt:

›Wo ist der Fisch?‹

Also, Seymour, du passt auf jeden Fall dorthin. Eigentlich sogar nur dorthin.«

»Warum hast du allen erzählt, ich würde diese beknackte Krankheit heilen wollen?«

»Ich hab's nicht allen erzählt. Nur einer Lokalzeitung.«

»Du hast es der *New York Times* erzählt.«

»Das ist eine Lokalzeitung. Ober?«

Ein Mann in einer Weste kam mit einem Block in der Hand herbeigeeilt.

»Ich nehme eine Bloody Mary.«

Der Kellner zögerte.

»Tut mir leid, Mr. Allagash«, sagte er. »Aber der Barkeeper kommt erst um neun.«

Elliot verdrehte die Augen.

»Wecken Sie ihn«, sagte er.

Ich nahm mein Heft mit den Französischvokabeln aus dem Rucksack, und Elliot schnappte es sich sofort.

»Was soll das?«, fragte er.

»Demnächst steht ein Test an«, sagte ich. »Und da muss ich glänzen. Mr. Hendricks schöpft allmählich Verdacht.«

»Das glaube ich kaum. Der Mann hat dir eine vor Begeisterung glühende Empfehlung geschrieben.«

»Elliot, die Sache ist ernst. Gestern bin ich mit ihm im Fahrstuhl stecken geblieben. Er hat mit mir geredet, und ich hatte keine Ahnung, was er sagt. Ich bin sicher, er hat gemerkt, dass ich keinen blassen Schimmer habe.«

Elliot lachte.

»Mein Gott, ohne mich bist du hilflos«, sagte er. »Ich fahre vier Tage nach Paris, und schon stürzt das Kartenhaus ein.«

»Du warst in Paris? Was hast du denn in Paris gemacht?«

Er zuckte mit den Schultern.

»Was mache ich in New York?«

Der Kellner brachte ihm seine Bloody Mary, und er bestellte eine zweite, noch bevor er die erste probiert hatte.

»Du gehst hier zur Schule«, erinnerte ich ihn. »Du bist Schüler an einer Highschool.«

Elliot machte eine abfällige Handbewegung.

»Erinner mich nicht dran.«

In den vergangenen vier Jahren hatte Elliot alles darangesetzt, sich nicht die Blöße zu geben und am Unterricht der Highschool teilzunehmen. In der neunten und zehnten Klasse hatte er eine Reihe zunehmend seltener Krankheiten vorgetäuscht, angefangen bei einer Kadmiumvergiftung bis hin zum Veitstanz. Allerdings kostete es jede Menge Zeit und Rechercheenergie, um mit immer wieder neuen Krankheiten aufzuwarten und die entsprechenden ärztlichen Atteste zu fälschen. Irgendwann wurde es ihm einfach zu viel. Im Abschlussjahr beschränkte er sich auf ein schlichtes Pfeiffer'sches Drüsenfieber, ergänzt durch die ein oder andere »transatlantische Bestattung«. Elliot besuchte an nur sechsunddreißig Tagen im Jahr die Schule – das absolute Minimum, um zur Abschlussprüfung zugelassen zu werden –, und diese brachte er derart zugedröhnt hinter sich, dass er an den darauffolgenden Tagen wirklich guten Grund hatte, das Bett zu hüten.

»Diese Erscheinungen bringen mich um«, sagte er. »Wer bin ich? Die Königin in Nachkriegsgroßbritannien?«

»Wir sollten wohl bald gehen«, sagte ich und nahm mein Französischheft wieder an mich. »Wir kommen sonst zu spät.«

Elliot winkte dem Kellner, und ich seufzte erleichtert.

Es war bereits Viertel vor acht. Wenn wir innerhalb der nächsten fünf Minuten gingen und nicht zu dichter Verkehr herrschte, würde uns James wahrscheinlich noch vor dem Klingeln absetzen können. Ich hatte meinen Rucksack fast verschnürt, als ich mitbekam, wie sich Elliot eine dritte Bloody Mary bestellte.

»Diesmal aber bitte in einem Longdrink-Glas«, erklärte er dem Kellner. »Und lassen Sie die Garnitur weg.«

Er lachte.

»Ach, wem will ich was vormachen?«, fragte er. »Lassen Sie den Tomatensaft auch weg.«

Ich schlug mit der Faust auf den Tisch, und das Geschirr klapperte sachte auf der Tischdecke. Der Kellner sah auf, und Elliot drehte sich langsam zu mir um.

»Bitte«, murmelte ich. »Wir kommen zu spät.«

Elliot zückte seine Taschenuhr und grinste.

»Na ja, ich ganz bestimmt«, sagte er. »Seymour, warum hast du nichts gesagt?«

»Weiß James, dass wir im St. Regis gefrühstückt haben?«, fragte ich. »Du musst ihn anrufen.«

Elliot nickte und griff in seine Westentasche, aber nur um einen Flachmann herauszuziehen. Ich fluchte lautlos und nahm mein Handy aus der Tasche.

»Welche Nummer hat er?«

Elliot zuckte mit den Schultern.

»Normalerweise kommt er einfach«, sagte er. »Mein persönlicher Deus ex Machina!«

Zweifelnd stierte er den Flachmann an.

»Möchtest du was Interessantes hören?«, fragte er. »Den Flachmann hab ich gestohlen. Ich war in einem Laden in London und hab ihn geklaut. Um mich herum standen alle möglichen Leute, aber ich hatte James gebeten, sie abzulenken. Ist das nicht eine unglaubliche Geschichte?«

Er nahm einen langen Schluck.

»Der Scotch darin ist ebenfalls gestohlen«, erklärte er. »Das war vielleicht ein Nachmittag.«

»Verdammt«, sagte ich. »Wir fahren mit der U-Bahn.«

Elliot kicherte.

»Mit der was?«

Ich packte sein knorriges Handgelenk und zerrte ihn vom Bordstein weg zum Eingang der Station auf der 59. Straße. Als wir auf der Rolltreppe standen, schüttelte er seinen drahtigen Körper vor Lachen.

»Du meinst öffentlichen Nahverkehr?«

Ich weiß nicht, warum es mich überraschte, dass Elliot noch nie im Leben U-Bahn gefahren war. Das Gegenteil wäre eigentlich erstaunlicher gewesen.

Ich zog ein paar zerknitterte Ein-Dollar-Scheine aus der Tasche und strich sie hastig an der Seite des Fahrkartenautomaten glatt. Ich versuchte sie in den Schlitz zu schieben, aber der Automat kotzte sie mir immer wieder entgegen.

»Elliot hast du Ein-Dollar-Scheine?«

»Was für Scheine?«

»Vergiss es«, sagte ich.

In meinem Rucksack fand ich ein paar Viertel-Dollar-Münzen und zog zwei Einzelfahrscheine. Als ich mich nach Elliot umdrehte, stand er nicht weit entfernt auf einer Bank und begutachtete verwundert den U-Bahnhof, wie ein Altertumsforscher eine frisch ausgehobene Grabstätte. Er musterte die ausgehängte Netzkarte.

»Da gibt es direkt anschließende Busverbindungen?«, sagte er. »Wie schlau!«

Er zeigte auf eine Gruppe Männer in Arbeitskleidung, die losmarschierten, um einen Gleisabschnitt zu reparieren.

»Guck dir die an!«, schrie er. »Wie eine Mäusekolonie!«

Einer der Arbeiter machte Anstalten sich umzudrehen, woraufhin ich Elliot schnell von der Bank zog.

»Ich höre einen Zug«, sagte ich. »Komm.«

Ich gab Elliot seinen Fahrschein. Er hielt ihn ins Licht und beäugte ihn, als handelte es sich um die Banknote einer ausländischen Währung. Der Zug fuhr kreischend in die Station ein.

»Komm!«, schrie ich.

Ich schob mich durchs Drehkreuz und rannte auf den nächsten Wagen zu. Die Türen schlossen sich, doch es gelang mir gerade noch, meine Hände hineinzuschieben, die von zwei Fremden gepackt wurden. Nach einem angespannten Moment öffneten sich die Türen noch einmal, und ich wurde in den Wagen gezogen. Die anderen Fahrgäste applaudierten, als sich der Zug in Bewegung setzte. Eine ältere Frau klopfte mir auf die Schulter.

»Das war knapp!«, sagte sie lachend.

Kurz bevor der Zug die Station verließ, entdeckte ich Elliot am Fuß der Rolltreppe. Sie bewegte sich in der falschen Richtung; er würde zu Fuß gehen müssen. Ungläubig schüttelte er den Kopf. Dann griff er ans Geländer und machte sich mutterseelenalleine auf den Weg.

Ich rannte den Gang entlang und platzte mit gezücktem Füller in den Französischunterricht.

»Hab ich was verpasst?«

Mr. Hendricks starrte mich an.

»Was meinst du, Seymour?«, fragte er und legte die Stirn in Falten. »Was sollst du verpasst haben?«

Was redete ich da bloß? Es sollte ein unangekündigter Test sein. Ich hätte gar nicht wissen dürfen, dass er anstand.

Ich räusperte mich.

»Habe ich viel vom Unterricht verpasst?«, fragte ich mit Nachdruck.

Er strahlte.

»Oh!«, sagte er. »Oh! Nein, Seymour. Du kommst genau richtig!«

Ich hörte meine Klassenkameraden stöhnen, als ich mich auf meinen angestammten Platz in der Mitte der ersten Reihe setzte. Es waren Augenblicke wie dieser, die mich an Elliots Definition des Begriffs »beliebt« zweifeln ließen. Ich hatte mich vom unteren Ende seiner Statusliste bis ganz nach oben gearbeitet. Doch beiden Platzierungen schien einiges gemein zu sein.

Mr. Hendricks richtete den Blick unverwandt auf mich und begann einen seiner salvenartigen, aber völlig unsinnigen Monologe. Ich lächelte und nickte, bis er mir meine Fragen gab. Dann füllte ich den Testbogen aus, gab ihn ab und verschwand so schnell wie möglich aus dem Klassenzimmer.

Ich verglich den Vorfall mit all den anderen brenzligen Situationen des vergangenen Monats; er kam nicht mal unter die ersten fünf. Im Mathematikunterricht hatte es mehrere Schreckensmomente gegeben, als der Lehrer Zigarettenpause gemacht und mich gebeten hatte, den Unterricht in seiner Abwesenheit fortzusetzen. Und dann die alptraumhafte Begegnung mit der Frau an der Essensausgabe in der Cafeteria:

»Ich möchte dir für alles danken, was du tust, Seymour. Weißt du, mein Onkel leidet an Pasternak-Schwarzschild.«

»Ach! Das tut mir wahnsinnig leid. Ist er denn einigermaßen guter Dinge?«

»Er liegt im Koma. Ist eigentlich … klar. Ist ja Pasternak-Schwarzschild.«

»Richtig. Natürlich. Richtig.«

Ich schlich mich zum hinteren Treppenaufgang und stieg langsam aufs Dach.

Schülern war der Zutritt zum Dach verboten, und die Schulverwaltung schien es ernst damit zu meinen. Der obere Abschnitt des Treppenhauses war mit Sicherheitskameras gesäumt, und wenn man auf einem der Monitore erwischt wurde, blühte einem automatisch der Ausschluss vom Unterricht. Doch mit Hilfe von Elliots Karten und Grundrissen hatte ich eine alternative Route gefunden. Zunächst stieg ich über den hinteren Treppenaufgang in den Kesselraum. Dann durch die Abstellkammer des Hausmeisters, vorbei an Reihen mit ausrangierten Schrubbern. Dort, hinter einem alten Bücherregal, befand sich der Eingang zu den alten Leitungsstollen der Schule. Hier musste ich nur noch eine Zahlenkombination eingeben – ich weiß nicht, wie Elliot sie beschafft hatte – und ein paar Leitern hochklettern. Nach zehn Minuten Kletterei wurde ich aus einem Schacht gespuckt, der seit achtzig Jahren nicht mehr in Betrieb war, seitdem die Schule nicht mehr mit Kohle beheizt wurde.

Das Dach selbst war völlig leer, abgesehen von einem Wasserturm und einigen Rohren. Man konnte beide Flüsse sehen und den Großteil des Parks, aber der Verkehr war so weit entfernt, dass einen nicht mal mehr die abscheulichsten

Autounfälle hier oben aus der Ruhe brachten. Die schwarze Teerpappe war stets warm vom Sonnenlicht, aber nie heiß. Ich brauchte fünfundzwanzig Minuten, um da hochzukommen, und unternahm den Ausflug mindestens einmal am Tag.

Als ich den Weg gefunden hatte, war ich so stolz auf mich, dass ich Elliot sofort anrief, um mit meiner Entdeckung anzugeben. Als er aber ans Telefon ging und mich fragte, wo ich sei, erklärte ich ihm instinktiv, ich sei zu Hause in meinem Zimmer. Wahrscheinlich war es das erste Mal, dass ich ihn belogen hatte.

Ich saß im Schatten des Wasserturms und paukte für den zweiten Überraschungstest des Tages, als ich merkte, dass ich nicht alleine war. Hinter dem Wasserturm hörte ich Schritte auf mich zukommen. Mein Körper durchlief das übliche Panikprogramm, Herzrasen, zugeschnürte Kehle, schweißnasse Hände.

»Das war's«, dachte ich zum dritten oder vierten Mal an jenem Tag. »Das war's jetzt endgültig.«

Wie gewöhnlich handelte es sich um falschen Alarm. Es war Ashley.

»Seymour, hey«, sagte sie. »Du hast es geschafft.«

»Wie bist du hier hochgekommen?«, fragte ich.

Sie zuckte mit den Schultern.

»Über die Treppe.«

»Was?«, fragte ich. »Ist das dein Ernst?«

Ich fing an, meine Sachen einzusammeln.

»Wahrscheinlich sind die schon unterwegs hier rauf!«

Sie lachte.

»Oh, Mann«, sagte sie. »Besser, du verschwindest!«

Ich verstand nicht viel von Marihuana. Elliot rauchte nie

welches – er hielt es für eine »Straßendroge« –, und genau genommen war es gut möglich, dass ich noch nie welches gesehen hatte. Aber es war sonnenklar, dass Ashley high war.

»Ich komme jeden Tag her«, erklärte ich bestimmt. »Schon seit ungefähr sechs Monaten.«

»Ich komme schon viel länger her«, sagte sie. »Siehst du? Ich habe einen Stuhl hier.«

Sie griff unter den Wasserturm und zog einen rotweiß gestreiften Liegestuhl heraus. Er sah ziemlich alt aus.

»Du solltest dir auch eine Liege besorgen«, sagte sie.

Ashley hatte die Jahrgangsstufen neun und zehn nicht an der Glendale verbracht. Es gab alle möglichen Gerüchte darüber, wo sie angeblich gewesen war und warum, aber die harten Fakten kannte niemand. Die meisten glaubten, sie habe eine Art Nervenzusammenbruch erlitten, wobei einige behaupteten, Han Wo, ihr Wahlkampfhelfer und Austauschschüler, habe sie geschwängert und sie habe Zwillinge zur Welt gebracht. Nach ihrer Rückkehr war auf jeden Fall nicht zu übersehen, dass sie sich verändert hatte. Sie hatte ihren französisch geflochtenen Zopf an der Wurzel abgeschnitten und bot nun einen schockierenden Anblick, als wäre sie amputiert zurückgekehrt. Ihre Noten waren unterirdisch, und sie meldete sich niemals für irgendetwas freiwillig. Ich wollte mir einreden, Ashley habe die Glendale aus einer ganzen Reihe von Gründen verlassen, nicht etwa nur wegen der lächerlichen Jahrgangssprecherwahlen in der achten Klasse. Aber natürlich hatte ich sie nie gefragt. Ich bezweifelte, dass das überhaupt jemand getan hatte, auch ihre alten Freunde aus der Mathe-AG nicht. Ashley setzte sich in der Cafeteria nie zu den anderen. Sie holte sich immer nur einen Teller Essen und ging – wahrscheinlich kam sie damit hierher.

»Ich hab dich am Samstag bei Lance' Party draußen vor dem Haus gesehen«, sagte sie. »Du hast so getan, als würdest du telefonieren. Das war ziemlich durchgeknallt.«

Sie schüttelte den Kopf und lachte.

»Ich meine, du hast ausgesehen wie ein waschechter Irrer.«

»Ich muss gehen.«

»Mach dir keine Sorgen«, sagte sie. »Keiner hat dich gesehen. Außer mir.«

Ich griff nach meinem Notizbuch, aber sie war schneller.

»Gib's zurück!«, schrie ich. Eigentlich hatte das einschüchternd und bedrohlich klingen sollen, tatsächlich aber erinnerte es an die Quengelei eines Kindes.

»Gib's mir zurück«, wiederholte ich mit tieferer Stimme. Ashley ließ mein Notizbuch über der Dachkante baumeln und pfiff völlig schräg ein Spottlied. War sie stoned genug, es fallen zu lassen? Würde sie mich damit erpressen und zwingen, verrückte Drogen mit ihr zu rauchen? Ich glaubte nicht, dass es noch schlimmer kommen konnte – bis sie das Buch aufschlug und darin schmökerte.

»Überraschungstest Englisch? Verfluchte Scheiße.«

Ich fing stotternd an, mir irgendetwas zusammenzulügen, aber sie schien gar nicht zuzuhören.

»Wieso schummelst du denn da?«, fragte sie.

»Das ist so scheinheilig von dir«, stammelte ich. »Ich meine ... Du nimmst Drogen.«

Sie lachte.

»Ich hab nicht gesagt, dass du nicht schummeln darfst«, sagte sie. »Kommt mir aber so vor, als wär's ganz schön viel Arbeit, das ist alles. Ich meine, das ist wirklich nur ein winziger Test.«

Sie strich sich ihren hellbraunen Pony aus den Augen und lächelte mich an.

»Brauchst du Hilfe?«, fragte sie. »Komm, ich frag dich ab.«

Ich riss ihr das Buch aus der Hand und kroch wieder in den Leitungsschacht.

»Viel Glück«, sagte sie.

An der Tür kam mir Terry in einer Reitjacke und dazupassenden Stiefeln entgegen.

»Willkommen!«, sagte er.

»Danke«, sagte ich. »Waren Sie reiten?«

»Ich hab das Haus seit vier Tagen nicht verlassen«, sagte er. »Scone?«

»Nein, danke«, sagte ich. »Hören Sie, ich suche lieber mal Elliot. James hat mich in der Lobby abgeholt – schien wichtig zu sein.«

Terry zögerte.

»Elliot hat James nicht geschickt«, sagte Terry. »Er hat das, was man vorsichtig ausgedrückt als ›schlechten Tag‹ bezeichnet.«

»Ach«, sagte ich.

Das Gespräch stockte; gedämpft hörte ich von irgendwoher einen lauten Knall.

»Ich habe James geschickt«, sagte Terry fröhlich. »Nur weil Elliot unpässlich ist, heißt das ja noch nicht, dass ich keine Gäste empfangen darf.«

Er packte mich unsanft am Ellbogen.

»Wir gehen ins Arbeitszimmer«, sagte er. »Ich will dir eine unglaublich lange Geschichte erzählen.«

Es war erst halb vier, aber auf Terrys Schreibtisch standen bereits etliche Karaffen. Das ganze Arbeitszimmer war wahnsinnig unaufgeräumt – Bücher lagen auf dem Boden, Kissen durcheinander auf dem Sofa. Und der Bär trug einen von Terrys Zylindern.

»Ich sollte lieber gehen«, sagte ich. »Ich meine, wenn Elliot krank ist.«

»Unsinn!«, sagte Terry. »Also, mal nachdenken … Es muss eine geben, die du noch nicht kennst. Hab ich dir schon erzählt, wie ich mal einen 64er Bordeaux mit GHB, flüssigem Ecstasy, versetzt habe? Weswegen der Chefredakteur vom Wine Spectator bei seiner Neujahrsrede total betrunken wirkte?«

Ich nickte.

»Was ist mit der über die Party zu meinem vierzigsten Geburtstag? Wo sich die ganzen Rockbands gegen ihren Willen wiedervereinigen mussten?«

»Sie haben mir die Filmaufnahmen gezeigt«, sagte ich.

»Hab ich dir auch gesagt, was ich aus dieser hochnäsigen Literaturzeitschrift gemacht habe?«

»Sie meinen die Zeitschrift, von der Sie auf jeder Seite eine Anzeige gekauft haben? So dass ein Daumenkino draus wurde?«

»Ja, aber weißt du auch noch, was für ein Daumenkino?«

»Eins mit … Sex?«

Terry seufzte.

»Die guten hast du wirklich alle schon gehört.«

Ich war noch nie so früh am Tag in Terrys Arbeitszimmer gewesen. Es war seltsam, es in so hellem Licht zu sehen. Terrys Lederstuhl wirkte im strahlenden Sonnenlicht fast rot, und Staubpartikel wirbelten sichtbar durch die Luft. Terry nahm sich einen Scone, betrachtete ihn einen Augenblick und legte ihn wieder ins Körbchen. Er beugte sich zu mir vor.

»Wie geht's ihm?«, fragte er.

»Elliot? Dem geht's ... gut ... Ich denke, er ist krank.«

Terry nahm ein Taschentuch aus der Tasche und tupfte sich das aufgedunsene rote Gesicht. Ich verspürte plötzlich den Drang zu verschwinden, aber ich hatte keine Ahnung, wie ich das anstellen sollte, ohne unhöflich zu sein.

»Ich weiß, dass er krank ist«, sagte er. »Aber was sonst?«

Ich erinnerte mich an den Zettel, den mir Terry an meinem Geburtstag in der achten Klasse in das Geschenkpaket gesteckt hatte. Es hatte vier Jahre gedauert, aber jetzt führten wir endlich das Gespräch, um das er damals gebeten hatte.

Er musterte mich von oben bis unten, als müsse er etwas entscheiden.

»Na gut, Seymour«, sagte er endlich. »Hier ist eine, die du noch nicht kennst.«

»Meine Frau war deutlich jünger als ich. Die genaueren Zahlen erspare ich dir. Wir wollen es dabei belassen, dass der Altersunterschied so extrem war, dass sich der Priester weigerte, die Ehe zu schließen, obwohl ihm meine Familie den Bau seiner Kirche finanziert hatte.

Sie war eine Prinzessin; trotzdem errötete oder protestierte sie stets, wenn sie mit ihrem offiziellen Titel angesprochen wurde. Ich lernte sie auf einer Hochzeit (oder war es eine Beerdigung?) in Monte Carlo kennen – ich war viel zu verzaubert, um außer ihr noch etwas wahrzunehmen. Auf dem Cortile del Belvedere im Vatikan steht eine Statue aus reinem Gold, nach ihrem Vorbild gefertigt. Laut Inschrift handelt es sich um die Jungfrau Maria. Der Papst hatte den

Bildhauer gebeten, meine junge Frau dafür Modell stehen zu lassen. Ihr Gesicht war so schön, dass es automatisch Anbetung verlangte.

Sie hatte keine ordentliche Schulausbildung, zumindest nicht im akademischen Sinne, war aufgewachsen in einem Schloss, von Dienstboten erzogen. Sie konnte Harfe spielen, aber nicht Auto fahren. Sie sprach fließend Spanisch, Deutsch, Französisch und Englisch, aber zum Zählen musste sie ihre Finger benutzen.

Was natürlich absolut hinreißend war. Ihr Vater war sehr alt – sie war sein elftes Kind. Nach unserer Heirat bot ich ihr an, Pflegepersonal für ihn einzustellen, doch sie bestand darauf, dass er zu uns zog. Sie wollte sich persönlich um den alten Mann kümmern. Bei seinem Einzug war er bereits nicht mehr bei Verstand. Er war ein hochdekorierter Veteran des Zweiten Weltkriegs – hatte 1939 unter Charles de Gaulle das Croix de Guerre erhalten – und war felsenfest davon überzeugt, es herrsche immer noch Krieg. Angewidert blätterte er die Boulevardzeitungen durch, entrüstet, weil nirgends über die Auseinandersetzungen in Europa berichtet wurde. Da seine Wahnvorstellungen anhielten, berief meine Frau eine Hausversammlung ein und flehte die Dienstboten an, ihrem Vater nicht zu widersprechen. Wenn er darum bat, über den aktuellen Stand aufgeklärt zu werden, sollten sie sagen: ›Die russische Armee rückt immer näher‹ oder ›Hitler ist auf der Flucht‹. Wenn er Frauen mit Nylonstrümpfen sah, rastete er jedes Mal aus, weil diese aus ›kriegswichtigem‹ Material gefertigt wurden. Also verbot meine Frau das Tragen von Strümpfen im Haus. Außerdem wurden Fernseher verbannt, da mein Schwiegervater diese als verwirrend empfand. In jenem Jahr tobte bei uns der Zweite Weltkrieg, und auf dem

Totenbett erklärte sie ihm, dass wir gewonnen hatten. So eine Frau war sie.

Wenige Jahre nach Elliots Geburt wurde sie auf einer Kreuzfahrt nach Griechenland ohnmächtig. Sie war an Deck gegangen, um Luft zu schnappen, und wäre ich ihr nicht gefolgt, wer weiß, wie lange sie dort gelegen hätte. Der Schiffsarzt, ein inkompetenter Idiot, verschrieb ihr Aspirin. Und der Kapitän, der dem Sachverstand des Mediziners vertraute, weigerte sich, den Kurs zu ändern. Ich redete auf ihn ein, versuchte, ihn mit vernünftigen Argumenten zu überzeugen, bedrohte sein Leben – aber er gab nicht nach. Zum Schluss einigten wir uns auf einen Betrag um die 400 000 Dollar. Binnen einer Stunde gingen wir vor Anker und nahmen ein Taxi zum nächsten Krankenhaus. Meine Frau behauptete beharrlich, es ginge ihr besser, aber ich wollte kein Risiko eingehen.

Es stellte sich heraus, dass sie ein Nierenproblem hatte, das seit geraumer Zeit unbemerkt geblieben war. Sämtliche Ärzte, die ich einfliegen ließ, waren übereinstimmend der Ansicht, sie brauche ein Spenderorgan, und zwar innerhalb weniger Wochen. Der beste Spezialist, ein Chirurg in der Park Avenue, erklärte mir, in den Vereinigten Staaten herrsche Organknappheit – und meine Frau müsse sich zunächst auf eine offizielle Warteliste eintragen. Ich nickte und zückte meine Brieftasche, in der Annahme, er habe es auf ein Schmiergeld abgesehen. Doch offensichtlich gab es diese Liste wirklich, und es führte kein Weg daran vorbei.

Innerhalb weniger Stunden stellte James eine Verbindung zu einem mit Auszeichnungen überhäuften Professor aus Oxford her, einem gewissen Dr. Highsmith. Er hatte als medizinischer Berater der Königlichen Familie und anderer

Adliger fungiert, bis man ihm Bestechlichkeit nachwies und die Lizenz entzog. Nachdem ich seine Referenzen gründlich geprüft hatte, jettete ich nach England und überreichte ihm einen Blankoscheck.

Achtundvierzig Stunden später rief der Arzt aus Thailand an. Dort hatte er ein abgelegenes christliches Kloster gefunden, in dem vierzig Nonnen demütig und enthaltsam lebten, weshalb sie sich hervorragender Gesundheit erfreuten. Acht hatten dieselbe Blutgruppe wie meine Frau, und vier davon waren wiederum arm genug, um eine Niere verkaufen zu wollen. Er verglich ihre Daten mit denen meiner Frau – das Alter, die genetische Vorgeschichte etc. Doch schließlich räumte er ein, er sei erst in der Lage, die Qualität ihrer Nieren verbindlich bestimmen zu können, wenn er sie aus ihren Körpern entfernt und untersucht habe. Er konnte nicht entscheiden, welche Nonne aufgeschnitten werden sollte.

Bis zu jenem Augenblick hatte ich Dr. Highsmith für einen bemerkenswert unsentimentalen Mann gehalten, der mir auf Augenhöhe begegnete. Doch als ich vorschlug, er solle alle vier Nieren entfernen und anschließend die beste auswählen, protestierte er.

›Was soll Ihrer Meinung nach mit den übrigen drei geschehen?‹, fragte er.

›Verschenken Sie sie‹, sagte ich. ›An irgendein Armenkrankenhaus.‹

›Man würde uns erwischen‹, sagte er.

›Dann behalte ich sie eben auf Vorrat‹, sagte ich. ›Falls meine Frau noch mal Ersatz braucht.‹

›Das sind keine Steaks‹, sagte er. ›Die halten sich nicht.‹

›Dann werfen Sie sie in den Müll‹, sagte ich. ›Stecken Sie die Dinger in einen Müllsack und ab in die Tonne.‹

Es entstand eine lange Pause.

›Sir‹, sagte er. ›Organhandel verstößt sowieso schon gegen sämtliche Gesetze. Aber Organe zu kaufen und wegzuwerfen …‹

Ich dachte daran, wie meine wunderbare junge Frau mit ihrem alten Herrn über den Vormarsch der stalinistischen Armeen geplaudert hatte.

›Ich habe keine Zeit für so etwas‹, sagte ich. ›Teilen Sie mir Ihre Entscheidung in den nächsten zehn Sekunden mit.‹

Ich wollte gerade auflegen, als ich hörte, wie er sich räusperte.

›Also gut‹, sagte er. ›Aber das treibt mein Honorar in die Höhe.‹

Und so flogen wir nach Thailand. Wir bestachen Staatsbeamte, erwarben die nötigen Gerätschaften, engagierten einen fachkundigen Arzt und kauften die richtigen Nieren, wir wählten die beste aus und warfen die anderen weg. Meine Frau starb trotzdem.«

Terry brachte seine Zigarre erneut zum Glühen und rauchte gelassen weiter.

»Das war eine schreckliche Geschichte«, sagte er. »Ich hätte dir lieber die mit dem Bären erzählen sollen.«

Er machte eine Handbewegung in Richtung des riesigen ausgestopften Tiers.

»Die ist lustiger.«

»Wie alt war Elliot?«, fragte ich. »Als das passiert ist?«

Terry zuckte mit den Schultern.

»Wer weiß das schon bei dem?«

»Die Geschichte hat er mir nie erzählt«, sagte ich.

»Er kennt sie gar nicht«, sagte Terry. »Eines Tages, hoffe ich, wird er drauf kommen, danach zu fragen.«

Er schenkte sich großzügig ein.

»Weißt du, ich bespitzele ihn nicht«, sagte er.

»Was?«

»Ich könnte problemlos einen Spitzel auf ihn ansetzen«, sagte er. »Für mich arbeiten drei fest angestellte Privatdetektive. Ich könnte ihn ohne Weiteres beschatten lassen, tue es aber nicht. Nicht mehr. Weil es mir egal ist, Seymour. Es könnte mir nicht egaler sein. James schreibt jede Woche einen Bericht – schon seit Jahren –, und ich werfe die Berichte weg. Sie wandern allesamt in den Müll.«

Die Sonne war untergegangen, aber Terry hatte kein Licht eingeschaltet.

Ich stand auf und durchquerte das halbdunkle Arbeitszimmer.

»Bleib!«, sagte er. »Setz dich und trink einen Brandy.«

»Es ist schon spät«, sagte ich.

»Ich erzähl dir die Geschichte von dem Bären«, sagte er. »Die ist gut!«

»Ich muss wirklich …«

»Sie spielt im Zirkus, und eine dicke Lady kommt auch drin vor.«

»Ich sollte wirklich gehen …«

»Hat mit Sex zu tun.«

»Ich kann nicht.«

»Möchtest du vielleicht … ein Gemälde sehen? Ich zeig dir eins aus meiner Sammlung – eins, das noch keiner gesehen hat!«

»Mr. Allagash, es tut mir leid, aber ich muss nach Hause. Meine Eltern machen sich bestimmt schon Sorgen.«

Terry zuckte ein paar Mal nervös mit den Augen und grinste breit.

»Schön«, sagte er. »Auch gut. Völlig in Ordnung.«

Ich ging in den Flur, die Helligkeit brannte in meinen Augen, und ich schloss die schwere Tür hinter mir.

Solange ich denken konnte, kommunizierten meine Eltern über Klebezettel mit mir. Normalerweise brachten sie pro Tag zwei oder drei Mitteilungen an, wer angerufen hatte oder welches Essen für mich im Kühlschrank stand. Die Botschaften ließen vielsagend darauf schließen, was meine Eltern von mir hielten. Dabei kam es weniger darauf an, was tatsächlich draufstand – auf den winzigen gelben Zettelchen konnte man nur eine begrenzte Anzahl von Worten unterbringen. Entscheidend war eher, wo sie platziert waren. Als ich in der achten Klasse war, klebten sie die Post-its beispielsweise in den Schrank mit den Keksen, weil dies der einzige Ort in der Wohnung war, von dem sie wussten, dass ich dort nachsehen würde. Als ich die Highschool besuchte, gingen sie dazu über, sie an meinem Bücherregal zu befestigen – weil sie mich offensichtlich für einen Streber hielten. Vor nicht allzu langer Zeit jedoch hatten sie angefangen, mir Post-its an den Spiegel zu hängen.

Elliot hat angerufen – fünf Mal
Jessica hat angerufen

Den oberen Zettel ignorierte ich und starrte stattdessen den unteren an, in der festen Überzeugung, mich verlesen zu haben. Woher hatte Jessica meine Nummer? Im Klassentelefonbuch stand immer noch die unserer alten Wohnung. Ich schälte das Zettelchen vom Spiegel und hielt es ins Licht. Es wog unerklärlich schwer in meiner Hand, als hätte Jessicas Name dem Papier zusätzliches Gewicht verliehen.

Ich zog das Telefonbuch aus dem Regal, schlug ihre Nummer nach und wählte.

»Laura?«, fragte sie.

»Äh, nein«, sagte ich. »Hier ist Seymour.«

»Wer?«

»Seymour?«

»Oh!«

»Du hast angerufen, oder?«

»Ach, ja! Mr. Hendricks hat mir deine Nummer gegeben. Er meinte, ich bräuchte Nachhilfe vor der Französischklausur, deshalb hab ich gesagt: ›Was ist mit Seymour? Der weiß doch alles!‹ Und er meinte: ›Okay!‹ Also hab ich dich angerufen!«

Ich bedeckte die Hörmuschel und räusperte mich.

»Kaum zu fassen, wie viele Klausuren geschrieben werden«, warf ich versuchsweise ein. »Echt öde.«

Jessica lachte. Es klang seltsam, als würden Münzen aus einem Spielautomaten regnen.

»Hör auf«, sagte sie kichernd. »Hör auf! Lass das!«

Ich hörte ein Rascheln, gefolgt von gedämpftem Quieken.

»Jessica?«

»Tschuldigung«, sagte sie keuchend. »Lance ist ein Blödmann.«

»Oh«, sagte ich.

»Hast du am Mittwoch Zeit? Wir schreiben die Klausur am …«

Sie quiekte erneut – diesmal lauter – und ließ das Telefon fallen. Jetzt konnte ich beide Stimmen hören, aber zu dumpf, um etwas zu verstehen. Am liebsten hätte ich aufgelegt, wollte aber nicht unhöflich sein. Also blieb ich einfach ein paar Minuten sitzen und wartete, bis sie fertig waren – was auch immer sie da gerade machten.

Auf keinen Fall konnte ich Jessica Nachhilfe geben – das würde in einer Katastrophe enden. Wie sollte ich ihr eine Sprache beibringen, die ich selbst nicht beherrschte?

Jessica seufzte in den Hörer.

»Tschuldigung«, sagte sie.

»Hör zu, Jessica – ich glaube, ich kann nicht.«

»Was?«

»Ja, ich hab einfach zu viel um die Ohren.«

»Okay, was ist mit Dienstag?«

»Nein, ich kann überhaupt nicht. Und jetzt muss ich Schluss machen.«

»Ach, okay. Hey, tut mir leid, ich wollte nicht nerven! Ich hab nur gedacht, weißt du, weil du doch so gut in Französisch bist ...«

»Ja, schon klar. Aber ich muss jetzt Schluss machen. Tschüs.«

»Okay, tschüs ...«

Ich klappte mein Handy und das Telefonbuch zu und warf den Klebezettel in den Müll. Ich hätte wissen müssen, dass sie deshalb angerufen hatte – warum auch sonst? Ich stellte sie mir in Mr. Hendricks' Büro vor, wie sie mit ernster Miene meine Nummer notierte. Und Lance, der Gott weiß was mit ihr anstellte, während sie wählte. Aber ich hatte keine Zeit, darüber nachzudenken – ich hatte ganz andere Probleme. Wenn Jessica Mr. Hendricks erzählen würde, dass ich mich geweigert hatte, ihr zu helfen, würde er wissen wollen, warum. Ich brauchte ein hieb- und stichfestes Alibi, damit er nicht noch misstrauischer wurde, als er es sowieso schon war. Ich zog mein Notizbuch und einen Bleistift aus der Tasche und rief Elliot an.

»Wo warst du?«, wollte er wissen. »Ich hab dich auf dem Handy angerufen, zu Hause, hab Nachrichten auf deine Mailbox gesprochen und mit deiner Mutter telefoniert ... Ich meine, ich natürlich nicht. James hat das in meinem Auftrag erledigt. Seit vier Stunden liege ich in der heißen Wanne. Aber trotzdem, James hätte sich in der Zeit neue Cocktails für mich ausdenken können.«

»Wir haben ein Problem«, sagte ich. »Jessica hat angerufen und ... Sie hat mich gebeten, ihr Nachhilfe zu geben. Ich hab's abgelehnt, aber wenn Mr. Hendricks das mitbekommt ...«

»Grundgütiger«, sagte Elliot. »Deshalb bist du so aus dem Häuschen?«

»Ich spreche kein Französisch, Elliot!«

Er lachte.

»Deinem Tonfall entnehme ich, dass es weniger um Hendricks als um Jessica geht.«

»Wovon redest du?«

»Das kannst du mir ruhig zugestehen, Seymour. Du hast gedacht, für den Bruchteil einer Sekunde, dass sie vielleicht angerufen hat, weil ...«

»Elliot ... Die Sache ist ernst, okay? Meine Lehrer schöpfen Verdacht.«

Ich sah nach, ob meine Tür verschlossen war, und fuhr flüsternd fort.

»Ich bin nicht wie du, okay? Für mich macht es einen Unterschied, ob ich die Leute belüge oder nicht.«

Elliot schnaubte verächtlich.

»Glaubst du, ich stehe nicht unter Beobachtung? Komm schon. Terry hält meine Anwesenheitsbilanz an der Glendale für ›herausragend‹. Ich muss James jede Woche bestechen, damit er seine ›Berichte‹ fälscht.«

»Das ist was anderes. Ich meine, dein Vater liest die Berichte nicht mal.«

Pause.

»Wie meinst du das?«, fragte er.

»Er wirft sie weg. Hat er mir selbst gesagt.«

»Wann hat er mit dir über mich gesprochen? Was hat er noch gesagt?«

»Interessiert dich das wirklich?«, fragte ich.

»Natürlich nicht!«, sagte er. »Ich war nur neugierig, aber vergiss es.«

Jemand klopfte an meine Tür.

»Ich muss auflegen, Elliot – es gibt Essen.«

»Jetzt sofort?«

»Wir reden ein anderes Mal weiter.«

»Halt! Warte. Ich helfe dir bei dieser Sache mit Hendricks.«

»Jetzt nicht.«

»Ich hab die Lösung, aber sie ist kompliziert. Komm her, und wir überlegen uns was.«

»Kann nicht. Muss Schluss machen.«

»Das wird dir gefallen, Seymour! Ich hab mir's aufgehoben – die perfekte Möglichkeit, ihm das Genick zu brechen!«

»Mach's gut, Elliot.«

»Aber …«

»Mach's gut.«

Wollte man nachvollziehen, welche Dynamiken innerhalb der Familie Allagash am Werke waren, so glich dies dem

Versuch, ein kompliziertes mathematisches Problem zu lösen: Wenn Terry James x Dollar dafür zahlte, dass er ihm wöchentlich über seinen Sohn Bericht erstattete, und Elliot James y Dollar überwies, damit er diese Berichte fälschte, die Terry anschließend in den Papierkorb warf, wer hatte dann die Nase vorn? Wieviel hätten sie sparen können, hätten sie einfach miteinander geredet? Wieso hatten sie sich so weit voneinander entfernt?

All diese Fragen stellte ich mir an jenem Abend, als ich schweigend mit meinen Eltern beim Essen saß.

»Das hier ist so krank, das übertrifft alles andere«, sagte Ashley.

»Mag sein«, sagte ich. »Aber die Daten können uns trotzdem noch nützlich sein.«

»Das sind Aufzeichnungen darüber, wie oft Mr. Billings scheißen geht.«

»Du hast gesagt, du willst mir helfen«, sagte ich und riss ihr mein Notizbuch aus der Hand.

»Ich helf dir ja«, sagte sie. »Aber du musst mir schon sagen, warum du so was aufschreibst.«

Ich zeigte mit dem Finger auf sie.

»Wenn du irgendjemandem auch nur das Geringste hiervon erzählst …«

Sie lachte.

»Ich weiß, ich weiß, gedroht hast du mir schon.«

»Eigentlich sollte ich überhaupt nicht mit dir sprechen«, sagte ich. »Ehrlich, ich weiß nicht, warum ich mit dir rede.«

»Seymour, warum sollte ich dich verraten?«, fragte sie. »Mir würde doch sowieso niemand glauben.«

Ich zögerte.

»Okay. Aber unterbrich mich nicht.«

Ich schlug das Buch auf und lehnte es an die Wand des Wasserturms.

»Mr. Billings ist Archivar an dieser Schule. Das bedeutet, er bekommt ein Vorabexemplar von jedem Test und jeder Prüfung.«

»Wirklich?«

»Ja, damit er die Fragen aufbewahren kann, falls später noch einmal jemand was nachsehen möchte. Außerdem bekommt er von jedem Schüler eine Kopie seines Zeugnisses.«

»Wow.«

»Du sagst es. Deshalb ist es also ganz offensichtlich interessant zu erfahren, wann er nicht in seinem Büro ist.«

»Damit du seinen Schreibtisch aufbrechen kannst.«

Ich zögerte.

»Herrgott nochmal, Seymour, mach dich locker!«, sagte sie. »Hier oben ist niemand.«

»Okay. Na ja … Im Prinzip gibt es zwei wichtige Informationen über ihn. Erstens, dass er immer um halb eins zu Mittag isst. Zweitens, dass er unter einem Reizdarmsyndrom leidet. Nach dem Mittagessen sucht er unverzüglich die Toilette im fünften Stock auf, meistens zehn Minuten lang. An diesen Tagen aber …«

Ich zeigte auf den Kalender.

»Geht er in den elften Stock. Eine halbe Stunde lang.«

»Warum?«

»Ich glaube, weil die Toilette abgelegener ist. In den elften Stock gelangt man nur über den Treppenaufgang B, und den benutzt fast niemand. Ich glaube, er möchte ungestört sein.«

»Nein, ich meine, warum braucht er an diesen beiden Tagen länger? Was ist da anders als sonst?«

»Tja«, sagte ich. »Da gibt es Pizza.«

Sie lachte laut auf, lachte weiter und mit jedem Atemzug lauter.

»Ashley!«, flüsterte ich. »Schhhh!«

Sie kniff die Augen zusammen und trommelte mit beiden Fäusten gegen den Wasserturm. Ich flehte sie an, sich zu beruhigen, doch meine Ermahnungen ließen sie nur umso lauter lachen.

»Was ist daran so lustig?«

Sie wollte antworten, doch jedes Mal, wenn sie nach Luft schnappte, erlag sie einem neuen Anfall. Schließlich schnappte sie sich meinen Bleistift und kritzelte etwas auf meine Liste.

Er isst die Pizza trotzdem!

Das war in der Tat erstaunlich; Mr. Billings wusste ganz genau, was Pizza bei ihm bewirkte, aber zwei Mal im Monat schlug er alle Vorsicht in den Wind und ließ es sich schmecken.

Ashley sackte völlig erschöpft auf den Liegestuhl. Mit offenem Mund lag sie keuchend da. Endlich kam sie wieder zu Atem. Doch als sie die Augen öffnete und mich ansah, gab es erneut kein Halten mehr – und dann lachten wir beide, trampelten mit den Füßen auf den Boden. Sie schubste mich, und ich packte sie an beiden Handgelenken, damit sie aufhörte. Wir versuchten uns zusammenzureißen, doch jedes Mal, wenn wir uns in die Augen sahen, brach es wieder aus uns heraus. Als wir endlich fertig waren, tat mir der Bauch weh, als hätte ich gerade hundert Rumpfbeugen gemacht. Ich hatte Tränen in den Augen.

»Hat sich Elliot das mit der Liste ausgedacht?«, fragte sie, nachdem wir wieder zu Atem gekommen waren.

»Eigentlich war das hauptsächlich meine Idee.«

»Na ja, die ist ziemlich gut«, sagte sie.

Ich wurde rot.

Wir gingen die Antworten für Douglas' Abschlussklausur in Geschichte durch, bis in der Ferne die Schulglocke ertönte.

»Willst du was Verrücktes hören?«, fragte ich, bevor wir uns an den Abstieg durch den Schacht machten. »Bis eben hätte ich nie gedacht, dass die Liste auch was Komisches haben könnte.«

Ashley nickte ernst.

»Das ist wirklich verrückt«, sagte sie.

Elliot kurbelte den Speiseaufzug herauf und nahm zwei Sachen heraus: ein altes Handy und die Gelben Seiten. Er schlug Letztere auf der Seite mit den »Callboys« auf, schnappte sich das Handy und begann, wahllos Nummern zu wählen. Nach ungefähr fünf Anrufen legte er Verzeichnis und Telefon wieder in den Speiseaufzug und kurbelte ihn nach unten. Anschließend zückte er sein Feindebuch, schraubte seinen Füller auf und malte ein kleines Häkchen hinter einen der Namen.

»Ein Kellner«, erklärte er. »Wollte meine Aussprache korrigieren.«

»Ach«, sagte ich.

Elliot wischte sich mit einem rosafarbenen Taschentuch theatralisch über das Gesicht. Ich spürte, dass er weitere Fragen von mir erwartete. Zum Beispiel: »Wie bist du an das Handy des Kellners gekommen?« Oder: »Welche Konsequenzen werden deine Anrufe für sein Leben haben?« Aber ich war nicht in der Stimmung, mir eine Geschichte anzuhören.

Dies war seit knapp zwei Wochen mein erster Besuch bei Elliot zu Hause. Ich ging ihm nicht aus dem Weg, jedenfalls nicht bewusst. Ich war nur nicht mehr so sehr auf seine Hilfe angewiesen wie früher. Die seltsame Identität aufrechtzuerhalten, die Elliot für mich erfunden hatte, bedeutete zwar harte Arbeit, aber ich hatte alles im Griff. Und außerdem würde ich nicht mehr lange so weitermachen müssen. In nur 94 Tagen würde ich aufs College wechseln und dort ein neues Leben als anonymer Erstsemesterstudent beginnen, fern aller Bekannten von der Glendale und dem Druck, den diese für mich bedeuteten. Ich würde den Campus betreten, die letzten Jahre hinter mir lassen und endlich wieder ich selbst sein.

»Mr. Hendricks hat kein Wort mehr über die Nachhilfestunden verloren«, sagte ich. »Eine Sache weniger, die uns Sorgen macht.«

Elliot ignorierte mich.

»Rindertartar?«, fragte er. »Muscheln Casino-Art?«

Ich schüttelte den Kopf.

»James meinte, du hättest mir etwas zu sagen? Was Wichtiges?«

Elliot kicherte.

Die Ringe unter seinen Augen hatten eine dunkelblaue Färbung angenommen, und ich entdeckte Venen auf seiner Stirn, die sich wie rote Bindfäden zogen.

»Ein neuer Plan«, sagte er.

Ich schüttelte den Kopf.

»Ich hab keine Zeit«, sagte ich.

»Okay«, erwiderte Elliot.

Ich hustete leicht verdutzt ob seines Einverständnisses.

»Gut«, sagte ich. »Dann bis später, denke ich.«

»Ja, bis später«, sagte er.

Ich nahm meinen Mantel, knöpfte ihn zu und ging zur Tür.

»Was war's denn?«, fragte ich, plötzlich doch neugierig.

»Was war was?«

»Der Plan?«

»Ach«, sagte Elliot. »Nichts Großartiges.«

»Was mit der Schule?«

»Nee«, sagte er. »Hatte mit Jessica zu tun.«

Ich machte wieder einen Schritt zurück ins Zimmer.

»Wegen – der Nachhilfestunden?«

»Nein«, sagte Elliot. »Unabhängig davon.«

Er grinste spöttisch.

»Sie gehört dir«, sagte er. »Wenn du sie willst.«

Ich schluckte.

»Wie meinst du das?«

»Ich denke, du weißt, wie ich das meine.«

Mein Herz schlug so schnell, dass ich glaubte, es könne aus dem Takt geraten. Das Gefühl hatte ich seit der achten Klasse nicht mehr gekannt, als Elliot aufgetaucht war und mir die Welt zu Füßen legte.

»Was muss ich dafür tun?«

Elliot grinste.

»Alles, was ich dir sage.«

Ich folgte Elliot den Gang entlang und in den quietschenden vergitterten Fahrstuhl hinein. Er betätigte die Handkurbel, und wir schaukelten hinauf ins oberste Stockwerk des zehnstöckigen Hauses.

»Ich glaube nicht, dass ich schon mal hier oben war«, sagte ich.

»Warst du auch nicht«, sagte er.

Die Fahrstuhltür öffnete sich und gab den Blick in einen langen schmalen Flur frei. Hier gab es keine Lampen, aber der Mond schien hell genug durch die Oberlichter in der Decke. Dutzende von Porträts säumten die Wände. Einige davon waren so alt, dass sie an der Oberfläche bereits rissig wurden. Anhand der Kleidung der Porträtierten konnte ich darauf schließen, dass die Gemälde chronologisch angeordnet waren. Die Herablassung in den Gesichtern ließ erkennen, dass es sich samt und sonders um Allagashes handelte.

Ich ging zum ersten Porträt, dem eines düster dreinblickenden Königs mit pechschwarzem Bart. Er hielt ein Schwert in der rechten Hand. In der linken Weintrauben. Auf einem kleinen bronzenen Täfelchen war »1254« als Datum angegeben.

»Ist das der erste Allagash?«, fragte ich.

Elliot schüttelte den Kopf.

»Das ist eine Fälschung«, sagte er.

»Du meinst, das Porträt ist nicht echt?«

»Nein«, sagte Elliot. »Es handelt sich um keine echte Person. Keiner von denen hier hat wirklich existiert.«

Er führte mich den Gang entlang, vorbei an den Allagashes der Renaissance und des viktorianischen Zeitalters.

»Terry hat sie alle erst vor wenigen Monaten in Auftrag gegeben. Um irgendeine Gräfin zu überlisten, Gott weiß was für ihn zu tun.«

»Warum ist ihr seine Familie so wichtig?«, fragte ich.

»Weil sie eine Frau ist«, sagte Elliot, »und weil sich Frauen leicht verwirren lassen. Jessica bildet da keine Ausnahme.«

Es war seltsam, Elliot von Jessica als von einer »Frau« sprechen zu hören. Meiner Vorstellung nach war sie ein

Mädchen durch und durch. Das Wort »Frau« hatte ich nur ein einziges Mal in den Mund genommen, nämlich als im Geschichtsunterricht die Suffragetten auf dem Lehrplan standen.

»In den Köpfen der Frauen herrscht das reinste Chaos«, fuhr Elliot fort. »Sie glauben, sie fühlen sich zu Ehrbarkeit, Begabung oder Herkunft hingezogen, dabei ist es doch immer nur dasselbe, was sie anmacht: Geld.«

Wir hatten uns auf eine Mahagonibank gesetzt, einem mittelalterlichen Allagash in voller Rüstung gegenüber. Er blutete aus einer Wunde in der Brust und schwang eine Fahne.

»Ich weiß nicht, Elliot«, sagte ich, »es muss doch ein paar Mädchen geben ... Oder, weißt du, Frauen, die sich auch für andere Sachen interessieren. Außer für Geld.«

»Natürlich gibt es die«, sagte er. »Frauen schätzen alles Mögliche: Ruhm, Wissen, Eleganz, Manieren, Aussehen, Macht, Können. Aber das sind die schwächeren Währungen, so wie Rubel, Francs und Schekel. Mit harter amerikanischer Münze lässt sich das alles kaufen.«

Er starrte mich mit einer Intensität an, die mir verriet, dass ein längerer Vortrag anstand.

»Frauen befinden sich geistig auf dem Niveau von Vögeln. Kaum sehen sie etwas, das glänzt, wollen sie es haben – aber sie begreifen nicht, warum. Manche Frauen glauben beispielsweise, sie würden Diamanten mögen. Dabei sind das einfach nur Steine! In Wirklichkeit finden Frauen das Geld attraktiv, das diese Diamanten wert sind.«

Peinlich berührt dachte ich an meine Mutter. Mein Vater hatte ihr einmal zum Geburtstag eine Halskette mit Diamanten geschenkt, und ihre Hände hatten vor Aufregung so stark gezittert, dass sie den Verschluss nicht alleine zubekam.

»Frauen bezeichnen Männer als ›gebildet‹, ›intelligent‹ oder ›selbstbewusst‹«, sagte Elliot. »Tatsächlich meinen sie ›reich‹.«

Ich dachte an Lance. Er war wohlhabend, aber nicht so wohlhabend wie ein paar andere Jungs in unserer Klasse. Jessica mochte Lance aus anderen, wichtigeren Gründen.

»Und was ist, wenn man ein Instrument richtig gut beherrscht?«, fragte ich. »Das kann man nicht einfach so kaufen. Musikalisches Talent ist angeboren.«

Elliot lächelte herablassend.

»Ah«, sagte er. »Talent!«

Er stand auf und ging auf und ab.

»Lance war in der glücklichen Lage, sich eine Gitarre und einen Verstärker kaufen und ausreichend Stunden nehmen zu können, so dass er jetzt einigermaßen versiert wirkt. Sein Talent hat seine Eltern nicht mehr als fünftausend Dollar gekostet. Überleg mal, wie viel Talent ich kaufen könnte.«

»Wie meinst du das?«

»Lance ist eine Eintagsfliege«, sagte er. »Dein Album hingegen wird bei den Kritikern ebenso wie kommerziell ein sensationeller Erfolg.«

»Welches Album?«

Elliot griff in die Tasche und überreichte mir eine CD.

»James hat gestern Nacht ein paar Stücke geschrieben«, sagte er. »Das Album heißt *The Seymour Herson Project*.«

»Elliot, ich kann nicht mal ein Instrument spielen!«

»Ich weiß«, sagte er. »Deshalb hatte ich auch keine andere Wahl, als dich zum Experimental-Genie zu machen.«

»Was zum Teufel soll das heißen?«

»Das Album besteht größtenteils aus Klangeffekten. Und gesprochener Poesie.«

»Oh Gott«, sagte ich. »Das klingt grauenhaft.«

»Die Texte sind französisch.«

»Was? Warum?«

»Damit keiner merkt, ob sie was taugen oder nicht. Übrigens: Wenn dich jemand fragt, was sie bedeuten, dann sagst du, sie sind ›existentialistisch‹.«

Er schüttelte den Kopf.

»Lächerlich, dass wir uns so weit herablassen müssen«, nuschelte er. »Im alten Rom musizierten nur die Sklaven – die Kaiser wurden verrückt.«

»Elliot ... Ich glaube wirklich nicht, dass das funktioniert. Ich meine, wer will sich denn so was anhören?«

Er verdrehte die Augen.

»Wenn Joe Kennedy seinen syphiliskranken Sohn erst zum Bestsellerautor und anschließend zum Präsidenten der Vereinigten Staaten machen konnte, dann wird es mir ja wohl noch gelingen, dich als Avantgardekünstler zu verkaufen.«

Ich legte die CD auf die Bank.

»Ich glaube nicht, dass ich das machen will«, sagte ich. »Das ist zu viel. Das mit der Schule ist in Ordnung ... Nicht mehr lange, und dann bin ich raus. Aber mit so was kann ich mir das ganze Leben versauen.«

»Zwei Anmerkungen«, sagte Elliot. »Erstens: Es ist zu spät. Ich habe das Demo-Tape bereits an sämtliche Trendsetter in Williamsburg verschickt.«

»Oh Gott.«

»Zweitens: Es wird funktionieren.«

Er zog die Fahrstuhltür auf und schob mich hinein.

»Vertraust du mir?«

Ich antwortete nicht.

»Seymour, ich habe nie etwas getan, das nicht zu deinem Vorteil war.«

Er beugte sich so dicht an mich heran, dass sich unsere Gesichter praktisch berührten.

»Vertraust du mir oder nicht?«

Ich nickte kraftlos.

»Na gut«, sagte er und holte tief Luft. »Okay.«

Er kurbelte, und der Fahrstuhl setzte sich in Bewegung.

»Ab nach unten.«

Leise eilte ich durch das Wohnzimmer und mied den Blickkontakt zu meinen Eltern. Dann schloss ich meine Tür ab, setzte Kopfhörer auf und schob ängstlich Elliots CD in meine Anlage.

Ich kannte Elliot Allagash jetzt seit über vier Jahren. Ich fürchtete mich vor ihm noch immer wie am ersten Tag, aber ich bildete mir ein, dass ich mich an ihn gewöhnt hatte und er mich nicht mehr schockieren konnte. Ich bildete mir ein, die schlimmsten Seiten seines Wahns bereits kennengelernt zu haben.

Ich holte tief Luft und drückte auf Play.

The Seymour Herson Project begann mit einer langen Passage Ambient Sound. Nach ungefähr vierzig Sekunden heulte eine Sirene, dazu kamen Pistolenschüsse. Die Geräusche wurden vom Lachen eines Kindes und der amerikanischen Nationalhymne unterbrochen. Irgendwann setzte schließlich eine elektronisch verfremdete Stimme ein, die blitzschnell einen Monolog in französischer Sprache rezitierte. Laut Tracklist trug der Song den Titel *Rape*.

Das Demo war entwürdigend. Als ich den Kopfhörer absetzte, fühlte ich mich aber auch irgendwie erleichtert. Es war egal, wie viele Demobänder Elliot verschickt hatte: Auf gar keinen Fall würde derart lachhafte Musik Hörer finden. Jessica würde niemals auch nur von ihrer Existenz erfahren, Elliot würde den Plan zu den Akten legen, und mein Leben würde zumindest ansatzweise wieder in normalen Bahnen verlaufen.

Eigentlich hätte ich es zu diesem Zeitpunkt bereits besser wissen müssen.

»Ich hab deinen Song im Radio gehört«, sagte Lance. »Coole Sache.«

»Er hat nicht kapiert, dass es sich um eine Allegorie handelt«, meinte Jessica.

»Doch, hab ich«, sagte Lance und funkelte sie böse an. »Das wollte ich gerade sagen, als dieser Kritiker dazwischengequatscht hat.«

»Na klar«, sagte Jessica.

Lance knirschte mit den Zähnen und schlurfte aus der Cafeteria.

»Gar nichts hat er kapiert«, sagte Jessica und lächelte mich spitzbübisch an. »Aber ich.«

Sie trug eine gefährlich tief sitzende Jogginghose. Ich versuchte, keine Stielaugen zu bekommen, als sie den Hosenbund hochzog, der ihre geschwungenen Hüftknochen kaum bedeckte.

»Der Typ im Radio meinte, der Song sei existentialistisch«, sagte sie. »Stimmt das?«

Es folgte eine längere Pause.

»Ja«, erwiderte ich schließlich. »Klar.«

Jessica schürzte die Lippen und nickte nachdenklich.

»Na ja, ich muss weiter«, sagte sie und verdrehte die Augen in Lance' Richtung.

Ein aufgestickter Glendale-Löwe zierte ihre Jogginghose am Oberschenkel. Und als sie davonging, fiel mir auf, dass Löwengebrüll, ein fettes »Uahr« auf ihrem Hinterteil prangte, zwei Buchstaben pro Pobacke.

Wahrscheinlich war jetzt der richtige Augenblick, Elliot anzurufen.

Ich atmete tief durch, wählte seine Nummer und sprach so ruhig ich konnte.

»Was, verfluchte Scheiße, geht da ab?«, fragte ich. »Sag mir sofort, was zur Hölle da los ist.«

»Entspann dich«, sagte er. »Das ist nur eine College-Radiosendung! Ich hab den DJ bestochen.«

»Jessica und Lance haben es gehört!«

»Natürlich haben sie's gehört. Normalerweise wird Lance um diese Zeit gespielt.«

»Das ist Wahnsinn! Jessica hält mich für einen Künstler. Was zum Teufel soll ich jetzt machen?«

Elliot lachte.

»Ich weiß nicht, Casanova. Du wolltest sie haben. Ich bin nur der Mann vom Lieferservice.«

Ich setzte mich auf einen Treppenabsatz.

»Ich schätze mal, James kann dir ein paar Tipps geben«, sagte er. »Solltest du in dieser Hinsicht tatsächlich Rat benötigen.«

»Ich muss los.«

»Seymour, ich muss schon sagen! Du klingst weniger erfreut, als man unter den gegebenen Umständen erwarten dürfte. Hast du es nicht selbst so gewollt?«

»Doch! Aber – das kommt alles ein bisschen plötzlich.«

»Plötzlich? Du bist jetzt schon seit knapp zehn Jahren hinter der kleinen Lolita her. Und jetzt, wo die Aktie Jessica allmählich Gewinn abwirft, willst du sie abstoßen?«

»Das ist es nicht«, sagte ich. »Ich hab nur – ein komisches Gefühl bei der ganzen Sache.«

Elliot seufzte schwer.

»Vor fünf Jahren bin ich mit Terry nach China geflogen«, sagte er. »Weil der Verzehr von Affenhirn verboten werden sollte. Wir fuhren direkt von der Landepiste ins Manchu Imperial und bestellten eine extragroße Portion. Doch als sie den riesigen schreienden Affen in der Mitte des Tischs festschraubten und anfingen, ihm den Skalp vom Schädel zu schälen, ist Terry der Appetit vergangen. Dir ist doch nicht etwa auch der Appetit vergangen, Seymour? Affenhirn ist teuer.«

»Ich muss Schluss machen«, sagte ich.

»Seymour …«

»Ich muss los.«

Ich klappte mein Handy zu und lief drei Runden um den Block. Was zum Teufel stimmte nicht mit mir? Elliot hatte vollkommen Recht – ich sollte begeistert sein. Aber das einzige Gefühl, das ich ausmachen konnte, war eine vage und drückende Angst.

Zum ersten Mal seit Jahren dachte ich wieder an Videospiele.

Bevor ich Elliot kennenlernte, hatte ich begeistert *Ninja Streets* gespielt. Dabei ging es um die Abenteuer von Mack, einem schnurrbärtigen Ordnungshüter, der sich durch eine Stadt kämpfte, die aus unbekannten Gründen von Ninjas förmlich überrannt wurde. Das Spiel war nicht sehr anspruchsvoll. Die Ninjas schrien, wenn sie sich näherten, was jeglichen Überraschungseffekt zunichtemachte. Und sie griffen immer nur von der rechten Bildschirmseite aus an, so dass man sich eigentlich gar nicht bewegen musste. Meine Strategie bestand darin, in die Luft zu boxen und darauf zu warten, dass mir die Ninjas in die Fäuste rannten.

Ninja Streets war also eher eine Geduldsprobe als sonst etwas. Die Ninjas, mit denen sich Mack konfrontiert sah, waren nicht gerade geschickt, dafür aber zahlreich. Auf jedem Level gab es 128 Ninjas. Wenn man auch nur zwei Sekunden lang aufhörte, in die Luft zu schlagen – zum Beispiel um Mutters Fragen wegen des Abendessens zu beantworten oder um das Sweatshirt auszuziehen –, war man geliefert.

Laut einer Website, die ich damals zu Rate zog, gab es bei *Ninja Streets* 256 Level. Alle waren identisch, nur das letzte nicht. Wenn man es irgendwie bis Level 256 schaffte, stürzte das Spiel einfach ab. Niemand im Chatroom konnte mir erklären, was es mit diesem Absturz auf sich hatte, aber alle versicherten mir, es sei die Wahrheit.

Oft träumte ich tagsüber davon, wie es wohl wäre, bis ans Ende von *Ninja Streets* vorzudringen. (Würde Mack die Stadt verlassen und in eine friedlichere Umgebung ziehen? Würde man ihn zum Bürgermeister wählen?) Aber ich wusste, dass ein Sieg unmöglich war. Ich hatte jahrelang jeden Tag gespielt und war niemals auch nur bis Level 100 gekommen. Eines Tages aber las ich online eine Nachricht, und damit änderte sich alles.

**Ninja Streets Cheat zur Erlangung von Unverwundbarkeit:
Pfeil hoch – runter – links – rechts – B – A – Auswahl**

Plötzlich war alles möglich.

Ich nahm einen Bleistift und stellte Berechnungen an. Jedes Level war auf zehn Minuten begrenzt, tatsächlich aber brauchte man nie länger als zweieinhalb Minuten, um einen Schwung Ninjas auszuschalten. Wenn ich also ununterbrochen spielte, ohne Essens- oder Trinkpausen, konnte ich es in knapp elf Stunden bis zur letzten Ninja Street schaffen.

Am nächsten Morgen täuschte ich eine Erkältung vor, brach eine frische Kekspackung an und machte mich an die Arbeit. Es war ein zermürbender Tag, und oft ging mir meine Konzentrationsfähigkeit abhanden – aber das machte nichts. Ich war gegen die Angriffe meiner Feinde gefeit. Irgendwann beschloss ich, mit meinen Schlägen zu pausieren, um der Monotonie entgegenzuwirken. Ein Ninja schrie und stürzte sich auf mich. Nach einer kurzen Pause boxte er mir zögerlich ins Gesicht. Als er merkte, dass ich nicht im Geringsten daran interessiert war, Vergeltung zu üben, nahm er seinen ganzen Mut zusammen und wendete seinen Spezialtrick an – einen Sprungtritt ins Gesicht.

Als ich auch diesen Gewaltakt ignorierte, lief er hin und her über den Bildschirm, als wollte er nachdenken. Irgendwann polierte ich ihm die Fresse.

Kurz vor meiner Schlafenszeit erreichte ich Level 256. Es fing ganz normal an – und einen entsetzlichen Augenblick lang dachte ich, man habe mich an der Nase herumgeführt. Doch dann geschah es. Nachdem ich ungefähr dreißig Ninjas fertiggemacht hatte, wurde die rechte Bildschirmhälfte schwarz. Die linke Straßenseite blieb intakt, Musik dudelte aggressiv im Hintergrund, aber es kamen keine Ninjas mehr, und man konnte nirgends mehr hingehen.

Ungläubig sah ich zu, wie die Zeit verstrich. Sieben Minuten vergingen, dann acht, dann neun. Mit aller Gewalt versuchte ich, den Pfeil nach rechts zu schieben, aber ich konnte nichts tun, außer in der Bildschirmmitte auf der Stelle zu treten, mein Gesicht gegen die schwarze Hälfte gepresst. In dem Moment, in dem die Zeit ablief, drehte sich Mack zu mir um, als wollte er mir ins Gesicht sehen. Er hatte die Fäuste zum Himmel erhoben und die Augen vor Schreck weit aufgerissen. In dieser Haltung erstarrte er und verschwand.

Game over.

Ashley nahm eine Schokomilch aus ihrem Rucksack und goss sie in ein Keramiktöpfchen.

»Heiße Schokolade?«, fragte sie.

»Schon okay«, sagte ich. »Kannst sie haben.«

»Ich will sie nicht.«

»Echt?«, fragte ich. »Ach. Na dann … Okay. Danke.«

Sie griff unter den Wasserturm und setzte das Töpfchen auf ein freiliegendes Heizrohr. Wir trafen uns nun schon seit Wochen jeden Tag auf dem Dach, hatten aber erst kürzlich herausgefunden, wie wir Schokomilch heiß machen konnten. Wie alle großen Entdeckungen war auch diese ein Zufallsprodukt. Aus Versehen war ich an das Rohr gekommen, als ich nach einem heruntergefallenen Bleistift gesucht und mir die Finger verbrannt hatte. Wahrscheinlich hätte ich angefangen zu schluchzen, wäre Ashley nicht dabei gewesen, die den Finger in Augenschein nahm und als »kein Ding« deklarierte. Wenige Sekunden später war sie unter den Wasserturm gekrochen, das Gesicht gefährlich nahe an dem Rohr. »Hey, mein Freund!«, sagte sie. »Wir können heiße Schokolade machen!«

Wir saßen ein paar Minuten schweigend da und warteten, bis die Milch köchelte.

»Der Song ist grauenhaft«, sagte sie. »Jemand hat ihn mir im Gang vorgespielt. Haben sie den wirklich im Radio gebracht?«

Ich nickte.

»Wie ist das denn passiert?«

»Elliot.«

Sie goss die warme Milch in einen Becher und reichte ihn mir.

»Musst du jetzt Rockstar werden?«, fragte sie.

»Keine Ahnung«, sagte ich. »Ich weiß es wirklich nicht.«

Ich nahm einen langen Schluck. Der Tag war bewölkt, und wir sahen eine Frau, die auf dem Bürgersteig Regenschirme verkaufte. Sobald sich jemand ihrem Tisch näherte, zeigte sie theatralisch gen Himmel und schrie. Aber alle ignorierten sie.

»Erinnerst du dich an die Party bei Lance?«, fragte sie. »Wo du so getan hast, als würdest du telefonieren?«

Mir schoss das Blut in die Wangen.

»Wieso?«

»Ich bin selbst nicht hingegangen«, sagte sie. »Ich meine, ich war zwar dort. In der Straße. Aber ich bin draußen geblieben. Deshalb bin ich sicher, dass dich niemand gesehen hat. Weil ich dich vom Nachbarbaum aus beobachtet habe.«

»Echt?«

»Ja«, sagte sie. »Das war so blöd. Wie in der Grundschule.«

In der Ferne zuckte ein Blitz, gefolgt von einem trägen Donnergrollen.

»Als ich im Krankenhaus war«, sagte sie, »hab ich jemanden kennengelernt, der dachte, er könne das Wetter bestimmen.«

Ich nickte so beiläufig wie möglich. Zum ersten Mal hörte ich Ashley über ihren Krankenhausaufenthalt sprechen.

»Sein Name war King Elijah«, sagte sie. »Ich glaube, er kam aus Scarsdale. Ein kleiner, pummeliger Typ mit Akne.«

»Wieso hat er geglaubt, er könne das Wetter bestimmen?«

»Das hatte mit seinen Visionen zu tun, wenn er träumte. Gott schickte ihm Botschaften oder auch der Teufel, und die musste er dechiffrieren, mit Hilfe von Algebra. Das war richtig kompliziert – ständig wollte er, dass ich ihm meinen Taschenrechner leihe. Nach ein paar Stunden hatte er eine Zauberformel gefunden, mit der er die Sonne manipulieren konnte.«

»Ach.«

»Er hat immer versucht, schönes Wetter für uns zu machen, aber es hat den ganzen Winter geregnet. Ständig hat er deshalb ein schlechtes Gewissen gehabt. Ich hab ihm gesagt, dass mir das egal ist, dass ich Regen gut finde. Aber er hat gemerkt, dass ich gelogen habe und ihn einfach nur trösten wollte.«

»Was ist passiert?«

»Das war irre: Es kam noch ein Gott in die Anstalt. Ein Junge aus Long Island, er hieß Cronos.«

»Cronos?«

»Na ja, sein richtiger Name war Ben – aber es gefiel ihm überhaupt nicht, wenn er so genannt wurde. Er kontrollierte ebenfalls das Wetter, musste dafür aber keine Berechnungen anstellen wie King Elijah. Er arbeitete einfach nur mit der Kraft seiner Gedanken. Erdbeben, Tsunamis, so ziemlich alles.«

»Waren die beiden befreundet?«

»Nein«, sagte sie. »Sie konnten sich nicht ausstehen.«

»Leuchtet mir ein.«

»Ja. Besonders unangenehm wurde das bei den Gruppensitzungen. Irgendwann hörte King Elijah aber einfach auf mit seinen Berechnungen. Nach ein paar Wochen gelangte er zu der Überzeugung, dass Cronos mehr Macht hatte als er selbst. Und dass es sinnlos war, die Sonne manipulieren zu wollen, weil ihm Cronos sowieso einen Strich durch die Rechnung machen würde. Er bat mich nicht mehr um meinen Taschenrechner und entschuldigte sich auch nicht mehr für den ganzen Regen. Und wenige Wochen später wurde er entlassen.«

Sie sah zu den Wolken hinauf und kniff die Augen zusammen; es hatte zu nieseln begonnen.

»Cronos ist wahrscheinlich immer noch da. Aber ich wette, King Elijah geht es besser.«

Sie sah mich an.

»Niemand sollte das Wetter kontrollieren müssen.«

Sie stand auf und wartete darauf, dass ich etwas erwiderte. Es war so still, dass ich uns beide atmen hören konnte.

Aus der Ferne war das schrille Läuten der Schulglocke vernehmbar, und schnell packte ich meine Bücher zusammen.

»Tut mir leid«, sagte ich und gab Ashley meinen fast vollen Becher. »Ich muss gehen.«

Sie antwortete nicht.

»Bis morgen – in der fünften.«

Ich hüpfte über das Heizrohr und zwängte mich in meinen Schacht.

»Du musst das nicht machen«, sagte sie. »Das ist keine Pflicht.«

»Was?«

»Du musst nicht kommen«, sagte sie. »Ich führe keine Anwesenheitslisten.«

»Ashley ...«

»Ich erzähle dir was Persönliches, was ich noch nie jemandem erzählt habe, und du stehst einfach auf und rennst zu deinen bescheuerten Tests ...«

»Ach, Ashley, komm ...«

»Warum rede ich überhaupt mit dir? Ich meine, du steigst lieber durch einen engen Schacht, als dass du dich mit mir blicken lässt!«

»Ashley, darum geht's doch nicht, hinter der Tür hängt eine Kamera ...«

»In der Schule sind wir nie zusammen ...«

»Na gut, was soll ich tun? Ich hab einen Ruf zu verlieren! Ich kann nicht andauernd mit jemandem wie ...«

Ich verstummte – aber offensichtlich war es bereits zu spät. Ashley senkte den Kopf und sah weg. Der Regen wurde plötzlich stärker, aber sie rührte sich nicht. Eine nasse Haarsträhne fiel ihr über die Augen. Ihre feuchten Arme glänzten im Regen. Ich blieb einen Moment stehen und streckte den Kopf aus dem Schacht.

»Ashley ...«

»Du gehst jetzt besser«, sagte sie. »Du willst bestimmt nicht zu spät kommen.«

Elliot saß vor dem Speiseaufzug, in jeder Hand ein Handy.

»Nächsten Monat in Paris«, sagte er in das eine.

»Heb mir eine Flasche auf!«, in das andere.

Er ließ beide Telefone gleichzeitig zuschnappen und seufzte müde.

Wenn ich das Billardzimmer betrat, würgte Elliot meistens gerade jemanden am Telefon ab. Zwei Handys waren nicht ungewöhnlich – oft lagen sogar vier weitere neben seinem Getränk. Als ich an jenem Tag dort stand, schossen mir zum ersten Mal beunruhigende Fragen durch den Kopf: Wen blaffte er da ständig an? Warum belästigten ihn diese Menschen stets kurz vor meiner Ankunft? War überhaupt jemand am anderen Ende der Leitung?

»Verzeih mir«, sagte Elliot. »Ich sollte lernen, mich kürzer zu fassen.«

Ich nickte.

»Aber jetzt zur Neuigkeit des Tages!«, sagte er. »Du kommst ins Fernsehen. Eine Live-Produktion namens *Kleine Wunder*, irgendeine hirnlose Talkshow, in der Frauen allerlei Firlefanz verkauft werden soll.«

Ich hatte *Kleine Wunder* ein paarmal gesehen, als ich krank zu Hause geblieben war. Die Sendung wurde nachmittags in einem Studio am Times Square aufgezeichnet. Es gab ein Livepublikum und Glasfenster zur Straße hin, so dass die Leute draußen Schilder hochhalten und ebenfalls ins Fernsehen kommen konnten.

»Elliot, das ist Wahnsinn. Ich meine, was soll ich da machen?«

»Du musst gar nichts machen, Seymour. Ein paar auswendig gelernte Banalitäten und fertig. Der Termin ist morgen in der Freistunde. James fährt dich.«

»Du meinst in der fünften?«

»Ja.«

Ich dachte an Ashley, wie sie alleine am Wasserturm

saß, Schokomilch heiß machte und zum Leitungsschacht sah.

»Ich glaube, ich kann nicht«, sagte ich.

Elliot schnaubte verärgert.

»Und warum nicht?«

»Ich muss woandershin«, sagte ich.

»Du musst?«

»Oder na ja … Ich möchte. Ich möchte woandershin.«

Er ließ seine Wangenmuskeln spielen.

»Wohin? Wo könntest du um Himmels willen hinmüssen?«

Seine Fäuste bebten. Er holte tief Luft und schüttelte sie aus.

»Tut mir leid«, sagte er. »Manchmal vergesse ich, dass man dir immer alles ganz von vorne erklären muss. Dass ich mit dir reden muss wie mit einem Kleinkind.«

Er schenkte sich ein Glas Scotch aus einer Kristallkaraffe ein.

»Diese Sendungen werden von Frauen gesehen. Ihre Meinung, oder besser, der wiedergekaute Blödsinn, den sie für ihre Meinung halten, entsteht genau dort.«

»Na und?«

»Na eben. Deshalb werden alle von der Glendale einschalten, um dich dort zu sehen. Auch Jessica. Willst du sie jetzt oder nicht?«

Ich zögerte.

»Ich weiß nicht.«

»Du weißt es nicht.«

Er trank aus und schenkte sich einen zweiten Scotch ein, wobei er ein bisschen was danebengoss.

»Weißt du, Seymour, wenn du Ashley, die graue Maus haben wolltest, hättest du was sagen können. Die hätte ich dir schon längst klargemacht, und billiger wäre es auch gewesen.«

Ich erstarrte. Wieso wusste er von Ashley?

»Wir sind nur gute Freunde.«

Elliot lachte. »Ihr seid was?«

»Freunde.«

Elliot klatschte in die Hände.

»Soziale Bündnisse mit Klapsepatienten. Das ist also deine neue Strategie!«

»Das ist keine Strategie, Elliot. Es ist nicht immer alles gleich eine Strategie.«

»Ach ja? Warum, glaubst du wohl, redet sie überhaupt mit dir? Um deinen brillanten Bonmots zu lauschen? Sie krallt sich mit ihren Klauen an dir fest, damit du sie vom Meeresboden hochziehst.«

»Elliot ...«

»Sich in eine Frau zu verlieben ist das eine. Aber Ashley? Um Gottes willen! Das ist, als würde ein Goldgräber einen Klumpen Quarz finden und ...«

»Elliot, halt einfach den Rand.«

»Schon gut, schon gut, Grundgütiger! Wenn du dermaßen irrational sein willst, dann besorge ich sie dir! Wir fangen sofort mit der Planung an.«

»Nein.«

Elliot erstarrte kurz und schmunzelte dann gezwungen.

»Natürlich«, sagte er, »bei einer so trivialen Angelegenheit hast du meine Hilfe nicht nötig. Wir kümmern uns um was anderes.«

Er fing von irgendeiner neuen Idee an, aber ich unterbrach ihn.

»Es ist nicht so, dass ich deine Hilfe nicht bräuchte«,

sagte ich. »Eher so, dass ich nicht glaube, dass du mir helfen kannst.«

Elliot starrte mich schnaubend an.

»Wie bitte?«

»Wenn ich mit Ashley zusammen sein wollte, dann würdest du gar nicht wissen, wie du mir dabei helfen kannst. Du wärst vollkommen ratlos.«

Elliots Augen verengten sich zu Schlitzen.

»Tu mir einen Gefallen, Seymour: Erzähl mir nicht, dass ich nicht weiß, wie's läuft.«

»Du weißt nicht, wie's läuft, Elliot. Du hast nicht den blassesten Schimmer. Ich meine, woher auch? Du warst in deinem ganzen Leben mit niemandem befreundet.«

Elliot wandte sich von mir ab; seine knochigen Schultern bebten. Als er sich wieder umdrehte, war sein Gesicht rot und voller Falten. Einen Moment lang sah es fast so aus, als würde er weinen.

»Elliot«, sagte ich. »Hör zu …«

Er nahm die Karaffe und schleuderte sie auf den Billardtisch. Sie zerbrach, Glassplitter und Scotch spritzten über den Filzbelag.

»Raus!«, schrie er. »Raus!«

Ich rannte in den Flur und schlug gerade noch rechtzeitig die Tür hinter mir zu, bevor eine Billardkugel dagegenkrachte.

»Ich kann alles wieder rückgängig machen!«, schrie er und donnerte eine weitere Kugel an die Tür. »Alles!«

Ich rannte die Treppe hinunter, meine feuchten Hände glitschten über das Geländer.

»Ich muss nur mit den Fingern schnippen! Mehr ist nicht nötig!«

Ich hörte Elliot hinter mir, der oben an der Treppe stand und schrie.

»Du bist nur ein Hobby! Eine Maus, mit der ich gespielt habe! Und jetzt hab ich die Schnauze voll! Ich bin fertig mit dir! Aus und vorbei!«

Ich raste durch die Lobby und drückte die Tür auf. Das Gewitter tobte jetzt noch heftiger. Einen Moment hielt ich auf dem Absatz inne, versuchte zu Atem zu kommen und starrte auf die Regenwand.

Dann rannte ich nach Hause.

Mein liebster Seymour,

herzlichen Glückwunsch! Du bist der stolze Empfänger einer Allagash-Entschuldigung. Ich schlage vor, du lässt sie rahmen und hängst sie dir an die Wand – wahrscheinlich wirst du nie wieder eine zu Gesicht bekommen!

Es tut mir schrecklich leid, dass wir neulich Abend so aneinandergeraten sind. Wir haben beide unschöne Dinge gesagt, und ich hoffe aufrichtig, dass wir sie wieder vergessen machen können. Ich habe diese Woche kaum geschlafen, und es wäre mir sehr unangenehm, solltest du die physiologischen Auswirkungen dessen als Abneigung gegen deine Person fehldeuten.

Ich verspreche, dass ich mich nicht mehr in deine Angelegenheiten einmischen werde. Du hast dich zu einem anregenden Gegenüber entwickelt und bist auf meine Hilfe nicht angewiesen. Das warst du nie, und das ist die Wahrheit.

Mit den besten Grüßen,

Elliot

P.S.: Ich habe versucht, deinen Auftritt bei dieser albernen Fernsehsendung abzusagen, aber ich denke, du hast Recht, was meine Unzulänglichkeiten betrifft. Man akzeptiert dort kein Nein! Du bist ein Star, Seymour, ob dir das gefällt oder nicht. Ich werde von zu Hause aus zusehen und dich wie gewohnt anfeuern.

Ich saß am Fußende meines Bettes und zog mein Notizbuch aus der Tasche. In nur zwei Wochen würde ich die Glendale verlassen und endlich das komplette schmutzige Buch verbrennen können. Aus einem Gefühl von Nostalgie heraus blätterte ich zur ersten Seite zurück:

HENDRICKS' ÜBERRASCHUNGSTEST – 18. 4., 14.45 UHR –
»DIE GESCHÄFTE FRANKREICHS«
1) C
2) A
3) B
4) D
5) B

ZUSATZINFORMATION: MR. HENDRICKS' A-CAPPELLA-BAND IM COLLEGE HIESS »THE FUNKTONES«.

Ich blätterte zur letzten Seite vor und notierte einige wenige, allerletzte Eckdaten.

Kleine Wunder FERNSEHINTERVIEW – 28. 5., 13.30 UHR
1) James in der fünften Stunde in der Lobby treffen
2) Die Texte zu meinen Stücken sind »existentialistisch«.

Ich war erleichtert, als ich Elliots mit Wachs versiegelten Brief fand, den er (wie auch immer) in meinem Spind deponiert hatte. Ich hatte ihm ein paar Gemeinheiten an den Kopf geworfen. Und obwohl ich froh war, dass ich mich nicht hatte unterbuttern lassen, hatte ich doch ein einigermaßen schlechtes Gewissen. Trotzdem musste ich ein bisschen im Recht gewesen sein; sonst hätte mir Elliot auf keinen Fall verziehen. In seinem Brief schlug er ganz neue Töne an, fast schwang so etwas wie Respekt mit.

Meine Mutter klopfte leise an die Tür.

»Seymour? Wenn du Hunger hast, das Essen ist fertig.«

»Okay.«

»Kommst du runter?«, fragte sie.

»Gib mir noch eine Minute«, sagte ich.

Ich blätterte die Seiten durch und betrachtete verwundert das Buch mit meinen fieberhaft gekritzelten Notizen.

»Ich bin fast fertig.«

Ich stand an meinem Spind und versuchte, meinen Krawattenknoten gerade zu ziehen, als mich Jessica ansprach.

»Hab gehört, du trittst im Fernsehen auf«, sagte sie. »Stimmt das?«

»Wer hat dir das erzählt?«

»Weiß nicht mehr«, sagte sie. »Macht die Runde.«

Ich nickte. Wahrscheinlich hatte Elliot das Gerücht in Umlauf gebracht.

»Fährst du da jetzt hin?«

Gute Frage. Wenn ich unabhängiger leben und mich weniger auf Elliots Einfluss verlassen wollte, warum fing ich nicht sofort damit an? Ich malte mir aus, wie James unten wartete und die Lobby wie ein Roboter nach meinem

Gesicht absuchte. Und ich stellte mir Ashley auf dem Dach vor, die auf die Uhr sah und auf die Schulglocke wartete. Ich hatte mich immer noch nicht bei ihr entschuldigt. Lag die Entscheidung nicht auf der Hand?

»Ich find's ganz schön cool«, sagte Jessica. »Ich meine, Fernsehen.«

Sie lehnte sich an meinen Spind und drückte ihren Rücken zum Hohlkreuz durch. Ihr T-Shirt rutschte dabei hoch und entblößte ihren Bauchnabel. Ich legte ein Buch ab, und ihr hellbraunes Haar glitt mir sanft über die Finger.

»Das ist so aufregend«, sagte sie.

»Oh, na ja. Ach, weißt du. Keine große Sache.«

Ashley würde sich bestimmt nichts draus machen, wenn ich unser tägliches Treffen ausnahmsweise mal ausfallen ließ. Ich würde mich ein anderes Mal entschuldigen. Ich lächelte Jessica an und ging in die Lobby.

»Hals- und Beinbruch«, sagte sie.

Kleine Wunder wurde von einem Ehepaar namens Mike und Suzie moderiert. Was ursprünglich als Einspieler zum Ende der Nachrichten begonnen hatte, erfreute sich schon bald derart großer Beliebtheit, dass den Programmverantwortlichen keine andere Wahl blieb, als eine eigene Sendung daraus zu machen. Der erste Teil war meist einer Person gewidmet, die etwas Ungewöhnliches geleistet hatte, zum Beispiel einer Hausfrau, die eine neue Art Rührkuchen erfunden, oder einem Rentner, der einen Berg bestiegen hatte. Im zweiten Teil sprachen Mike und Suzie mit jemandem, der arm oder krank war, und anschließend organisierten sie etwas für sie oder ihn Lebensnotwendiges (beispielsweise teure Medizin oder ein neues Dach für das Haus). Im letzten

Teil bekam das Publikum etwas geschenkt. Meist handelte es sich um Make-up, weil die Sendung von einer Kosmetikfirma gesponsert wurde (die selbstverständlich kürzlich erst von Allagash Industries gekauft worden war).

Ich hatte noch nie ein Interview gegeben, über gar nichts. Aber ich war nicht besonders nervös. Wer es vier Jahre lang mit Elliot Allagash aushielt, dachte ich, der kam dreißig Minuten lang mit allem klar.

Zum ersten Mal überhaupt fuhr ich ohne Elliot in dessen Limousine. Ich war stolz darauf, dass ich nicht nachgegeben und ihn stattdessen überzeugt hatte, sich herauszuhalten. Aber es war ein komisches Gefühl, alleine mit James im Wagen zu sitzen. Tatsächlich hatten wir in den vier Jahren kein einziges echtes Gespräch geführt. Auf halbem Weg zum Times Square beschloss ich, den ersten Schritt zu machen. Vielleicht war es ja meine letzte Chance.

»Muss Spaß machen, der Job«, sagte ich. »Mit den Allagashes herumzureisen?«

James antwortete nicht, aber er sah mich im Rückspiegel an. Seine Augen waren wie tiefe Krater, schwarz, tot. Ich beschloss, ihm keine weiteren Fragen zu stellen.

Als wir das Studio erreicht hatten, nannte er einer Frau mit Clipboard meinen Namen. Ich wollte mich dafür bedanken, dass er mich chauffiert hatte, aber als ich mich umdrehte, war er schon weg.

Die Dame führte mich in einen kleinen grünen Raum und setzte mich vor einen mit Glühbirnen umrandeten Spiegel. Auf dem Tisch stand ein gigantischer Obstkorb, daran festgetackert eine Karte mit der Aufschrift »Seymour Herson«. Ich hatte noch nicht zu Mittag gegessen und wollte gerade das Zellophan herunterreißen, als eine weitere Frau hereinkam, um mich zu schminken.

»Jetzt nichts mehr essen«, sagte sie, als sie mich fertig abgepudert hatte. »Sonst ist alles im Eimer.«

Beide Frauen gingen hinaus, und ich saß eine Weile da, starrte das Obst, die Nüsse und die Schokolade an. Es klopfte an der Tür, und Mike schlenderte herein. Er hatte ein Lätzchen umgebunden und das Gesicht mit einer dicken Schicht rosa Make-up zugekleistert.

»Verfluchte Scheiße, erzähl mir nicht so was«, sagte er. »Wag es nicht, verflucht noch mal.«

Einen Augenblick lang erfasste mich Panik, bis ich merkte, dass er in ein Headset sprach.

»Tschuldigung«, flüsterte er mir zu. »Ich muss mich kurz darum kümmern.«

Er sah älter aus als im Fernsehen, und seine Stimme war auch nicht so sanft. »Verfluchte Scheiße«, sagte er. »Nein, nein – nicht schon wieder einen geistig Behinderten. Wir hatten in diesem Monat schon zwei.«

Er sah mich an, verdrehte entschuldigend die Augen und hob einen einzelnen Finger.

»Mongos? Leichter oder schwerer Fall? Na schön.«

Er nahm das Headset ab und zog einen Stapel Moderationskarten aus der Tasche.

»Seymour Herstein!«, sagte er.

»Herson«, sagte ich.

»Schön«, sagte er. »Ich gebe dir ein Zeichen, du kommst raus, wir stellen dir ein paar Fragen, und du antwortest. Ist egal, was du sagst – Suzie wird dich sowieso unterbrechen. Aber du musst lächeln. Verstanden? Also, zeig mir dein Lächeln.«

Ich lächelte.

Er lehnte sich zurück und musterte mich.

»Okay«, sagte er. »Schön. Zieh das einfach bis zum Wohltätigkeitsteil durch. Dann achte bitte darauf, dass du die Stirn runzelst. So.«

Er runzelte die Stirn.

»Wer kommt nach mir?«

»Irgendein Franzose mit Herzproblemen.«

»Wie heißt er?«

Er zuckte mit den Schultern.

»Hätte ich mir eigentlich längst mal merken können. Der ist ständig irgendwo.«

»Wirklich?«

»Ja, die flicken ihn immer wieder zusammen, weil er dauernd in alle Einzelteile zerfällt. Wir haben ihn in drei Jahren neun Mal eingeladen, jedes Mal war es herzzerreißender als vorher. Ehrlich, der Mann ist ein Geschenk. Also, ich will sehen, wie du die Stirn runzelst.«

Ich runzelte die Stirn.

»Nicht schlecht. Okay, dann lächle zum Schluss nochmal, wenn das Make-up verschenkt wird. Also lächeln, Stirn runzeln, lächeln. Kapiert?«

Ich nickte betreten.

»Heilige Scheiße«, sagte er und blätterte seine Moderationskarten durch. »Du bist aber auch ein ambitionierter junger Mann!«

Er lachte.

»Na, herzlichen Glückwunsch«, sagte er. »Du hast es geschafft.«

Das Studio war kleiner, als ich es mir vorgestellt hatte – nur fünf oder zehn Zuschauerreihen. Und als mich die Frau mit dem Clipboard hinter die Bühne brachte, war ich sogar erleichtert. Die Aula der Glendale hatte vierzig Reihen, außerdem eine Loge, und auf der Bühne dort hatte ich schließlich oft genug gestanden.

Aber dann fielen mir die Kameras auf. Es gab drei – eine links, eine rechts und eine in der Mitte. Sie waren alle auf die Bühne gerichtet, wie drei riesige Augen.

»Unser erster Gast ist Maler, Musiker und Hobbyforscher …«

In den Werbetrailern für *Kleine Wunder* sagte ein Sprecher: »Finden Sie heraus, warum eine Million New Yorker den Tag mit Mike und Suzie beginnen.« Eine Million New Yorker. Das waren ganz schön viele Leute.

»… Linguist, Aktivist.«

Spielten die Knicks im ausverkauften Madison Square Garden, waren 20 000 New Yorker in der Arena. Die Bühne hier zu betreten war, als würde man sich fünfzig Mal vor dem bis auf den allerletzten Platz besetzten Madison Square Garden zeigen.

»… und dabei ist er nicht mal alt genug, um wählen zu dürfen!«

Die Lady mit dem Clipboard gab mir einen Schubs, und ich spazierte auf die Bühne. Die Scheinwerfer waren so grell, dass ich das Publikum nicht sehen konnte.

Suzie schüttelte mir die Hand und reichte mir einen Kaffeebecher mit Wasser. Sie hatte so viel Make-up drauf, dass ihr Gesicht aussah wie eine Lehmmaske, und ihre Zähne hatten die Farbe von Knochen. Mike kam herüber, klopfte mir auf die Schulter und grinste breit ins Publikum.

»Lächeln«, flüsterte er durch die zusammengebissenen Zähne.

Ich lächelte.

Mike stellte mir Fragen über allerhand Dinge, die ich angeblich vollbracht hatte. Die meisten konnte ich nicht beantworten, aber zum Glück übernahm Suzie den Großteil des Redens. Irgendwann fragte mich Mike, warum ich meine Texte auf Französisch geschrieben hätte, und ich nuschelte etwas von wegen Existentialismus. Ich hatte entsetzliche Angst, Mike könnte eine Anschlussfrage stellen, zum Beispiel: »Was verstehst du genau unter Existentialismus?« Aber nach einer kurzen Pause stand Suzie auf und zeigte auf mich.

»Hast du schon eine Verabredung für den Abschlussball?«

Das Publikum brach in Gelächter aus, und Mike verabschiedete sich in die Werbepause.

Ich konnte es kaum fassen: Es war vorbei. Ich wollte, ein wenig wackelig auf den Beinen, aufstehen, aber Mike drückte mich wieder auf den Sitz.

»Wo willst du hin, Junge? Wir haben noch zwei Teile vor uns.«

Ich blieb sitzen.

»Existentialismus«, sagte er. »Mein Gott. Dir müssen die Highschool-Pussys scharenweise hinterherlaufen.«

Er funkelte Suzie mit unverhohlener Abscheu an. Sie hatte die Augen geschlossen, und zwei Männer tupften ihr Gesicht mit Wattebäuschen ab.

»Genieß es, solange du kannst«, sagte Mike.

Er wandte sich zur Kamera und fing genau in dem Moment an zu grinsen, in dem wir wieder auf Sendung gingen.

Er kündigte den nächsten Gast an, und ein ziemlich alter

Mann kam auf die Bühne. Suzie erzählte von seiner Herzkrankheit, und es klang schrecklich. Er hatte bereits neun Operationen hinter sich, und mit keiner davon konnte das Problem vollständig behoben werden. Noch immer erlitt er ständig Anfälle, sagte sie, und wenn er dann nicht sofort eine Tablette nahm, würde er sterben. Aber die Tabletten waren teuer, und er konnte sie sich nicht mehr leisten. Mike überreichte ihm einen Riesenscheck – genug für einen lebenslangen Vorrat an Herzmedikamenten –, und das Publikum applaudierte. Der alte Mann sagte etwas auf Französisch, und Suzie riss einen Witz darüber, dass sie in der Schule besser hätte aufpassen sollen. Das Publikum lachte, und Mike kündigte einen weiteren Werbeblock an. Jetzt fehlte nur noch der letzte Teil.

Der Franzose setzte sich neben mich auf das Sofa, mied verlegen jeden Blickkontakt. Er war kahl und seine Kopfhaut fleckig, sein Gesicht fast schon karikaturesk runzlig. Zum ersten Mal an jenem Tag hatte ich ein wahrhaft schlechtes Gewissen. Für mich war dieser Fernsehauftritt ein Spaziergang – eine amüsante Art, den Nachmittag zu verleben. Für ihn war es eine Frage von Leben und Tod. Man hatte Filmmaterial gezeigt, wie er Hand in Hand mit seiner Frau über seinen eigenen Weinberg spazierte. Aufgrund seiner Herzkrankheit war er inzwischen aber nicht mehr in der Lage, länger als ein bis zwei Stunden täglich zu arbeiten. Höchstwahrscheinlich würden die beiden ihr Land verkaufen müssen. Wir saßen schweigend da, als zwei Mitarbeiter einen Berg Eyeliner auf die Bühne karrten.

Ich hatte *Kleine Wunder* erst einige wenige Male gesehen, die aufgeregten Frauen gegen Ende des dritten Teils hatten mich jedenfalls immer sehr beeindruckt. Mike und Suzie verschenkten in jeder Folge Lippenstifte und Wimperntusche. Wenn Mike mit der bedürftigen Person fertig war und Suzie den Riesenberg an Warenproben freilegte, drehte die Menge jedes Mal durch. Suzie versuchte noch über das Produkt zu sprechen – darüber, wie weich es war und wie glatt es die Haut machte –, aber die kreischenden Frauen übertönten sie, so dass sie kaum noch zu hören war. Wenn Suzie mit ihren Ausführungen endlich fertig war, gab Mike ein Handzeichen, woraufhin die Frauen die Bühne stürmten und mit beiden Händen in den Haufen grapschten, bis alles weg war.

Wenn sie auf Make-up schon so reagierten, konnte man sich ausmalen, was los wäre, wenn sich etwas wirklich Aufsehenerregendes zutragen würde.

Suzie hatte ihre Zeilen vom Teleprompter abgelesen, aber noch bevor sie den ersten Satz beenden konnte, hörte ich ein lautes Keuchen. Ich sah zu dem Franzosen, der sich jetzt mit beiden Händen am Tisch festklammerte.

»Sein Herz!«, rief jemand. »Er braucht seine Tabletten!«

Im Publikum schrie eine Frau, und die Kameraleute brüllten in ihre Walkie-Talkies.

»Wo sind Ihre Tabletten?«, schrie Mike. »Wo?«

Der alte Mann packte Mikes Moderationskarten, kritzelte etwas darauf und gab sie ihm zurück. Mike starrte entgeistert darauf.

»Das ist Französisch!«

Plötzlich zeigte Suzie mit dem Finger auf mich.

»Seymour! Seymour kann das übersetzen!«

Mike reichte mir die Karte, während die drei Kameras auf mich schwenkten.

»Junge, was steht da? Was steht da?«

Im Studio war es mucksmäuschenstill, während ich die Karte ratlos in Augenschein nahm. Der alte Mann hatte einige Worte in französischer Sprache notiert und jedes einzelne extra unterstrichen. Für mich hatten sie keine Bedeutung.

»Verdammt, Seymour! Was heißt das?«

»Lies vor! Lies vor!«

Der alte Mann fasste sich ans Herz, stieß einen Schrei aus und brach auf einem Berg Eyeliner zusammen. Die Kosmetikprodukte kullerten geräuschvoll über die Bühne.

»Spricht jemand hier Französisch?«, schrie ich.

»Ich denke, du sprichst Französisch«, erwiderte Suzie.

Ich sah in die Kamera, die Karte noch immer in Händen.

»Gottogott, Junge«, sagte Mike und schüttelte angewidert den Kopf. »Gottogott.«

Das Publikum floh aus dem Studio, während sich der alte Mann vor Schmerzen auf dem Boden wand. Seine Arme zuckten, doch kaum rief einer der Kameramänner »Schnitt!«, blieben sie ruhig liegen. Ich trat auf ihn zu. Irgendwie kamen mir seine Augen bekannt vor.

»Oh, Mann«, flüsterte ich. »James?«

Er presste einen Finger an die Lippen.

»Verdammt!«, schrie ich.

Er sprang auf die Füße und klopfte sich den Staub von den Klamotten. Im Studio herrschte eine derartige Panikstimmung, dass niemand mitbekam, dass er aufgestanden war. In der Ferne hörte ich die Sirene eines Krankenwagens. Der Franzose zückte sein Handy und drückte auf eine einzige Taste.

»Erledigt«, sagte er.

»Warte!«, sagte ich. »James – das müssen Sie den Rettungssanitätern erklären! Die Leute werden denken, ich …«

Er legte mir die Hand auf den Mund und beugte sich ganz dicht an mich heran. Sein Atem roch schlecht, und der Schweiß hatte sein Make-up rissig werden lassen. Es war erschreckend; Elliot hatte mich trainiert, mich ausgebildet, für mich gekämpft, jahrelang. Hatte er die ganze Zeit über diesen Trumpf im Ärmel behalten, nur für den Fall?

»Es ist vorbei«, sagte James. »Du kannst gehen.«

»Wieso haben Sie mir das angetan?«, wollte ich von ihm wissen.

Er seufzte müde.

»Glaub mir, Junge«, sagte er. »Du wirst mir noch dankbar sein.«

Ich marschierte aus dem Studio, zurück zur Schule, aber ich konnte mich nicht überwinden, das Gebäude zu betreten. In der Lobby sah ich Leute, die ich kannte. Sie redeten, lachten, klatschten sich gegenseitig in die Hände. Wahrscheinlich hatten sie von dem Fiasko noch nichts mitbekommen, aber das war nur eine Frage der Zeit. Die Welt hatte aufgehört sich zu drehen, und ich war der Einzige, der das wusste. Ohne überhaupt zu merken, was ich tat, zog ich mein Handy aus der Tasche und wählte Elliots Nummer. Es klingelte zweimal, bevor mir klar wurde, dass er nicht drangehen würde. Ich stellte mir vor, wie er in seinem Billardzimmer saß und meinen Namen in sein Feindebuch eintrug. Hatte er ihn bereits ausgestrichen? Oder lief er jetzt erst richtig warm?

»Hey!«

Ich erschrak. Jessica stand am Fahrradständer und rauchte eine Zigarette.

»Hab's aufgenommen«, sagte sie. »Wir gucken es nach der Schule alle zusammen. Ich, Lindsay, Tamara …«

Ich nickte mechanisch, während sie Namen aufzählte. Jeder einzelne war für mich ein Schlag ins Gesicht. Was würden diese Leute mit mir anstellen, wenn sie herausbekamen, dass ich ein Hochstapler war?

»Alles klar?«, fragte sie.

»Mir geht's gut«, sagte ich.

»Du wirkst so ...«

»Mir geht's gut.«

»Weißt du, ich hab viel über deinen Song nachgedacht und mich gefragt, ob ...«

»Ich möchte nicht darüber sprechen.«

Sie warf ihre Zigarette auf den Boden.

»Ich bin nicht blöd, weißt du«, sagte sie.

»Was?«

»Ich bin nicht dumm!«

Sie sah verlegen weg.

»Okay, schön, ich kapier den Song nicht! Aber das liegt daran, dass ihn mir niemand erklären will! Die Leute denken, wozu? Die rafft's eh nicht. Na ja, vielleicht würde ich ihn ja verstehen, wenn ihn mir jemand erklären würde!«

Sie sah auf ihre Füße und blinzelte heftig. Ich konnte es kaum glauben: Sie weinte.

»Ich habe mir diesen schrecklichen Song hundert Mal angehört«, sagte sie. »Und immer, wenn ich darüber reden will, werde ich ausgelacht! Weißt du, wie das ist?«

Zum ersten Mal dachte ich darüber nach, was Jessica von mir halten musste. Ich ließ mich nie auf Partys blicken, hatte für niemanden ein freundliches Wort übrig. Alles, was ich tat oder sagte, zielte mehr oder weniger darauf ab, ihr das Gefühl zu geben, mir unterlegen zu sein.

»Jessica ...«

»Was?«

»Ich kapier den Song auch nicht.«

Sie sah auf.

»Was?«

»Der Song, der im Radio lief ... Ich hab den nicht geschrieben. Das war jemand anders. Ich hab keine Ahnung, was er bedeuten soll.«

Sie fuhr sich über das Gesicht, wobei ihr Make-up ein bisschen verschmierte.

»Wirklich?«

»Ja«, sagte ich. »Und weißt du, was noch? Die Person, die ihn geschrieben hat, weiß es auch nicht! Wer behauptet, dass du den Song nicht kapierst, ist selbst ein Idiot – weil es nämlich gar nichts zu kapieren gibt. Der Song ist Blödsinn!«

»Genau das hab ich gedacht«, flüsterte sie. »Ich hab's keinem gesagt, aber genau das hab ich immer gedacht!«

»Und du hast Recht gehabt«, sagte ich.

Sie lachte kurz, verkniff es sich aber gleich wieder, indem sie sich den Mund zuhielt. Nach einem Blick über die Schulter lächelte sie mich verschwörerisch an.

»Ich sag's nicht weiter«, sagte sie. »Versprochen.«

»Schon okay«, sagte ich. »Ist egal. Erzähl es, wem du willst.«

Sie zögerte.

»Darf ich es Lance erzählen? Er wird so erleichtert sein – er hat den Song nämlich auch nicht verstanden!«

»Ja«, sagte ich. »Erzähl es Lance.«

»Seymour ... Was ist los mit dir?«

Ich seufzte.

»Ich hab Ärger, Jessica.«

Sie riss besorgt die Augen auf.

»Schlimm?«

»Glaub schon.«

Sie warf mir ein freundliches Lächeln zu.

»Wird bestimmt wieder gut, Seymour«, sagte sie. »Ich meine, so schlimm kann es doch gar nicht sein, oder?«

Richtigstellung

NEW YORK TIMES

Der Artikel »Forschung statt Party: Highschool-Aktivist zieht Kampf gegen Krankheit Abschlussball vor« vom 15. Oktober enthielt mehrere Fehler.

- Seymour Herson wurde als Assistent des New Yorker »Vereins zur Beseitigung von Asbest« bezeichnet. Er übt keinerlei derartige Funktion aus. Tatsächlich existiert auch keine Organisation dieses Namens.
- In dem Artikel wurde fälschlich behauptet, Seymour habe an der Heilung des Pasternak-Schwarzschild-Syndroms gearbeitet. Tatsächlich gab es seinerseits keinerlei Bemühungen in dieser Richtung.
- In dem Artikel wurde berichtet, Seymour spreche vier Sprachen. Tatsächlich beherrscht er nur eine Sprache, und zwar die englische.
- Unrichtig ist außerdem, dass *Die Enden der Parabel* von Thomas Pynchon Seymour Hersons Lieblingsbuch ist. Seymour Herson hat dieses Buch gar nicht gelesen.
- In dem Artikel wird eine Anekdote (sie war der *Times* durch einen »engen Freund« zugetragen worden) über einen Museumsbesuch Seymours kolportiert. Angeblich sei Seymour derart in die Betrachtung eines Gemäldes von Cézanne versunken gewesen, dass er den Aufseher nicht wahrgenommen habe, der ihm mitteilen wollte, dass das Museum schließe, so dass er schließlich »wachge-

rüttelt« werden musste. Diese Begebenheit hat nie stattgefunden.

• Des Weiteren wurde berichtet, Seymour Herson habe sich entscheiden müssen, sein Forschungsvorhaben voranzutreiben oder ein Mädchen, mit dem er verabredet war, zum Abschlussball der Glendale Academy zu begleiten. Seymour war mit keinem Mädchen verabredet.

Die *Times* entschuldigt sich für diese Fehler.

Kunst in Amerika

In unserer Jahresrückschau wurde das Gemälde *Grüne Wasser* irrtümlich dem Künstler Seymour Herson zugeschrieben. Tatsächlich handelt es sich dabei um eine Arbeit von Terry Allagash. Der legendäre Tycoon sagte, er habe das Bild unter einem Pseudonym gemalt, um eine »faire Einschätzung seitens der Kritiker« zu gewährleisten.

Kunst in Amerika gratuliert Mr. Allagash zu seiner beeindruckenden Leistung.

Vorschau des Verlags Bishop House

Die Verleger geben folgende Änderung des Verlagsprogramms bekannt: *Marxistische Semiotik*, der dritte Band von Professor Herson von der Fordham University, wird nicht im Herbst erscheinen. Verlag und Autor haben sich getrennt.

Genezaro Tribal Newsletter

Ein Artikel in unserem Newsletter vom Dezember, »Indianerjunge kommt groß raus«, enthielt eine Reihe von Ungenauigkeiten. Seymour Herson ist kein Angehöriger unseres Stammes. Seine Dokumente waren gefälscht. In dem Artikel hieß es, Seymour würde im kommenden Herbst Harvard besuchen. Dies entspricht nicht mehr den Tatsachen – die Universität hat ihr Aufnahmeangebot zurückgezogen.

Der *Genezaro Tribal Newsletter* bedauert, die falschen Angaben veröffentlicht zu haben.

»Seymour? Gott, wie lange bist du schon hier oben?«

»Ashley, wenn du irgendjemandem …«

»Willst du mir jetzt wieder drohen? Okay, schön, schieß los. Was machst du, wenn ich was erzähle?«

Ich kroch unter dem Wasserturm hervor. Meine Klamotten waren voller Teer, und mein Sweatshirt war feucht vom Regen der vorangegangenen Nacht.

»Um Gottes willen, Kleiner«, sagte sie. »Hast du dich seit gestern hier versteckt?«

Ich nickte. Ich hatte mich direkt nach meiner Unterredung mit Jessica in den Schacht geschlichen. Eigentlich hatte ich nur eine oder zwei Minuten bleiben und mir überlegen wollen, was ich meinen Eltern sagen würde. Aber die Entwicklung einer Strategie nahm doch mehr Zeit in Anspruch als erwartet. Ich wusste, ich würde mit Small Talk einsteigen müssen, damit sie ganz entspannt waren. Ein Gespräch über das Wetter zum Beispiel, »ich glaube, der Sommer kommt jetzt allmählich doch« oder »kaum zu glauben, wie das schüttet«. Weiter war ich nicht gekommen.

»Ich habe gesehen, wie Mr. Hendricks in der Lobby mit einem Reporter gesprochen hat«, sagte Ashley.

»Auch das noch.«

»Entspann dich, der steht gerne im Mittelpunkt.«

Sie setzte sich neben mich und blätterte einen Stapel Boulevardzeitungen durch. Auf einigen der Titelblätter war mein Bild.

»Mann«, sagte sie, »du bist aufgeflogen.«

»Ja.«

»Weißt du, worüber die sich am meisten aufregen? Über das mit den Indianern.«

Ich nickte.

»Das war ganz schön irre«, sagte ich.

Ich nahm die Zeitungen und spürte ihr Gewicht. Wie viel Geld verdienten die Allagashes an einem Stapel dieser Größe? Ashley nahm sie und stopfte sie in ihre Tasche.

»In ein paar Tagen kräht kein Hahn mehr danach«, sagte sie. »Irgendeine Alte in Omaha wird ihre Kinder ertränken, und dann haben dich die Leute vergessen.«

»Gott, das hoffe ich.«

Sie lachte.

»Komm schon«, sagte sie. »Du musst runterkommen. Das ist albern.«

Störrisch schüttelte ich den Kopf.

»Wovor hast du Angst? Die haben dich doch schon erwischt.«

Ich konzentrierte mich auf den nächstgelegenen Streifen Teer, um nicht loszuheulen. Es funktionierte nicht.

»Seymour, komm schon. Worüber machst du dir Sorgen?«

Ich wischte mir mit dem Ärmel über die Augen.

»Die werden gemein zu mir sein.«

»Wer?«

»Alle.«

Sie nickte.

»Ja«, sagte sie.

In der Ferne hörte ich die Schulglocke, aber ich rührte mich nicht.

»Hey«, sagte sie. »Ich bin nett zu dir.«

Ich sah sie misstrauisch an.

»Warum?«

»Warum nicht? Kostet mich nichts. Die heiße Schokolade gehört mir nicht mal! Die klau ich aus der Cafeteria.«

»Bist du nicht sauer auf mich?«

»Doch«, sagte sie. »War ich, weil du dich wie ein Vollidiot benommen hast. Aber nicht, weil du kein echter Indianer bist. Ist doch Schnee von gestern.«

Sie reichte mir einen Becher.

»Hier, Brocken. Trink das.«

»Ashley ... Ich muss dir was sagen.«

Ich holte tief Luft.

»In der achten Klasse, als wir für die Wahl zum Jahrgangssprecher kandidiert haben ... Da haben Elliot und ich das so gedreht, dass du verlierst.«

»Das weiß ich.«

»Was?«

»Ich hab mir sowieso gedacht, dass du bescheißt. Aber falls ich noch Zweifel gehabt hätte ...«

Sie kramte in ihrer Tasche und überreichte mir einen kleinen vergoldeten Umschlag. Das Wachssiegel ließ sich nicht mehr entziffern, aber wie viele Leute benutzten schon Wachssiegel?

»Wann hat dir Elliot das geschickt?«

Sie zuckte mit den Schultern.

»Vor zwei Monaten. Ich glaube, er hielt mich für einen schlechten Einfluss.«

Ich starrte sie ungläubig an.

»Aber wieso hast du nichts gesagt? Ich meine, wieso hast du dich trotzdem mit mir abgegeben?«

»Weil das Kinderkram war, Seymour! Und ich bin kein Kind mehr. Du?«

Ich schluckte.

»Nein.«

Ich senkte den Blick.

»Ashley?«

»Ja?«

Ich zögerte.

»Willst du meine Freundin sein?«

Als ich wieder hochsah, lächelte sie.

»Ich bin deine Freundin«, sagte sie. »Seymour, ich bin doch längst deine Freundin.«

»Okay«, sagte ich. »Ich glaube, dann kann ich jetzt mit runterkommen.«

Ich stand auf und ging auf den Schacht zu.

»Warte«, sagte sie. »Wär das okay … Ich meine … Können wir einfach den normalen Weg gehen?«

Ich überquerte das Dach und nahm sie an der Hand. Sie lächelte.

»Lass uns nie wieder hierherkommen«, sagte ich.

»Okay«, sagte sie.

Und wir gingen zusammen zur Tür.

Meine Eltern müssen auf den Fahrstuhl gelauscht haben, weil sie bereits im Flur auf mich warteten. Mein Vater nahm mich in den Arm, kaum dass die Tür aufging, während meine Mutter hysterisch ins Telefon schrie. Sie zerrten mich in die Wohnung, warfen mich auf das Sofa und suchten mich am ganzen Körper fieberhaft nach Platzwunden und Prellungen ab. Nach einem Tag auf der Flucht sah ich abgerissen aus, aber meinen Eltern war es offenbar noch schlechter ergangen. Die Haare meiner Mutter standen wild und zerzaust ab, und am Hals meines Vaters sprossen Stoppeln. Ich wollte mich entschuldigen – dafür, dass ich mich versteckt hatte, für alles –, aber sie fielen mir beide gleichzeitig ins Wort.

»Darüber können wir später reden«, sagte mein Vater und löste die Knoten in meinen Schnürsenkeln.

Meine Mutter ließ Wasser in die Wanne, und zum ersten Mal seit Jahren nahm ich wieder ein Bad. Mein Gesicht war immer noch kreideweiß von der Fernsehschminke. Ich tauchte den Kopf unter Wasser so lange ich konnte und schälte die Schminke in Flocken ab.

Ich zog ein altes ausgeleiertes Trikot von den Knicks über und ging ins Wohnzimmer. Auf dem Tisch stand ein Hackbraten, und meine Eltern beugten sich über eine Schachtel.

»Heute ist Monopoly-Abend«, sagte meine Mutter in möglichst normalem Tonfall.

Der Wiederaufbau würde morgen beginnen und Monate in Anspruch nehmen. Vorher aber wollten sich meine Eltern einen Abend häuslicher Ruhe gönnen.

Wir aßen schweigend, während mein Vater das Spielbrett aufstellte. Alle paar Minuten klingelte das Telefon. Mein Vater ging dran, nuschelte »kein Kommentar« und legte auf. Nach sieben oder acht Anrufen zog er den Stecker aus der Wand.

Ich blickte auf meinen Teller. Der Gedanke an die Demütigungen, die meine Eltern meinetwegen auszustehen hatten, war furchtbar.

Mein Dad kramte in der Schachtel, bis er seine Lieblingsspielfigur gefunden hatte.

»Hey«, sagte er. »Kleiner. Soll ich dir was sagen?«

Ich zuckte mit den Schultern.

Mein Vater sah meine Mutter an, zögerte und räusperte sich.

»Ich bescheiße beim Monopoly«, sagte er.

Hatte ich mich verhört?

»Wie bitte«, sagte ich. »Was?«

»Ich bescheiße beim Monopoly«, wiederholte er. »Schon seit Jahren.«

Er hob abwehrend die Hände.

»So, jetzt ist es raus«, sagte er. »Ich bin ein erwachsener Mann, der bei einem Kinderspiel bescheißt.«

»Wie?«

»Ich beklaue die Bank«, sagte er. »Deshalb melde ich mich immer freiwillig als Leiter der Bank, nur damit ich klauen kann. Deine Mutter beklaue ich auch.«

»Oh Gott«, sagte ich. »Mom, glaubst du das?«

»Ich weiß es, seit Jahren«, sagte sie. »Weißt du, was das Verrückte ist? Manchmal verliert er trotzdem.«

Mein Vater nickte.

»Ich bin nicht gut in Monopoly«, sagte er.

»Wow«, sagte ich. »Das wusste ich nicht.«

»Bist du sauer?«, fragte mein Dad.

»Na ja, ein bisschen schon, glaube ich. Aber weißt du … Ich komm drüber weg.«

Er griff über das Brett und nahm meine Hand.

»Streng dich an«, sagte er. »Wir sind eine Familie.«

Es klingelte eindringlich an der Tür, und meine Eltern standen beide auf.

»Oh, Gott …«

»Sag mir nicht, dass die unsere Adresse rausbekommen haben …«

»Hey, ihr beiden!«, sagte ich. »Schon gut! Hab vergessen, es euch zu erzählen: Ich hab noch jemanden eingeladen.«

Meine Mutter riss panisch die Augen auf.

»Wen?«

Es klingelte wieder an der Tür. Meine Eltern blieben stocksteif stehen, während ich den Flur durchquerte und die Tür öffnete.

»Hi«, sagte Ashley.

»Hi«, sagte ich. »Mom, Dad? Das ist meine Freundin Ashley.«

»Oh!«, rief meine Mutter. »Oh!«

»Schön, dich kennenzulernen!«, sagte mein Vater. »Du kommst genau richtig!«

Er zog einen vierten Stuhl an den Tisch und suchte in der Schachtel nach einer weiteren Spielfigur. Ashley schwankte gerade zwischen grün und braun, als mein Handy an meinem Bein vibrierte. Ich nahm es aus der Tasche, zögerte und führte es langsam ans Ohr.

»Seymour! Gott sei dank bist du drangegangen!«

Ashley begutachtete die braune Spielfigur und warf sie dann zurück in die Kiste.

»Du warst nicht auf Empfang. Hör zu, ich muss sofort mit dir sprechen, es ist dringend!«

Sie stellte ihre grüne Figur auf ›Los‹, und mein Vater ordnete die vier Figuren in einer Reihe an.

»Ich weiß, dass ich vergangene Woche überstürzt gehandelt habe. Ich musste dir eine Lektion erteilen – ich weiß, das war hart, aber es musste sein. Aber dir ist doch wohl klar, dass sich das Geschehene jederzeit rückgängig machen lässt – vorausgesetzt, wir handeln schnell.«

Meine Mutter brachte Ashley einen Teller, und mein Vater legte ihr eine Scheibe Hackbraten drauf.

»Dass man vor laufender Kamera erstarrt, kann doch jedem mal passieren! Wir können alle Ausrutscher erklären! Oder noch besser, jemand anderen dafür verantwortlich machen! Viele Leute! Egal! Binnen drei Wochen, höchstens einem Monat, habe ich das Rad wieder zurückgedreht. Journalisten stehen auf meiner Gehaltsliste! Beamte arbeiten für mich! Seymour, hörst du mir zu?«

Meine Eltern sahen mich an.

»Das ist nur ein unmerkliches Zucken auf der Zeitachse! In zwanzig Jahren werden wir uns an diesen Moment erinnern und lachen! Komm heute Abend vorbei, dann fangen wir mit der Planung an – ich hab schon alles vorbereitet, Harvard, Bishop House, die Presse. Ich muss nur das Startsignal geben, und die legen blitzschnell los! Wir können alles wieder zurückhaben und mehr als das, Seymour! Mehr!«

»Schatz?«, fragte meine Mutter. »Musst du jetzt telefonieren?«

»Nein«, sagte ich. »Muss ich nicht.«

Ich klappte das Handy zu. Vier Figuren standen auf ›Los‹, wie Läufer, die an der Startlinie um die beste Position rangeln. Ich nahm die Würfel und schüttelte sie über dem 500-Dollar-Schein, den mein Vater auf ›Frei parken‹ gelegt hatte.

Dann hielt ich inne.

»Wäre es okay«, sagte ich, »wenn wir ein anderes Spiel spielen?«

Alle vier sahen wir uns in stillem Einvernehmen an.

»Ich hole ein Puzzle«, sagte meine Mutter.

Mein Vater räumte das Monopoly weg, während meine Mutter in der Abstellkammer herumsuchte. Wir hatten nur ein einziges Puzzle – ein Tausend-Teile-Puzzle –, ganz hinten im Regal. Der Deckel der Schachtel war nicht mehr da, aber sie kippte trotzdem die Teile aus.

»Was ist da drauf?«, fragte Ashley.

»Das werden wir wohl herausfinden müssen«, sagte mein Dad.

Ich griff nach einem Teilchen, und wir fingen an, das Bild zusammenzusetzen.

TEIL DREI

Ereignisfeld

Ende August kauften Ashley und ich gerade Vorräte für einen Ausflug ein, als wir zufällig Elliot Allagash begegneten. Er ging auf seine Limousine zu und brüllte Befehle in sein Handy. Ein abgerissener Junge in ausgeleierten Jeans und Muskelshirt schlurfte neben ihm her. Ich wollte nicht mal Hallo sagen, aber Ashley rief seinen Namen.

Elliot sah auf, schluckte und klappte sein Handy zu.

»Na«, sagte er.

Ich folgte Ashley den Gehweg entlang, und zum ersten Mal seit unserer allerersten Begegnung schüttelten Elliot und ich uns die Hände.

»Das ist Doug«, sagte Elliot und machte eine Handbewegung in Richtung des grobschlächtigen Jungen hinter sich.

»Was geht?«, fragte Doug. Er hob eine Faust, und Ashley und ich stupsten sie an.

»Doug begleitet mich nächsten Monat nach Harvard«, erklärte Elliot. »Obwohl er nur einen Durchschnitt von 2,3 hat und dreimal wegen öffentlicher Trunkenheit verhaftet wurde.«

»Herzlichen Glückwunsch«, sagte ich.

Doug nickte.

»Ich geh hinter die Mülltonne, eine rauchen«, sagte er.

»Gut, gut«, sagte Elliot.

Er seufzte tief und lang, während sich Doug in eine enge Seitengasse verzog.

»Möglicherweise ist er sogar geistig zurückgeblieben«, erklärte Elliot. »Aber ich habe ihn an das beste College der Welt gebracht.«

Einen Moment lang standen wir schweigend da. Schließlich tippte mich Ashley an.

»Ja«, sagte ich, »und, äh … Wie hast du das geschafft?«

»Das geht dich nichts an«, gab Elliot bissig zurück.

Es entstand wieder eine kurze Pause.

»Wobei, wenn du's unbedingt wissen willst: Ich hab ein paar Professoren erpresst und das Ganze so gedreht, dass sie dachten, sie würden sich gegenseitig erpressen.«

Er griff in seine Tasche und reichte mir einen Zettel.

»Hier … Das ist die Tabelle, die ich geführt habe, um nicht den Überblick zu verlieren.«

»Wow«, sagte ich. »Echt clever.«

Ich sah mich nach Ashley um, aber sie war zu einem Schaufenster gegangen und betrachtete die Auslage. Sie nickte mir zu und drehte sich um.

Ich begutachtete Elliots Tabelle; unmöglich, da durchzusteigen, aber man erkannte unschwer, dass viele Stunden Arbeit darin steckten. Vorsichtig faltete ich den Zettel wieder zusammen und gab ihn ihm zurück.

»Und, äh … Wie geht's deinem Vater?«

Elliot zuckte mit den Schultern.

»Terry verlässt New York und zieht weg.«

»Wirklich?«, sagte ich. »Wohin?«

»Massachussetts«, sagte er und sah auf seine Füße. »Cambridge, um genau zu sein.«

»Ah ja?«

»Ja. Er hat ein historisches Gebäude in der Nähe von Harvard gekauft, ein ehemaliges Rathaus. Hat es komplett entkernen lassen, um einen Professor dort zu ärgern. Na ja, da werde ich wohnen.«

»Ist aber nett, dass er so weit wegzieht, nur um näher bei …«

»Reiner Zufall«, sagte Elliot. »Sein Lieblingshutmacher hat ein neues Geschäft auf der Newbury Street eröffnet – er folgt ihm aus einer Laune heraus.«

»Ah«, sagte ich. »Na ja, das leuchtet mir ein.«

»Ja«, sagte Elliot. »In dieser Stadt gibt es keine guten Hutmacher, also …«

»Natürlich«, sagte ich.

Elliot nickte.

»Wir … hecken derzeit sogar gemeinsam was aus«, sagte er. »Terry und ich.«

»Wirklich?«

»Ja, Terry hat ausbaldowert, wie ich um meine Mathe- und Physikpflichtfächer herumkomme. Ziemlich gewieft – aber auch sehr kompliziert. Wir werden noch einige Stunden investieren müssen, damit die Sache läuft.«

»Euch fällt bestimmt was ein«, sagte ich.

»Ja«, erwiderte Elliot. »Wir sind schon auf dem besten Weg.«

Doug kam hinter der Mülltonne hervor, ging an uns vorbei und stieg in die Limousine ein.

»Ich geh mal lieber«, sagte Elliot.

»Mach's gut«, sagte ich.

Er stieg in den Wagen, der unmittelbar darauf die Straße herunterraste.

Ich ging zu Ashley, nahm ihre Hand, und wir spazierten in

der entgegengesetzten Richtung davon. Beinahe hatten wir die nächste Straßenecke erreicht, als ich mich noch einmal umsah. Elliots Limousine verschwand hinter einem Hügel, aber ich bildete mir ein, gesehen zu haben, wie er den Kopf oben zum Sonnendach herausgestreckt und in meine Richtung geblickt hatte.

Ich erinnerte mich an den Wind in meinem Haar, als wir über die Park Avenue gerast waren. Ein Getränk in der Hand, die Sonne im Gesicht, und die ganze Welt hatte mir zu Füßen gelegen! Die Erinnerung daran war so aufregend, dass ich laut lachte.

Danksagung

Dieses Buch wäre ohne eine geradezu schockierende Anzahl von Leuten nicht möglich gewesen.

Mein Agent Daniel Greenberg hat von meiner ersten manischen E-Mail an an dieses Projekt geglaubt. Während der letzten zwei Jahre bekam ich von ihm wertvolle Ratschläge und Kritik, zweimal hat er mich aus Panikattacken wieder herausgeredet.

Jonathan Jao ist ein wunderbarer Lektor. Er redete mir zu, wenn ich im Recht war, und diskutierte mit mir, wenn ich falsch lag. Seine Geduld und sein Verständnis haben dieses Buch dramatisch verbessert und aus mir einen besseren Schriftsteller gemacht.

Mein Anwalt Lee Eastman nahm mich, einen verpeilten, arbeitslosen Zweiundzwanzigjährigen, unter seine Fittiche. Ohne seine Unterstützung und seinen Rat hätte ich die letzten drei Jahre wohl kaum hinter mich gebracht. Er war einer der Ersten, die das Manuskript zu Gesicht bekamen. Wenn er mich nicht ermutigt hätte, keine Ahnung, was dann daraus geworden wäre.

Meine Mutter, die sagenhafte Lektorin Gail Winston, hat zwei frühe Entwürfe gelesen und mich brillant beraten. Josh Konigsberg half mir, zwei Logikfehler zu beheben, von denen ich den einen noch nicht mal bemerkt hatte.

Mein Vater, meine Stiefmutter und mein Bruder munterten mich während des Schreibprozesses auf. Und meine Freunde haben die Phasen meines Verrücktseins heldenhaft ertragen. Ich habe nicht genug Platz, um ihnen allen zu danken, aber hier sind sie: Azhar Khan, Monica Padrick, Josh Morgentau, Brent Katz, Caitlin Petre, Steve Bender, Nick McDonnel, Amanda Miller, Francesca Mair, David Herson und Kathleen Hale.

Ich hatte während meiner kurzen Karriere bereits das Glück, mit einigen fantastischen Autoren zusammenzuarbeiten. Ich habe von ihnen allen eine Menge gelernt und will an dieser Stelle wenigstens einige nennen: Josh Konigsberg, Bill Hader, Marika Sawyer, John Mulany, Colin Jost, Seth Meyers, Bryan Tucker, Andy Samberg, Dan Menaker, Farley Katz, Zach Kanin und Andrei Nechita.

Dem Schriftsteller Erik Kenward verdanke ich den Ausdruck »garbage animals« und meinem Vater die Wo-ist-der-Fisch-Geschichte. Ich bekam sie von ihm erzählt, als ich elf war (und er besteht bis heute darauf, dass sie wahr ist!).

Dank gebührt Charles Dickens, P. G. Wodehouse, Evelyn Waugh, Roald Dahl, Terry Southern, David Sedaris und den Simpsons.

Und auch: Evan Camfield, Simon M. Sullivan, Jennifer Huwer, Meghan Cassidy, Ben Wiseman, Caleb Beyers, Dustin Lushing, Lorne Michaels, Mike Shoemaker, Steve Higgins, Gregory McKnight, Shari Smiley, Forrest Church, Michael Herzberg und den Park-Rangern vom Allagash Wilderness Waterway.

Und ganz zum Schluss …

Jake Luce. Für sein Feedback und seine Ermutigungen

während des gesamten Schaffensprozesses. Ihm habe ich das Buch gewidmet, auch wenn er eigentlich auf dem Cover stehen sollte. Denn dieses Buch ist so sehr seines, wie es meins ist.